mtb

Zum Buch:

Ihre Schwester Anna hat in Italien mit einem zauberhaften Eiscafé das Glück gefunden. Bei ihr selbst dagegen herrscht Eiszeit in Sachen Liebe. Imogen ist sich nicht sicher, ob sie ihren Freund Finn heiraten möchte, und obendrein geht es beruflich auch nicht voran. Spontan beschließt Imogen, eine Auszeit von ihrem Leben zu nehmen und ihre Schwester in Sorrent zu besuchen. Dort wartet nicht nur das türkisblaue Meer auf sie, sondern ebenfalls ein Mann aus ihrer Vergangenheit. Unter der Sonne Italiens muss sich Imogen entscheiden, ob sie dem Vertrauten den Vorzug gibt oder sich in ein neues Abenteuer stürzen möchte.

„Süß, leicht und romantisch."

Closer

Zum Autor:

Abby Clements arbeitete im Verlagswesen, ehe sie ihr erstes Buch veröffentlichte. In den Wintermonaten macht sie es sich am liebsten mit einer heißen Schokolade und Lebkuchen auf der Couch gemütlich. Zusammen mit ihrem Mann lebt sie im Norden von London.

Abby Clements

Das Glück schmeckt nach Zitroneneis

Roman

Aus dem Englischen von
Sabine Schilasky

mtb

MIRA® TASCHENBUCH
Band 26014

1. Auflage: April 2017

Deutsche Erstveröffentlichung

Titel der englischen Originalausgabe:
The Heavenly Italian Ice Cream Shop

erschienen bei: Simon & Schuster UK, London

Published by arrangement with
SIMON & SCHUSTER UK LTD, London

Dieses Werk wurde vermittelt durch die
Literarische Agentur Thomas Schlück GmbH, 30827 Garbsen

Umschlaggestaltung: HarperCollins Germany / Deborah Kuschel,
Artwork Simon & Schuster UK
Umschlagabbildung: Simon & Schuster UK Ltd
Redaktion: Mareike Müller
Satz: GGP Media GmbH, Pößneck
Printed in Germany
Dieses Buch wurde auf FSC®-zertifiziertem Papier gedruckt.
ISBN 978-3-95649-678-3

www.mira-taschenbuch.de

Für meine Nichten, Penny und Eloise

PROLOG

Freitag, 7. November, 1.30 morgens

Imogen schlief tief und fest, den Kopf an Finns Brust geschmiegt und unter zwei Daunendecken und einer Wolldecke vergraben, als ihr Handy bimmelte. Das schrille Klingeln unterbrach ihre Träume – von nächtlichem Schwimmen im warmen Meer, umgeben von fluoreszierenden Lichtreflexen, als würde sich der Sternenhimmel im Wasser spiegeln. Für eine Weile war Imogen wieder in Thailand gewesen. Sie zog sich ein Kissen über den Kopf, um den Lärm zu dämpfen und erneut in die Traumszene einzutauchen. Die endlosen weißen Sandstrände, die Fische und Vögel, die Umgebung, in der sie sich am lebendigsten fühlte und die sie inspiriert hatte, jene Fotos zu machen, die ihrer Karriere den entscheidenden Impuls gegeben hatten.

Doch das Telefon läutete hartnäckig weiter. Widerwillig nahm Imogen das Kissen herunter und setzte sich auf. Der Frost am Schlafzimmerfenster erinnerte sie daran, dass sie in Brighton war, in dem Haus an der Küste, das sie zusammen mit Finn bewohnte, und zwar mitten im kalten englischen Winter. Sie rümpfte die Nase angesichts dieser brutalen Wirklichkeit.

Unbeholfen tastete sie den Fußboden neben dem Bett nach ihrem Handy ab. Nachdem sie es gefunden hatte, sah sie blinzelnd aufs Display, auf dem der Name „Matteo“ leuchtete – ihr Schwager. Sofort tauchte ein Bild ihrer großen Schwester vor ihrem inneren Auge auf: Anna mit dem kastanienbraunen

Haar, deren gertenschlanke Figur neuerdings von einem kugelrunden Babybauch aus dem Gleichgewicht gebracht wurde. Prompt bekam Imogen Herzklopfen.

„Ja?“, meldete sie sich erschrocken.

„Es ist Anna!“, sagte Matteo. Hastig erklärte er, was los war, wobei er, der sonst so ruhig und besonnen war, leicht panisch klang.

„Wir sind gleich da“, beruhigte Imogen ihn. Inzwischen war sie richtig wach und aufgeregt. Sie legte auf und rüttelte Finn wach.

„Es geht los“, verkündete sie.

„Was geht los?“, fragte Finn. Sein mittelblondes, zerzaustes Haar und seine vom Schlaf heisere Stimme wirkten sehr verlockend. In jeder anderen Situation wäre Imogen ernsthaft versucht gewesen, das Bett nicht zu verlassen. Nur war dies nicht irgendeine Situation – wie sie nicht zuletzt an ihrem rasant gestiegenen Adrenalinpegel merkte. Hier ging es um ihre einzige Schwester und ein unmittelbar bevorstehendes Ereignis, auf das sie alle gewartet hatten.

„Es ist Anna“, sagte Imogen atemlos. „Das Baby kommt.“

Finn richtete sich auf und rieb sich die Augen. „Ist das dein Ernst?“

„Mein voller Ernst!“, antwortete Imogen, stieg aus dem Bett und zog sich hastig ihre Jeans und ein Paar Winterstiefel an. „Hoch mit dir“, sagte sie und warf ihm ein Sweatshirt zu. „Das war Matteo. Sie brauchen Hilfe.“ Sie band sich ihr hellbraunes Haar zu einem Pferdeschwanz zusammen. Von ihrer jüngsten Reise war es noch sonnengebleicht.

„Okay …“, meinte Finn und sah sehr besorgt aus.

„Nicht bei der Entbindung!“, erwiderte Imogen kopfschüttelnd. „Zumindest ist das nicht der Plan. Wir müssen sie zum Krankenhaus fahren. Anscheinend hat sich das Taxi, das sie gerufen haben, geweigert, Anna mitzunehmen.“

Imogen stopfte einige Sachen in ihre Handtasche: Snacks, Geld, Wasserflaschen. Dann erkannte sie, was fehlte. „Hast du die Autoschlüssel gesehen?", fragte sie Finn.

Der stand da wie angewurzelt. „Aber ich … Ich dachte, Annas Stichtag ist erst im Dezember."

„Tja, wenn es so weit ist, ist es wohl so weit", entgegnete Imogen achselzuckend. „Wo sind die Schlüssel? Wir müssen los!"

„Der Wagen. Ich habe ihn gestern zur jährlichen Inspektion gebracht."

„Hast du nicht!", presste Imogen hervor. Ihr Brustkorb wurde eng.

Finn nickte.

„Oh Gott! Anna verlässt sich darauf, dass wir sie abholen!"

„Es gibt noch eine Alternative."

„Du denkst doch nicht etwa …", begann Imogen, die leider ahnte, was er dachte. Ihr wurde flau im Magen.

„Er steht noch hier, seit wir ihn neu lackiert haben."

Imogen zog eine Braue hoch. Sie schaute durchs vordere Fenster zu dem Retro-Eiscremewagen, der nur wenige Schritte entfernt vom Haus parkte. Im Schein der Straßenlaterne waren die Malereien in Pistaziengrün und Rosa sehr gut zu erkennen.

Imogen hatte den Van für den Eisladen – das Viviens – gekauft, den sie und ihre Schwester von der Großmutter geerbt hatten und den inzwischen Anna und Matteo gemeinsam führten. Imogen hatte sich aus dem Geschäft zurückgezogen, um sich ihrer Fotografie zu widmen, half jedoch noch von Zeit zu Zeit aus, übernahm gelegentlich eine Schicht und kümmerte sich um den Van. Letzterer war zwar zu einer beliebten Attraktion auf den Festivals der Gegend geworden, allerdings war Imogen sich ziemlich sicher, dass ihre Schwester sich heute Nacht kein bisschen freuen würde, ihn zu sehen.

„Er ist besser als nichts“, sagte Finn.

Imogen schüttelte nur den Kopf. „Okay, fahren wir. Aber ich sage dir gleich: Anna killt uns!“

In den frühen Morgenstunden fuhren Imogen und Finn, so schnell es ging, mit dem klappernden Retro-Van an der Küste entlang. Die Straße vor ihnen war frei und glitzerte vom Nachtfrost.

„Kannst du mal nachsehen?“, bat Imogen und zeigte auf ihr Mobiltelefon, das eben auf dem Armaturenbrett gesummt hatte.

Finn las vor: „‚*Alle zwei Minuten Wehen.* WO BLEIBT IHR?‘ Der letzte Teil übrigens in Großbuchstaben.“

Imogen dachte an ihre Schwester, die ungeduldig auf sie wartete. Anna, ihre große Schwester, die allzeit Ruhige, Beherrschte und Organisierte, war dabei, sich ins Unbekannte zu stürzen. Anna war immer für Imogen da gewesen, hatte stets kluge Worte und ein offenes Ohr für sie gehabt, wenn es mal wieder dramatisch wurde in Imogens Leben. Imogen trat energischer aufs Gaspedal, und die Tachonadel ruckelte zwei Striche höher. In der Ferne konnte sie schon das Haus erkennen, in dem Anna und Matteo wohnten, den imposanten viktorianischen Bau mit Blick aufs Meer. „Sag ihr, dass wir fast da sind.“

„Schon geschehen“, erwiderte Finn. „Smiley?“

„Wohl eher nicht!“

Wenig später hielten Imogen und Finn vor dem Haus ihrer Schwester. Anna und Matteo standen bereits an der Haustür, eine große Tasche zu ihren Füßen. Der große, dunkelhaarige Matteo trug einen dicken Mantel und winkte ihnen zu. Dann legte er einen Arm um Annas Schultern und führte sie vorsichtig die Stufen hinunter. Sie hatte eine Hand auf ihrem Babybauch und wurde bleich, als sie den Van erblickte. Imogen öffnete die Fahrertür und sprang hinaus.

„Wir fahren doch nicht in dem Ding“, sagte Anna ungläubig.

„Nein, natürlich nicht“, antwortete Imogen. „Da passen wir gar nicht alle rein. Finn kommt nach ins Krankenhaus, oder, Finn?“

„Klar“, sagte Finn.

„Aber *ihr* müsst leider hiermit vorliebnehmen“, fuhr Imogen fort. Sie streckte eine Hand aus, um ihrer Schwester auf den Beifahrersitz zu helfen. „Auf geht's in die Klinik, damit ich meine neue Nichte oder meinen neuen Neffen kennenlernen kann.“

„Kommt nicht infrage, Imo“, protestierte Anna. Ihre Augen blitzten vor Wut. „Matteo, sag du es ihr.“ Sie verstummte und holte tief Luft. „Uuuuuhhh.“ Mit aller Kraft packte sie Matteos Hand, während eine weitere Wehe über sie hinwegrollte.

„Anna, Schatz, ich finde, wir sollten einsteigen“, sagte Matteo.

„Es ist alles gut“, sagte die Hebamme beruhigend zu Anna. „Und so wie es aussieht, dauert es nicht mehr lange, bis Sie Ihr Kleines sehen.“

„Okay“, wiederholte Anna. Ihre Wangen waren gerötet, und sie klammerte sich mit beiden Händen seitlich an das Krankenhausbett in ihrem Privatzimmer auf der Entbindungsstation. „Das ist gut, glaube ich.“

„Natürlich ist es das“, versicherte Imogen, wobei sie einen Blick zur Hebamme warf. „Halte durch, Anna. Du hast es bald geschafft.“

„Haben Sie einen Geburtsplan?“, fragte die Hebamme.

„Matteo!“, rief Anna. Er stand am Fenster und telefonierte.

„*Sì*, Mamma … im Krankenhaus.“

„Matteo!“, wiederholte Anna strenger.

Er deckte das Mikrofon an seinem Handy ab. „Mamma will wissen, ob du es mit Ananas versucht hast. Ich habe ihr schon gesagt, dass es damit überhaupt erst losging."

„Der Geburtsplan!", zischte Anna.

Er sagte etwas auf Italienisch und legte das Handy beiseite. „Ja", meinte er, kramte in der Krankenhaustasche und zog ein gefaltetes Blatt heraus. Das reichte er der Hebamme. „Da ist er."

Eine Frauenstimme ertönte aus seinem Telefon, und er nahm es wieder ans Ohr. „Nein, Mamma …"

„Pack das Handy weg!", befahl Anna.

Er hielt einen Finger in die Höhe, um ihr zu bedeuten, dass er nur noch einen Moment bräuchte.

„Sag ihm, er soll aufhören, mit seiner Mutter zu telefonieren, oder ich bringe ihn um", flüsterte Anna ihrer Schwester zu.

„Ich glaube, du solltest jetzt lieber auflegen", sagte Imogen.

Matteo steckte sein Telefon ein. „Entschuldige. Sie ist nur so wahnsinnig aufgeregt."

„Oh Himmel!", ächzte Anna, streckte sich und drückte die Hände auf ihren Rücken. „Kann ich ein Schmerzmittel bekommen?"

„Bist du sicher?", fragte Matteo. „Ich habe den Lavendel mitgebracht. Oder ich könnte dich massieren, so wie du es wolltest."

Anna bedachte ihn mit einem vernichtenden Blick. „Kein Lavendel", sagte sie kopfschüttelnd. „Und wag es ja nicht, mich anzufassen!"

Imogen erschrak angesichts dieser neuen Seite an ihrer sonst so höflichen, sanftmütigen Schwester.

„Okay", erwiderte Matteo. Er trat näher zu seiner Freundin, nahm ihre Hand und küsste Anna sanft auf den Kopf. „Ich glaube, ich bin ein bisschen nervös."

„*Du* bist nervös?", fragte Anna.

„Geben Sie ihr etwas gegen die Schmerzen?“, wandte sich Imogen an die Hebamme.

„Das hat nicht mehr viel Zweck“, antwortete die Hebamme. „Ich kann das Köpfchen schon sehen.“

Imogen nahm die andere Hand ihrer Schwester und hielt sie ganz fest. Anna sah sie an, und zum ersten Mal in ihrem Leben sah Imogen in Annas sanften braunen Augen so etwas wie Panik. Imogen hätte ihr zu gerne die Schmerzen abgenommen, mit ihr getauscht und dies hier für ihre Schwester durchgestanden.

„Ich schaff das nicht, Imogen“, sagte Anna mit Tränen in den Augen. „Nein, ich bin sicher, dass ich es nicht schaffe.“

Sie drückte Imogens Hand fest.

„Du kannst das“, ermunterte Imogen sie ruhig und strich ihrer Schwester das Haar aus dem Gesicht. „Anna, du schaffst das. Wir wollen das Baby doch jetzt endlich sehen!“

Anna nickte unter Tränen.

„Anna, Sie müssen jetzt pressen“, sagte die Hebamme streng.

Isabella McAvoy-Bonomi wurde um halb fünf Uhr morgens geboren. Nach den üblichen Erstuntersuchungen verließen alle das Entbindungszimmer, und Anna und Matteo hatten einen Moment allein mit ihrem neuen Baby.

Behutsam hielt Anna ihre Tochter im Arm und spürte, wie die Liebe zu diesem kleinen Wesen sie fast überwältigte. Als sie Matteo zwei Jahre zuvor kennengelernt hatte, hatte sie geglaubt, dass man unmöglich jemanden mehr lieben könnte, als sie Matteo liebte. Aber dieses kleine Mädchen mit seinen geballten Fäusten, den winzigen Zehen und den rosigen Wangen war so vollkommen, so bereit, ihre Reise in die Welt anzutreten, so voller Potenzial. Ihre blauen Augen waren weit offen, während sie ihre Mutter und ihren Vater ansah. Sie gehörte ihnen. Sicher nicht für immer, aber zumindest für eine ganze Weile.

Aber gleichzeitig erschreckte sie die Verantwortung, die sie ab sofort zu tragen hatte, zutiefst. Erschöpft von der Geburt, konnte sie kaum klar denken, geschweige denn planen, wie sie bestmöglich für Bella sorgen sollte. Was wäre, wenn sie versagte?

Matteo legte seinen Arm um Annas Schultern und küsste sie auf die Wange. Er schien instinktiv zu wissen, was in Anna vorging. „Wir werden immer für sie da sein", flüsterte er Anna zu.

„Meinst du, wir können das?", fragte Anna. „Die Eltern sein, die sie braucht?"

„Natürlich können wir das", antwortete er voller Überzeugung.

Anna wischte ihre Tränen weg, aber es flossen gleich neue nach. „Ich habe keine Ahnung, warum ich jetzt heule. Wahrscheinlich hatte ich nicht damit gerechnet, sie so sehr zu lieben. Nicht sofort." Sie versuchte zu lächeln.

Sanft berührte Matteo das Gesicht seiner Tochter. „Sie ist wunderschön", sagte er. „Ich bin unglaublich stolz auf dich, Anna."

Jan und Tom, Annas und Imogens Eltern, trafen ein, und Imogen und Finn kamen mit Kaffee zurück. Im Zimmer wurde es wieder sehr lebhaft; der stille Moment zwischen Anna und Matteo war vorbei. Doch als Anna zu ihm hinüberschaute und sah, wie er sich angeregt mit ihren Eltern unterhielt, war die Vertrautheit zwischen ihnen beiden, dieses Gefühl, dass sie sich auf ein gemeinsames Abenteuer einließen, immer noch da.

„Du hast es geschafft, Liebes", meinte Jan strahlend. „Ich habe dir doch gesagt, dass du das prima hinbekommst!"

Sie umarmte ihre Älteste. „Wie fühlst du dich?"

„Ganz gut", antwortete Anna, deren Wangen gerötet waren. „Müde, aber glücklich."

„Nichts kann einen richtig darauf vorbereiten, was?", fragte

Jan. „Als ich dich bekam … das ist zwar dreißig Jahre her, doch ich erinnere mich noch daran, als ob es gestern gewesen wäre. Wir waren so stolz wie nie zuvor in unserem Leben, nicht wahr, Tom?“

Annas Vater nickte.

„Danke, Mum“, bemerkte Imogen spitz, aber sie lächelte dabei.

„Beim zweiten Mal ist es immer noch ziemlich klasse“, lenkte Jan ein. „Aber das erste Kind ist etwas ganz Besonderes.“

„Anna hat das toll gemacht“, erklärte Matteo, lächelte seiner Freundin stolz zu und küsste sie aufs Haar.

Tom blickte in das kleine Babybettchen, und seine Züge wurden ganz weich. „Unsere Enkelin“, murmelte er leise. „Endlich ist sie da – ich kann es kaum glauben.“ Er stockte. „Bin nur ich das, oder …?“, begann er, beendete die Frage allerdings nicht.

„Nein, Dad“, sagte Anna lächelnd. Sie wusste genau, was ihr Vater dachte. Bellas dichtes Haar war so pechschwarz wie das ihres italienischen Vaters, aber ihre Augen und der Mund verwiesen eindeutig auf Annas Familie.

„Ihre Augen“, sagte Tom leise.

„Sie sieht aus wie Granny V“, bestätigte Anna. Ihr Blick begegnete dem ihres Vaters.

Im Geiste sah sie ihre Großmutter Vivien vor sich, das silbergraue Haar nach hinten gebunden, die blauen Augen leuchtend und betont mit einem feinen Eyeliner-Strich. Sie lächelte, trug ihr dunkelrotes Kleid, eine cremeweiße Strickjacke und Riemenpumps. Ihren Dackel Hepburn hatte sie neben sich.

Anna versetzte es einen Stich, dass Vivien dies hier nicht miterleben konnte, aber dann spürte sie, dass Vivien noch hier war bei ihnen, in ihren Gedanken und ihren Erinnerungen. Sie fühlte den Stolz, hörte die ermutigenden Worte ihrer Granny und wusste, dass das immer so sein würde.

Teil Eins

1. Kapitel

Montag, 8. Februar (fünfzehn Monate später)

Regen peitschte gegen die Fenster von Annas und Matteos Wohnung im obersten Stock in der Marine Parade. Durch die Wassermassen waren die hellen Lichter des Palace Pier nur verschwommen zu sehen. Bella saß zwischen ihren Eltern in ihrem Hochstuhl und kaute auf einem Zwieback herum. Ihr dunkles Haar lockte sich an den Schläfen, und ihre Wangen waren noch rosig vom Schlafen. Hepburn, der schwarzbraune Dackel, der einst Vivien gehört hatte und nun Teil von Annas Familie war, flitzte unten um Bellas Hochstuhl herum und schleckte die Krümel auf.

„*Cannoli*", sagte Matteo mit einem verträumten Gesichtsausdruck. „Wir sollten *Cannoli* mit auf die Winterkarte setzen. Süßer Teig mit frischer Sahnecremefüllung. An Tagen wie diesem sind sie ideal zum Kaffee."

„Okay, klingt gut", antwortete Anna.

Anna erinnerte sich noch gut daran, wie sie das köstliche Gebäck mit Matteo zusammen in Florenz zum Frühstück gegessen hatte, wo sie ihn bei einem Gelato-Workshop kennengelernt und sich in ihn verliebt hatte. Es schien ihr eine Ewigkeit her zu sein. Die Pensionswirtin in Florenz hatte ihnen die *Cannoli* auf der Terrasse serviert – noch warm und unwiderstehlich. Seit sie Eltern waren, war an so ruhige Mahlzeiten nicht mehr zu denken. Anna und Matteo konnten einen Tag schon als einen guten verbuchen, an dem sie tatsächlich einen Tee trinken konnten, bevor sie aus dem Haus eilten, um den

Laden aufzumachen. Dabei hatte das letzte Jahr sie einander noch nähergebracht. Wenn Anna hörte, wie Matteo ihrer Tochter vorsang und mit ihr lachte, liebte sie ihn mehr denn je. Doch die Romanze jener florentinischen Tage mutete an wie etwas längst Vergangenes, das sie nie wieder erleben würden, denn ihr Leben war jetzt bestimmt von unterbrochenen Nächten, dem Jonglieren von Familienleben und Eiscafé sowie den Bergen von Wäsche und schmutzigem Geschirr, die permanent ihre Wohnung zu füllen schienen.

Bella warf den Zwieback auf den Boden und patschte mit den Händen auf die Platte vorn am Hochstuhl. Sie kreischte vergnügt.

„Wir machen uns lieber fertig", sagte Anna. „Wir haben nur noch zwanzig Minuten."

Sie hob Bella aus ihrem Stuhl und bemühte sich, die Kleine zu überreden, ihre zappelnden Füße in ein Paar Schuhe zu stecken.

„Ich rufe Carolina an und besorge uns das Rezept", verkündete Matteo und griff nach seinem Handy.

„Welches Rezept?", fragte Anna, die von den Klettverschlüssen an Bellas Schuhen abgelenkt war.

„Für die *Cannoli*", erinnerte Matteo sie.

„Ah ja, stimmt. Gute Idee!"

Annas Schwägerin Carolina hatte das Buch mit den Familienrezepten der Bonomis bei sich zu Hause in Siena. „Wie geht es Caro überhaupt?"

„Gut", antwortete Matteo. „Sie und Filippo haben sich gerade einen Swimmingpool bauen lassen, hat meine Mutter erzählt. Anscheinend sind die Geschäfte in Filippos Firma dieses Jahr so gut gelaufen wie noch nie."

„Wow! Nicht schlecht."

Annas Blick wanderte zu dem gerahmten Foto von Matteos Familie an der Küchenwand. Die ganze Familie, abgesehen von Matteo, lebte in Siena, wo sich die große Eisdiele der Eltern befand. Sie hatte einen hervorragenden Ruf und lockte Kunden aus dem ganzen Land an.

Carolina, eine elegante Italienerin Mitte dreißig mit hüftlangem schwarzem Haar, stand neben ihrem Bruder, und die Eltern – Elisa und Giacomo – waren direkt hinter ihnen. Carolina und Matteo waren nur ein paar Jahre auseinander, und sie hatten in ihrer Kindheit viel Zeit miteinander verbracht. Sie beide waren groß, hatten dunkle Brauen und sehr dunkle Augen. Elisa war ein wenig kleiner als ihre Kinder, hatte ihr Haar in einem dunklen Rotbraun gefärbt und war sehr stark geschminkt. Anna hatte sich nach Kräften bemüht, mit ihrer fordernden Schwiegermutter auszukommen – das hatte sie wirklich. Aber inzwischen hatte sie sich damit abgefunden, dass sie Elisa nur in homöopathischen Dosen ertragen konnte.

Matteos Vater Giacomo war groß und grauhaarig, ein arbeitsamer Mann, der meist recht still war, während der Rest der Familie aufgeregt über die jüngsten Dramen debattierte.

Neben Carolina stand ihr Mann Filippo, der es im Olivenöl-Geschäft zum Millionär gebracht hatte; mit seinem Charisma nahm er praktisch jeden Menschen ein, sobald er auch nur einen Raum betrat. Carolina schien sich in der Ehe ganz gut zu behaupten, auch wenn Anna sich neuerdings fragte, ob das Selbstvertrauen ihrer Schwägerin nicht gelitten hatte, seit sie sich Vollzeit um den Haushalt kümmerte.

„Wenigstens wird einer von uns in der Lage sein, unsere Eltern im Alter aufzunehmen“, bemerkte Matteo ironisch grinsend. „Wir haben doch noch eine Minute, oder?“, fragte er, wobei er schon auf seinem Telefon scrollte.

„Eigentlich nicht …“, begann Anna.

„Caro!“, rief Matteo schon aus und redete auf Italienisch los wie ein Wasserfall.

Anna zeigte fragend zur Uhr.

„Eine Minute“, antwortete er leise.

Anna sah Bella an. Ihr Gesicht war noch von Krümeln verschmiert, und bisher hatte sie erst einen Schuh an. Anna musste sie zu Imogen bringen, bevor sie den Laden aufmachte, und die Zeit rauschte dahin.

„*Sì, sì …* “, sagte Matteo munter und ging ins Wohnzimmer, um mit seiner Schwester zu reden.

Anna überlegte, ob sie darauf bestehen sollte, dass sie umgehend aufbrachen, hielt dann jedoch an sich. Schließlich konnte sie fast täglich mit ihrer Familie reden, wohingegen Matteos in einem anderen Land lebte. Die Momente, in denen er mit ihnen sprach, waren kostbar, und notfalls konnte sie ja mit Bella allein losziehen und er nachkommen.

„Tja, Bella“, sagte Anna halb zu sich selbst und schaute sich um. „Wenn wir vor die Tür wollen, brauchen wir deine Jacke. Draußen schüttet es.“

„Da!“ Bella wies zur Rückseite der Tür.

Anna lächelte überrascht. Dort hing Bellas winziger gelber Anorak tatsächlich an seinem Platz: auf dem Garderobenhaken! Wenigstens hatte eine in dieser Familie den Durchblick.

Viviens Winter-Spezialitäten
Warme Waffeln mit Nougat und Schlagsahne
Spanische Churros mit heißer Schokoladencreme
Verschiedene Crêpes mit reichlich Eis

„Zweimal Schoko-Eis und Haselnuss-Crêpes“, sagte Matteo zu Anna, als er ihr am selben Vormittag zwei frisch befüllte Teller hinschob. „Mit extra-heißer Schokosoße.“ Anna brachte die vollen Teller zu den wartenden Kunden.

„Fantastisch!“ Eine junge Frau und ihr Freund nahmen die Crêpes dankbar entgegen. „Genau das, was ich an einem Tag wie heute brauche!“

In Brighton war es verregnet und stürmisch, aber das Viviens unter den Arkaden war wie ein sicherer Hafen inmitten eines Sturms, ein Schutz vor dem kalten Südostwind und dem Regen. Die blassrosa und pistaziengrüne Einrichtung mit den großen Spiegeln, den Fünfzigerjahre-Barhockern und den Sitznischen, für die sich Imogen und Anna entschieden hatten, als sie den Laden übernahmen, verlieh dem Ganzen einen hübschen Retro-Look. In den Sommermonaten drängten sich die Kunden vor dem pistaziengrünen, mit Chrom abgesetzten Tresen.

Im Jahr zuvor hatten Anna und Matteo zum Herbstanfang beschlossen, passend zur Jahreszeit einiges zu verändern. Anna hatte selbst genähte Vorhänge aufgehängt, Lichterketten an den Wänden drapiert, Kissen in die Sitznischen gelegt und die Regale mit Taschenbüchern und Brettspielen aufgestockt, damit alles etwas gemütlicher wirkte. Die Einheimischen kamen während der ruhigen Wintermonate ohnehin weiter, aber die Veränderungen hatten auch neue Kunden in den Familienbetrieb gelockt. In den drei Jahren, die Anna den Laden schon betrieb –, anfangs mit ihrer Schwester zusammen, dann mit Matteo – hatte Anna gelernt, dass sie Stillstand nicht aushielt. Sie brauchte das ständige Erneuern und Anpassen – wie neue Rezepte zusätzlich zu den klassischen auf der Karte –, und ihr Engagement sorgte dafür, dass das Café immer voll war.

Anna blickte sich zum Tresen um und beobachtete, wie Matteo die Teller herrichtete. Er ließ sich Zeit damit, alles perfekt zu präsentieren, und vor lauter Konzentration runzelte er leicht die Stirn, während er die Schokotoffeesauce in Wirbeln über einem Teller verteilte. Als er nach England gekommen war und felsenfest behauptet hatte, er könne nicht aufhören, an sie zu denken, seit sie sich in Florenz kennengelernt hatten, und er sei bereit, nach England zu ziehen, um bei ihr zu sein, war Anna bewusst gewesen, dass sie ein Risiko einging. Doch es hatte sich ausgezahlt. Sosehr sie Imogen auch liebte, hatte die Zusammenarbeit mit ihr in der Anfangszeit, nachdem sie den heruntergewirtschafteten Laden von ihrer Großmutter geerbt hatten, ihr Verhältnis arg strapaziert. Sie waren beinahe bankrottgegangen und hatten miese Kritiken erhalten. Zwar waren sie mit einem sehr viel rentableren Geschäft aus den Krisen hervorgegangen, waren aber beide ein bisschen angekratzt.

Imogen hatte ihren Ehrgeiz stets auf andere Dinge konzentriert. Und als sie mit ihrem Freund Finn auf Reisen ging, um ein Portfolio an Naturfotografien aufzubauen, war es für beide, Imogen wie Anna, eine vollkommen natürliche und richtige Entscheidung gewesen, dass Anna allein weitermachte. Inzwischen betrieben Anna und Matteo den Laden zusammen. Sie beide kreierten leidenschaftlich gern neue Gelatos und Sorbets mit den aufregendsten Konsistenzen, den köstlichsten Aromen. Und abgesehen von gelegentlichen, eher scherzhaften Klagen über das Wetter, schien Matteo in seinem neuen Zuhause sehr glücklich zu sein.

Imogen brachte einen Schwall kalter Luft mit herein, als sie das Café betrat.

„Hallo, Schwesterherz!“, rief sie vergnügt. Ihr hellbraunes Haar war größtenteils unter einer türkisen Mütze versteckt, Imogen war braun gebrannt und hatte Sommersprossen auf der Nase. Bella tapste neben ihr her, eine rote Pudelmütze auf dem Kopf und die Hände in Fäustlingen vergraben.

„Ah, zwei meiner Lieblingsmenschen!“, sagte Anna lächelnd.

„Mamma!“, rief Bella. Anna hob ihre Tochter hoch, drückte sie an sich und küsste sie auf die kalte Wange. „Hallo, Bella. Warst du auch brav bei Tante Imogen?“

Bella öffnete den einen Fäustling und zeigte ihrer Mutter die rosa und grau gemusterten Muscheln darin.

„Wir haben eine kleine Strandexpedition unternommen“, erklärte Imogen und setzte sich auf einen der Barhocker am Tresen. „Wir sind den Pier hinauf und zurück, und da haben wir die hier am Strand gefunden.“

„Die sind wunderschön“, sagte Anna und bewunderte die Muschelschalen. „Wir hängen sie ins Bad, damit du sie beim Planschen sehen kannst.“

Bella sah sie an und nickte, als hätte sie es verstanden. „Papà!“, krähte sie, ehe sie in Richtung Küche lief, um Matteo zu suchen.

„Sie ist der einzige Mensch, den ich kenne, der genauso viel Energie hat wie du“, sagte Anna zu ihrer Schwester. „Danke, dass du heute Vormittag mit ihr draußen warst.“

„Kein Problem. Mum kommt jede Minute und übernimmt. Ich hätte übrigens gerne eine Waffel mit reichlich Schlagsahne.“ Da war ein Funkeln in ihren Augen. „Gute Kinderbetreuung ist nicht billig, meine liebe Anna.“

„Ich schätze, die Waffel hast du dir verdient.“

Anna ging in die Küche, wo Matteo seine Tochter in die Höhe hielt und ihr auf den Bauch blies. „Könntest du eine Waffel mit Sahne für Imogen machen?“

„Klar“, sagte er und stellte seine Tochter hin.

„Danke.“

„Hey“, sagte er, als Anna sich zum Gehen wandte. Sanft zog er sie zu sich und küsste sie. Sie nahm den Zimtgeruch an ihm wahr, ebenso wie den von frisch gebackenen Crêpes. Zwei Aromen, die sich wunderbar vermischten.

„Das sollten wir öfter machen“, sagte sie leise und löste sich widerwillig von ihm.

„Sollten wir“, bestätigte Matteo. „Es fehlt mir. Wären die Kunden nicht …“

„Mamma!“ Bella zupfte an Annas Hosenbein.

„Bella.“ Anna hob die Kleine hoch.

„Anna!“, ertönte Imogens Stimme aus dem Café. „Beeil dich. Ich verhungere hier draußen.“

„Und einige andere Dinge hier“, meinte Matteo lachend.

„Wir nehmen uns bald Zeit“, versprach Anna und berührte liebevoll Matteos Gesicht.

Als Anna wieder nach vorn zu ihrer Schwester kam, sah sie, dass ihre Mutter Jan inzwischen angekommen war.

„Hi, Mum“, sagte Anna und umarmte sie. Jan küsste Bella und hob sie hoch.

„Wie geht es meinem Lieblingsenkelkind?“, fragte Jan.

„Gut“, antwortete Anna. „Sie hatte einen schönen Vormittag mit Imogen am Strand. Reichlich frische Luft.“

Bella gluckste zufrieden.

„Heute Nachmittag nehme ich sie mit rüber ins Gästehaus“, sagte Jan. „Euer Vater ist da gerade im Garten, und ich weiß, dass er die Kleine dringend sehen möchte.“

„Danke, Mum. Wie geht es denn dort voran?“

„Gut, denke ich“, erklärte Jan. „Ein bisschen langsam für meinen Geschmack, aber euer Onkel Martin hat den Zimmerumbau sehr schön hinbekommen.“

Seit ein paar Monaten hatte die ganze Familie ein neues Projekt: Annas und Imogens Onkel Martin baute Viviens viktorianisches Haus in ein Gästehaus um, das im Frühjahr eröffnen sollte. Tom und Jan halfen ihm, obwohl sich Tom nach wie vor noch nicht recht mit der Idee angefreundet hatte. War er in jungen Jahren ein Vagabund gewesen, der mit dem Motorrad durch Asien reiste und ein Kunstprojekt nach dem anderen in Angriff nahm, tat er sich in fortgeschrittenem Alter und nach dem Tod seiner Eltern zusehends schwerer mit Veränderungen.

„Ist Dad sehr eingespannt?“, fragte Imogen.

„Eigentlich nicht“, antwortete Jan. „Aber ihr wisst ja, wie er ist. Das wird schon.“

Viviens Tod hatte sie alle erschüttert, aber Tom hatte der plötzliche Verlust am schlimmsten getroffen. Er hatte seiner Mutter sehr nahegestanden, hatte sie oft gesehen und mit ihr gesprochen, wann immer er konnte. Er hätte Raum gebraucht, um in Ruhe zu trauern, war jedoch stattdessen zu schwierigen Entscheidungen bezüglich ihres Nachlasses gedrängt worden. Martins Ex Françoise hatte ihnen allen in jenem Sommer zusätzlichen Druck gemacht mit ihrer sturen, distanzierten Art. Sie bestand darauf, das Elternhaus in der Elderberry Avenue in Hove zügig zu verkaufen, und trieb einen Keil zwischen Martin und Tom. Und sie tat alles, was in ihrer Macht stand, um Annas und Imogens Übernahme des Eiscafés zu sabotieren. Sie hatte ihre eigenen Pläne für Viviens Nachlass gehabt, und ihre beharrlichen Versuche, für sich und Martin mehr von dem Erbe zu sichern, hatten bewirkt, dass Tom seinen Kummer in sich hineinfraß.

Die Entfremdung von seinem Bruder und der Zwang, Entscheidungen zu fällen, mit denen er nicht einverstanden war, stürzten Imogens und Annas Vater in eine Depression. Jan, für die er immer ihr Fels in der Brandung gewesen war, tat sich schwer mit der neuen Situation und hatte ihm nicht helfen können. Imogen hatte miterleben müssen, wie er sich in seinem Gartenatelier verbarrikadierte und vor lauter Wut und Trauer seine kostbaren Skulpturen zerstörte.

Es waren kleine Dinge, die ihm wieder auf die Beine geholfen hatten, wie etwa Viviens Asche ins Meer zu streuen, damit sie fortan alle einen Ort hatten, an dem sie ihrer gedenken konnten. Jeder von ihnen nahm sich hin und wieder die Zeit, einen Moment allein an jenem Strandabschnitt zu sein, den Vivien sich als letzte Ruhestätte ausgesucht hatte. Am Ende des Sommers, als Finn und Imogen nach Thailand abgereist waren, hatten Tom und Jan wieder zusammengefunden, allerdings mit einer neuen Gewichtung in ihrer Beziehung. Unter der sanften Anleitung ihrer Töchter hatte Jan allmählich begriffen, dass sie durchaus für ihren Mann da sein konnte, und wesentlich dazu beigetragen, dass Tom die richtige Behandlung bekam.

Unterdessen war Martin klar geworden, was seine Frau mit ihrem Verhalten angerichtet hatte. Er verließ sie, reichte die Scheidung ein und kehrte nach England zurück. Es war sein Wunsch, in der Elderberry Avenue zu leben, aber da er ungern allein in dem großen Haus sein wollte, war er auf die Idee mit dem Gästehaus gekommen.

Mittlerweile ging es Tom wieder besser, und die Familie hoffte, dass das Eiscafé und das Gästehaus für ihn dauerhafte Erinnerungen an seine Mutter sein konnten. Tom und Martin hatten zu der Freundschaft zurückgefunden, die sie verbunden hatte, bevor alles so furchtbar schiefgegangen war.

Matteo brachte Imogen ihre Waffel und begrüßte Jan mit einem Kuss auf die Wange. „Tee?", fragte er sie.

„Nein danke. Ich bleibe nicht lange", antwortete Jan.

„Super! Von diesen Waffeln habe ich geträumt", schwärmte Imogen und nahm eine Gabel voll von dem Dessert.

„Ach ja?", fragte Anna. „Du warst in Sansibar und hast an Waffeln gedacht?"

„Okay, nicht die ganze Zeit." Ihre Schwester lachte. Sie war erst vor zwei Tagen von einer Arbeitsreise zurückgekommen und in Gedanken noch halb in Afrika, inmitten von Hitze und flirrenden Farben. „Mann, war das schön da! Die Pflanzen, die Tiere … Unglaublich. Ich bin vor Tau und Tag aufgestanden und habe so viel fotografiert, wie ich konnte."

„Du bist früh aufgestanden? Du?", fragte Jan ungläubig.

„Ja, bin ich, Mum – *wirklich.*" Imogen verdrehte die Augen, ohne richtig sauer zu werden. Ihre Mutter verstand es bis heute, sie auf die Palme zu bringen, auch wenn sich ihr Verhältnis insgesamt merklich entspannt hatte, seit Imogen wieder in Brighton lebte. Doch während Tom die Karriere seiner jüngeren Tochter rundum befürwortete, hatte Jan ihre Bedenken.

„Die meisten Aufnahmen für den Reiseveranstalter hatte ich schon in den ersten paar Tagen drin", erzählte Imogen weiter, „sodass ich den Rest der Zeit für mein Portfolio nutzen konnte."

„Und was steht als Nächstes an?", fragte Jan.

„Erinnert ihr euch an das brasilianische Projekt, das ich erwähnt hatte? Die Frau, die jahrelang eine Kolonie von Amazonasdelfinen beobachtet hat und jetzt ein Buch über sie rausbringt?"

„Ah ja", sagte Anna. „Das klingt fantastisch."

„Ja, natürlich tut es das. Wer hätte schon etwas gegen einen exotischen Urlaub?", sagte Jan. „Aber im Grunde …"

„Komm schon, Mum." Anna knuffte sie leicht.

Imogen ignorierte die Bemerkung ihrer Mutter. „Jedenfalls habe ich mit Sally gesprochen, der Autorin, und sie scheint so gut wie sicher zu sein, dass ich sie auf der abschließenden Forschungsreise begleiten darf. Wir warten nur noch darauf, dass die letzten Einzelheiten geklärt werden. So, jetzt gehe ich zu Laurens Studio und entwickle einige der Sansibar-Bilder in ihrer Dunkelkammer. Nächste Woche treffe ich mich wieder mit Sally, und ich will ihr einige Fotos zeigen."

„Wenn es so weitergeht, brauchst du bald eine eigene Dunkelkammer", sagte Anna.

„Schön wär's. Dafür fehlt mir leider das Geld."

„Tja, wenn du mal hören würdest …", begann Jan.

„Mum, hattest du nicht gesagt, dass du zum Gästehaus musst?", fiel Imogen ihr ins Wort.

„Grandpa!", rief Bella begeistert.

„Ah, ja, richtig", sagte Jan und sah auf ihre Uhr. „Ich hatte Tom gesagt, dass ich nur kurz weg bin. Wir sehen uns später,

Mädchen." Sie küsste die beiden zum Abschied. „Ich bringe sie um sechs zurück, Anna."

Als Jan und Bella das Café verlassen hatten, fuhr Imogen fort: „Oh Gott, sie kann sich einfach nicht vorstellen, dass ich einen richtigen Job habe, oder?" Sie lachte. „Jedenfalls, wie ich schon sagte … Lauren ist klasse und lässt mich alles in ihrem Studio benutzen."

„Hör zu, bevor du wieder verschwindest, zu Lauren oder wohin du auch immer als Nächstes musst, hast du vielleicht Lust, am Sonntagabend mit Finn zum Essen zu kommen?", fragte Anna.

„Und bei einem Glas Wein in eurem Wohnzimmer flüstern, damit Bella nicht aufwacht?" Imogen zog die Brauen hoch. „Am Valentinstag?"

Anna biss sich verlegen auf die Unterlippe. „Ach ja! Ups, das hatte ich total vergessen … Okay, ich verstehe gut, wenn ihr zwei da lieber etwas Romantischeres macht."

„Nie im Leben!", erwiderte Imogen. „Wir kommen gerne zu euch. Um halb acht?"

„Prima. Abgemacht", sagte Anna.

Matteo ging mit einem Teller an Anna vorbei, lächelte Imogen zu und zeigte auf eine große Touristengruppe, die sich dem Laden näherte. „Wie es aussieht, wird's hier gleich voll."

„Stimmt", sagte Anna und sah ihre Schwester an. „Ich gehe lieber wieder an die Arbeit."

„Und du hattest Angst, dass der Winter zu ruhig wird!"

„Ich weiß. Zum Glück ist genau das Gegenteil der Fall", sagte Anna. „Unser einziges Problem ist, dass wir mit der Arbeit kaum hinterherkommen." Sie nahm sich eine Sekunde, um ihren Pferdeschwanz neu zu binden. „Ist das in Ordnung so?"

Imogen grinste. „Ja, nur eines noch." Sie wischte mit einem Finger über Annas Mundwinkel. „Schokosauce."

„Ah! Danke! Ich habe keine Ahnung, wie lange die schon da war.“ Anna lachte. „Ein neues Rezept. Das mussten wir heute Morgen natürlich abschmecken.“

„In Momenten wie diesem vermisse ich es fast, hier zu arbeiten“, sagte Imogen.

2. Kapitel

Im matten roten Licht von Laurens Dunkelkammer trat Imogen einen Schritt zurück, um die frisch entwickelten Sansibar-Fotos zu betrachten. Noch musste sie sich die Farben dazu denken – die satten Grüntöne und die leuchtenden Zitrusnuancen waren ihr noch lebhaft im Gedächtnis –, doch soweit sie sehen konnte, waren die Bilder richtig gut.

Wegzukommen hatte Imogen neue Energie gegeben, ihr neue Inspiration geschenkt und ihren Abenteuergeist befeuert, wie es das jedes Mal tat. Und nun erwachten hier in England all die Blumen und Tiere zu neuem Leben.

Wenn sie unterwegs war, vermisste sie Finn kaum oder bestenfalls flüchtig. Ihre Reisen waren so kurz und Imogen dann so beschäftigt, dass sie fast keine Zeit dazu hatte. Doch bei ihrer Rückkehr, als er sie in der Ankunftshalle von Gatwick erwartete, war ihr das Herz übergegangen. Ihn zu küssen, auf der Heimfahrt im Wagen mit ihm zu reden und zu hören, was er in der Zwischenzeit gemacht hatte, gab ihr das Gefühl, wieder vollständig zu sein.

Ihr Telefon signalisierte ihr summend, dass eine Nachricht eingegangen war. „*Surfen bei Sonnenuntergang? x*".

Lächelnd tippte Imogen ihre Antwort: „*Komme um 4.30 runter zu den Arkaden x*".

Imogen ging hinaus ins Studio, wo sie sich leise an Lauren vorbeischlich, die gerade ein junges Paar mit seinem Pekinesen fotografierte.

Lauren war eine alte Schulfreundin, zu der Imogen erst seit

Kurzem wieder Kontakt hatte, und es war ohne Frage großartig, dass Lauren ihr eigenes Fotostudio hatte. Zum Glück hatte sie auch noch jede Menge zu tun, und die Arbeit machte ihr großen Spaß. Imogen hingegen bekam schon bei der Vorstellung Beklemmungen, ihre Tage drinnen zu verbringen und endlos Bilder von Neugeborenen und Haustieren zu schießen. All diese gekünstelten Szenen, die bockigen Kinder und Hunde – nein, das sollte bitte lieber Lauren übernehmen! Imogen hatte sich mit Mühe durch die Schule gekämpft und nach dem College lange nach Arbeit gesucht – erst jetzt bekam sie endlich die Sorte Aufträge, die ihrer Leidenschaft entsprachen. Das wollte sie auf keinen Fall aufgeben.

Am Nachmittag, nachdem sie Laurens Studio in den North Laines, den verwinkelten Einkaufsstraßen von Brighton, verlassen hatte, ging Imogen zum zweiten Mal heute hinunter zu den Arkaden. Diesmal machte sie jedoch nicht beim Viviens Halt, sondern ging weiter, vorbei an dem Souvenirladen von Evie, der Freundin ihrer verstorbenen Großmutter, zu Finns Surfschule. Drinnen machte Finn gerade mit seinem Freund und Geschäftspartner Andy für heute zu.

„Hey, Andy!“, rief Imogen ihm zu.

„Die Reisende ist zurück!“, sagte Andy strahlend.

Imogen küsste Finn zur Begrüßung.

„Du hast ihm wahnsinnig gefehlt“, scherzte Andy.

„Ahh“, sagte sie und sah ihren Freund an. „Stimmt das?“

„Glaub ihm kein Wort“, antwortete Finn.

„Es war nicht auszuhalten mit ihm, so wie er hier Trübsal geblasen hat“, entgegnete Andy.

„Und, bist du bereit?“, fragte Finn und bedachte seinen Freund mit einem strengen Blick.

„Bin ich.“ Imogen nickte.

Sie schaute zu den Kästen mit Surfausrüstung in dem Raum, den Finn und Andy für den Unterricht nutzten, bevor sie mit den Schülern aufs Wasser gingen. „Allmählich wachst ihr aus diesem Laden raus, was?“

„Ja, darüber sprachen wir auch gerade“, sagte Andy. „Viele Schüler würden ihre Bretter und anderes gerne bei uns kaufen, aber hier fehlt uns einfach der Platz, irgendwas anzubieten.“

„Die Opfer eures eigenen Erfolgs“, erwiderte Imogen mitfühlend, während sie hinausgingen zu Finns Van. „Vielleicht solltet ihr über eine Vergrößerung nachdenken“, meinte sie und blickte zurück zum Laden. Finn hatte die Surfschule vor zehn Jahren eröffnet, als er Mitte zwanzig war, lange bevor er Imogen kennenlernte, und in den letzten Jahren hatte das Geschäft kräftig angezogen. Es lag auch in den Arkaden und nur ein paar Türen vom Viviens entfernt in einer Reihe von Läden und Cafés mit heimeliger, freundlicher Atmosphäre. Die Ladenbetreiber, Anna und Matteo, Finn, Evie vom Souvenirladen und einige andere, trafen sich regelmäßig und halfen sich gegenseitig aus. Sie besuchten sich untereinander mit heißen Getränken und Snacks, um zu plaudern. Im Sommer gab es Partys im Musikpavillon, Grillfeste und Spendenveranstaltungen zugunsten örtlicher Wohltätigkeitsorganisationen. Der Gemeinschaftssinn, den Vivien und Evie über Jahrzehnte kultiviert hatten, war bis heute sehr ausgeprägt.

„Aber wo sollen wir hin, wenn wir uns vergrößern?“, fragte Finn. „Ich würde nicht umziehen wollen, und hier aus den Arkaden will keiner weg.“

„Es muss doch irgendwas in der Nähe geben“, sagte Imogen und überlegte.

Zusammen stiegen sie in den Van, und Finn fuhr die Küstenstraße entlang aus dem Ort hinaus. Während die diesige Wintersonne am Himmel tiefer wanderte, waren sie unterwegs zu ihrem üblichen Strand, einer abgelegenen Bucht eine gute Stunde Fahrt von der Stadt entfernt.

Als sie ankamen, blickte Imogen aus dem Fenster. „Heute sind wir ganz allein hier. Klasse!“, sagte sie erfreut.

Finn parkte, und Imogen sprang auf der Beifahrerseite aus dem Van. Zusammen holten sie ihre Surfbretter vom Dach des Vans und schlüpften in ihre Neoprenanzüge.

„Wer als Erster drin ist!“, rief Imogen, die bereits mit ihrem Brett loslief. Finn holte sie unten am Wasser ein und schubste sie hinein. Prustend und lachend tauchte sie unter und wieder auf. „Zeig mal, was du draufhast!“, rief sie.

Finn paddelte weit hinaus, während Imogen näher am Ufer blieb und auf die richtige Welle wartete. Sie hatte nicht vor, sich mit Finn zu messen; immerhin surfte er schon seit seiner Jugend, sie erst seit ein paar Jahren, genauer gesagt: seit sie ihn kennengelernt hatte. Immerhin musste er sie nicht mehr unterrichten. Finn hatte ihr die Grundbegriffe erklärt, doch von da ab hatte sie sich alles selbst beigebracht, indem sie sich von den Gezeiten, der Natur und dem Meer anleiten ließ. Damit war sie vertraut, weil sie das alles bereits vom Tauchen kannte. In die Tiefe zu gehen, zu tauchen und Fotos von Meerestieren und Korallen zu schießen, war früher die einzige Art für sie gewesen, das Meer zu erleben. Finn konnte zwar besser surfen, aber dort unten übernahm sie die Führung und zeigte ihm, was er zu tun hatte.

Imogen tauchte unter und spürte, wie das kalte Wasser ihre Sinne weckte. Finn war mittlerweile nur noch ein Fleck in der Ferne. Sie holte tief Luft, und bei der nächsten Welle schwang sie sich gekonnt auf ihr Brett. Sie ritt die Welle bis zum Strand und nahm die Kälte kaum wahr, so sehr war sie von dem Rauschen gefangen. Und das Wissen, dass Finn da draußen irgendwo war und an sie dachte, gab ihr das Gefühl, zu allem fähig zu sein.

Sie hatte ihn kennengelernt, als sie noch mit Anna das Viviens betrieb, und nach einem Sommer, den sie quasi nebeneinander in den Arkaden gearbeitet hatten – teils harmonisch, teils weniger harmonisch –, hatten sie bei einem Sommerfest zusammengefunden. Imogen war nicht auf der Suche nach einer Beziehung gewesen, weil sie immer noch dabei war, die Geschichte mit ihrem Ex Luca zu verarbeiten, aber dann waren sie und Finn plötzlich ein Paar gewesen. Als sie sich zum ersten Mal küssten, an einem ruhigen Plätzchen am Strand, war es für Imogen aufregend gewesen, aber sie hatte sich auch gefragt, wo der Weg sie hinführen würde – vor allem, weil sie sich nicht vorstellen konnte, in Brighton zu bleiben, wo es doch noch so vieles in der Welt zu entdecken galt. Irgendwann kam der Punkt, an dem sie sich entscheiden mussten, und Imogen überredete Finn, mit ihr zurück nach Thailand zu reisen. Er konnte dort eine wohlverdiente Auszeit einlegen und sie ihr Fotoprojekt abschließen.

Dann folgte die Zeit in New York, wo eine Freundin, die bald Imogens Agentin wurde, eine Ausstellung für sie organisiert hatte. Es war ein Wendepunkt in Imogens Leben. Während jener schwülwarmen Sommertage in der Stadt wurde ihr klar, dass ihr Traum von einer Karriere als Fotografin in Erfüllung gegangen war, denn auf einmal trudelten Kaufangebote für ihre Arbeiten ein. Nach der schwierigen Schulzeit, in der ihr visuelles Gedächtnis und ihre eigene Art, die Welt zu sehen, immer ein Problem gewesen waren, brachte sie nun beides weiter voran, als sie es jemals für möglich gehalten hätte.

Nach ihrer Rückkehr nach Brighton zogen Finn und sie zusammen in Finns Haus, und Imogen hatte sich nach Kräften bemüht, ihre neuen Kontakte zu pflegen. Sie trennte sich von ihrer Agentin und machte allein weiter – eine gute Entscheidung, denn es kamen reichlich Anfragen für neue Projekte, zumeist aus dem Ausland. Und genau so hatte Imogen es sich gewünscht. Sie liebte Brighton, keine Frage, doch Gutes widerfuhr ihr stets weit weg von zu Hause. Das war immer schon so gewesen.

Als Finn wieder an den Strand kam, war sein normalerweise leicht gebräuntes Gesicht sehr bleich und seine Lippen blau gefroren. Imogen küsste ihn, um ihn zu wärmen, aber sie bibberten beide.

„Pub?“, fragte Imogen. „Ich denke, wir müssen uns aufwärmen.“

„Prima Idee.“

Eine halbe Stunde später betraten Imogen und Finn das „Rose“, ihren Stammpub, wo ziemlich viel los war, weil das wöchentliche Quiz gerade anfing. Finn und Imogen begrüßten den Wirt und einige ihrer Nachbarn, ehe sie sich etwas abseits vom Trubel in eine gemütliche Nische mit Holzstühlen setzten.

Allmählich kehrte das Gefühl in Imogens Hände und Füße zurück. „Es war toll heute da draußen“, sagte sie. „Ich liebe es, wenn niemand außer uns dort ist.“

„Ja, es war so friedlich. Und mit dir zusammen ist es allemal netter, als eine Gruppe von Anfängern vor dem Ertrinken zu bewahren, so viel steht fest“, sagte er. „Ich bin froh, dass du wieder da bist.“ Er legte die Arme um sie und zog sie zu sich, um sie zu küssen. Imogen erwiderte den Kuss.

„Ach, das wollte ich dich schon längst gefragt haben! Ist es in Ordnung, wenn wir am Sonntagabend zum Essen zu Anna und Matteo gehen?“

„Klar“, sagte er und stockte. „Warte mal, ist das nicht der Valentinstag?“

„Ja, schon … aber eigentlich ist das auch nur ein Tag wie jeder andere, oder?“, fragte Imogen.

„Stimmt. Und wenn es für dich in Ordnung ist, meinetwegen gerne. Ich freue mich, wenn ich die beiden sehe.“

„Super, denn irgendwie habe ich schon zugesagt.“

Er lachte. „Verstehe. Haben wir sonst noch Termine, von denen ich wissen sollte?"

„Nein. Aber hoffentlich bald. Ich treffe mich nächste Woche mit dieser Autorin, Sally, wegen der Amazonas-Reise."

„Der Frau mit den Amazonasdelfinen?"

„Genau. Zwei Jahre hat sie die erforscht. Es ist verblüffend, wie viel sie weiß, und während der gesamten Zeit hat sie parallel an dem Buch gearbeitet. Jetzt sucht sie nur noch nach dem richtigen Fotografen, der sie auf der abschließenden Forschungsreise begleitet."

„Hat sie denn selbst nicht fotografiert?"

„Doch, aber der Verlag findet die Qualität nicht so klasse, und wie es sich anhört, wollen die das Buch richtig groß rausbringen. Es soll ihr Haupttitel im nächsten Jahresprogramm werden, deshalb ist Sally sicher, dass das Budget es hergibt, mich mit ihr hinzuschicken."

„Klingt großartig", sagte Finn. „Und für wie lange?"

„Weiß ich nicht, einige Wochen, Monate vielleicht?" Imogen zuckte mit den Achseln. „Sie wird mir mehr sagen können, wenn wir uns treffen."

„Aha, also wirst du dich in Südamerika sonnen, während ich mich dem winterlichen Ärmelkanal und Surfanfängern in Neoprenkluft stelle."

„Ich komme ja bald wieder und erzähle dir alles davon", sagte Imogen strahlend und küsste Finn auf den Mund. „Und ich schicke dir auch eine Postkarte."

Am Sonntagabend waren Imogen und Finn bei Anna und Matteo zu italienischem Essen und gutem Rotwein.

„Spitzenpasta, Anna!" Begeistert wickelte Imogen die Tagliatelle mit ihrer Gabel auf.

„Danke", sagte Anna. „So langsam bekomme ich den Dreh mit der Nudelmaschine raus. Matteo hat sie mir zum Geburtstag geschenkt. Es ist ein bisschen knifflig, aber ich glaube, die Mühe lohnt sich."

„Oh wow, du hast den Pastateig selbst gemacht?" Imogen lachte. „Jetzt lass es aber mal gut sein! Ich kann bis heute kaum ein Ei kochen."

„Ach, hör auf! Du kannst inzwischen doch ziemlich gut kochen", widersprach Anna.

„Kann sie?", fragte Finn schmunzelnd.

„Bei uns kocht meistens Finn", gestand Imogen.

„Und du ...?", fragte Anna.

„Ich steuere die Unterhaltung bei", antwortete Imogen.

„Also ist es praktisch genauso wie früher bei uns zu Hause", sagte Anna lachend.

„Apropos, hast du Mum und Dad die letzten Tage gesehen?", fragte Imogen.

„Ja, wir waren gestern Abend kurz in der Elderberry Avenue bei ihnen."

„Und wie läuft es dort?"

„Gut, würde ich sagen", antwortete Anna. „Es ist immer noch ein bisschen chaotisch wegen der Umbauarbeiten, aber sie machen Fortschritte. Martin hat vor, Ende März zu eröffnen, also haben sie nur noch einen guten Monat, um alles fertig zu bekommen."

Das Haus in der Elderberry Avenue war von jeher ein Ort gewesen, an dem sich die Leute willkommen fühlten. Vivien war immer schon großzügig und gesellig gewesen und hatte nach dem Tod ihres Mannes ständig alte wie neue Freunde bei sich aufgenommen und eine Weile bleiben lassen.

„Ist Dad viel dort?", fragte Imogen.

„Ja, allerdings bin ich nicht sicher, wie sehr er hilft", antwortete Anna. „Er arbeitet an Skulpturen für den Vorgarten und macht ein bisschen beim Aufbauen der Möbel mit, aber ich denke, dass er hauptsächlich still vor sich hindenkt."

„Typisch Dad", sagte Imogen. „Es ist sicher nicht leicht für ihn, dass sich Granny Vs Haus jetzt so verändert. Hoffentlich wirft es ihn nicht wieder um Monate zurück, wenn er so viel zwischen ihren Sachen ist und zusehen muss, wie sich sein Elternhaus in etwas völlig anderes verwandelt."

„Dasselbe habe ich auch schon gedacht." Anna runzelte besorgt die Stirn. „Mum sagte, dass er manche Zimmer bisher noch gar nicht betreten hat."

„Langfristig ist es gut für uns alle, dass wir das Gästehaus haben, und für Dad, dass er sieht, wie das Haus weiterlebt. Schließlich gibt es kein Zurück zu dem, was früher war. Und unsere Erinnerungen kann uns ohnehin keiner nehmen, oder?"

„Weißt du noch, wie wir die Übernachtungspartys oben veranstaltet haben? Granny tat immer so, als würde sie uns nicht hören."

„Aber wenn wir um Mitternacht die Tür aufmachten, hatte sie uns dort Snacks hingestellt, damit wir noch schlemmen konnten." Imogen lächelte gedankenverloren.

„Dad und Martin müssen Millionen solcher Erinnerungen haben", sagte Anna. „Sie sind dort aufgewachsen, haben da ihre Kindheit und Jugend verbracht. Dad hat sich sein erstes Motorrad gekauft, als er noch zu Hause wohnte. Doch all diese Erinnerungen hält man nur lebendig, indem man das Haus lebendig hält, voller Menschen, Liebe und Lachen."

„Hoffentlich gewöhnt Dad sich mit der Zeit daran." Imogen seufzte. „Und wenn er sich allzu lange sträubt, rede ich mal mit ihm. Hat Mum irgendwas gesagt?"

„Sie drängt ihn vorsichtig, sich mal richtig umzusehen, will es aber nicht forcieren. Und sie ist vollauf mit den Vorbereitungen für die Eröffnung beschäftigt", antwortete Anna. „Schickt Pressemitteilungen raus und organisiert die Werbung."

„So viel zum Ruhestand", sagte Imogen. „Ich wusste, dass sie nicht lange stillsitzen kann."

„Meine Mutter ist genauso", sagte Matteo. „Sie ist am glücklichsten, wenn sie viel zu tun hat."

„Deine Familie sollte mal wieder herkommen", schlug Imogen vor. „Sobald das Gästehaus fertig ist, gibt es genügend Platz. Dann müssen sie sich nicht mehr alle im Gästezimmer bei Mum und Dad zusammenquetschen."

„Stimmt", sagte Matteo. „Das Elderberry Guesthouse – hört sich nett an. So englisch wie Fish and Chips. Meine Eltern und Carolina fänden das bestimmt ganz wunderbar."

Anna warf ihrer Schwester einen vielsagenden Blick zu, worauf Imogen sofort bereute, den Vorschlag gemacht zu haben. Letzte Weihnachten, als Matteos Familie sie besuchte, waren kein großer Erfolg gewesen. Die eine Woche war ihnen allen ewig lang vorgekommen. Elisa, Matteos sehr energische und selbstbewusste Mutter, hatte direkt das Kommando übernommen und mehr als einmal darauf hingewiesen, dass Anna und Matteo immer noch nicht verheiratet waren. Außerdem hatte sie ihre Enkelin mit Geschenken zugeschüttet, obwohl sich Bella mit gerade mal einem Jahr eigentlich nur für das Geschenkpapier interessierte. An dem Tag, an dem Elisa, Giacomo und Carolina wieder abreisten, hatten sie alle aufgeatmet. Elisa meinte es zweifellos gut, doch war nicht zu leugnen, dass Anna manches Mal versucht gewesen war, sich mit ihr anzulegen.

Imogen war also durchaus bewusst, was sie ihrer Schwester soeben etwas gedankenlos angetan hatte, weshalb sie hastig zurückruderte: „Ich meinte, in Zukunft, nächstes Jahr oder so. Noch ist das Gästehaus ja nicht mal eröffnet."

Ein leiser Schrei war aus Bellas Zimmer zu hören, dann wurde alles wieder ruhig.

Anna ging in den Flur und lauschte.

„Lass sie, Anna. Sie schläft", sagte Matteo. „Keine Sorge."

„Du hast recht. Jetzt ist alles wieder still. Ich dachte, sie sei aufgewacht, und du weißt ja, wie sehr sie Partys mag."

„Sie ist eben doch eine Südländerin im Herzen", sagte Matteo mit einem verliebten Lächeln. „Sie würde bis Mitternacht aufbleiben, wenn wir sie ließen."

„Deine Mutter sagt, du warst genauso", fügte Anna hinzu, als sie an die Geschichten dachte, die Elisa ihr zu Weihnachten erzählt hatte.

„War ich. Carolina und ich waren bei irgendwelchen Feierlichkeiten immer die halbe Nacht auf dem Marktplatz unterwegs, haben mit den anderen Kindern gespielt und uns unter den Tischen versteckt. Niemanden störte es, dass wir so lange aufblieben."

„Das probieren wir bei Bella gar nicht erst", sagte Anna kopfschüttelnd. „Am nächsten Tag wäre es furchtbar mit ihr."

„Ich finde, dass es sich nett anhört", widersprach Imogen, deren Fantasie von Matteos Beschreibung beflügelt wurde. „Es klingt nach einer wunderbaren Art, groß zu werden. So viel Freiheit. Mit anderen Kindern verschiedener Altersstufen zusammen zu sein. Viel besser als bei uns früher, wo man um sieben ins Bett musste, ob man müde war oder nicht. Für dich war das kein Problem, Anna. Du hast einfach deine Nase in einem Buch vergraben oder so, aber ich erinnere mich noch gut, dass ich vor Langeweile halb irre wurde, weil ich einfach nicht müde war. Ich finde, dass sich der mediterrane Lebensstil viel kinderfreundlicher anhört."

„Siehst du, Anna?" Matteo knuffte seine Frau sanft. „Es spricht eine Menge für den italienischen Stil. Und hin und wieder spät ins Bett zu gehen, wird Bella nicht schaden."

Imogen sah den Gesichtsausdruck ihrer Schwester und spürte, dass sie einen Nerv getroffen hatte.

„Ich meinte das nicht unbedingt auf Bella bezogen", erklärte sie hastig. „Nur so ganz allgemein."

„Weiß ich", sagte Anna. „Ich frage mich ja selbst, ob sie im Grunde mehr Italienerin ist. Aber sie wächst nun mal hier auf."

Anna und Matteo sahen einander an, und Finn, der die wachsende Anspannung bemerkte, wechselte schnell das Thema.

„Wie läuft es denn im Viviens?“, fragte er.

„Richtig gut“, antwortete Anna. „Die Winterkarte kommt glänzend an – aber wir freuen uns beide auf den Frühling, wenn wir wieder Sorbets anbieten können.“

„Ich erinnere mich noch an den ersten Sommer“, sagte Finn. „Ich war dauernd da und suchte nach einem Vorwand, mit ihr zu reden …“ Dabei sah er hinüber zu Imogen.

„Wie? Hast du dich etwa nicht nur für unser Eis interessiert?“, fragte Anna übertrieben entsetzt.

Lachend schüttelte Finn den Kopf. „Oh nein.“

„Ich hätte nie gedacht, dass es irgendeinem Mann mal gelingt, sie zum Bleiben zu bewegen“, sagte Anna.

„Tja, sieht so aus, als hätte er es geschafft“, meinte Imogen kurz und wechselte sofort das Thema. „Hast du nicht gesagt, dass du ein neues Rezept hast, das du an uns ausprobieren willst, Anna?“

„Ja, stimmt überhaupt!“ Anna strahlte. „Das hatte ich fast vergessen. Euch blüht eine Offenbarung. Komm mit, Matteo, richten wir das Dessert.“

Anna und Matteo kehrten wenige Minuten später mit dampfenden Bechern ins Esszimmer zurück.

Imogen fing den Duft ein, der von den Bechern aufwaberte. „Kakao?“

„Ja, aber nicht nur.“ Anna stellte die Becher auf den Tisch. „Ich hoffe, ihr zwei seid bereit, die Versuchskaninchen zu spielen.“

„Jederzeit“, versicherte Finn.

„Heißes Eis“, verkündete Matteo. „Unsere Winter-Eisrevolution. Für euch zum Valentinstag.“

„Selbst gemachte heiße Schokolade mit einer Kugel Nougat-Eis, einer Kugel Zartbitter und fein gehackten Haselnüssen obendrauf."

„Her damit!", forderte Imogen und griff nach einem Becher. „Das klingt fantastisch."

Sie reichte einen Becher an Finn weiter und nahm sich selbst einen.

Beide tranken einen Schluck. „Oh, das ist gut", stellte Finn fest. „Sehr gut!"

„Das müsst ihr sofort auf die Karte setzen", pflichtete Imogen ihm bei. „Keine Frage."

„Ich kann gar nicht genug von dem bekommen, was ihr zaubert", sagte Finn zu Matteo. „Aber ein Leben lang Eis – wird man das nicht irgendwann leid?"

„Würde ich nie", antwortete Matteo. „Allerdings muss man schon immer mal das Angebot verändern. Und das Viviens gibt uns die Freiheit zu experimentieren."

„Ich bin nicht sicher, was Granny sagen würde, wenn sie das Café heute sehen könnte", sagte Imogen. „All die Granitas und exotischen Eisbecher. Sie hatte sich ja doch eher darauf festgelegt, simple Eiswaffeln und kleine Eisbecher zu verkaufen, oder?"

„Viviens Leidenschaft galt den Menschen, weniger dem Essen oder den Finanzen", erklärte Anna. „Am Ende hat sie das Eiscafé eher als eine Art Gemeindezentrum betrieben und sich um jeden gekümmert, der vorbeikam. Ich glaube, ihre Liebe zu dem Geschäft selbst war nicht mehr so groß, nachdem Granddad gestorben war."

„Es muss schwer für sie gewesen sein, den Laden nach seinem Tod am Laufen zu halten. Sie haben sich wirklich geliebt, nicht?", fragte Matteo.

„Und wie", bestätigte Anna. „Sie haben alles zusammen gemacht, im Laden und außerhalb. Sie haben sogar gegenseitig ihre Sätze beendet."

„Ich glaube, das einzige Mal, dass sie getrennt waren, war, als sie mit Evie nach Italien gereist ist“, ergänzte Imogen. „Ansonsten verließen sie sich vollkommen aufeinander. Sie war am Boden zerstört, als er starb.“

„Vermutlich ist sie nie über den Verlust hinweggekommen. Nicht richtig“, sagte Anna.

3. Kapitel

Am folgenden Donnerstag bereitete Anna im Viviens gerade Eis aus weißer Schokolade und Haselnuss zu für ihren „Becher der Woche“, als die Türglocke läutete, um einen Gast anzukündigen, und Anna blickte auf. Es war Evie, das zuckerwatterosa Haar lose hochgesteckt und in einer blauen Jeansjacke. Anna lächelte. Es tat immer gut, die beste Freundin ihrer Großmutter zu sehen, und da deren Souvenirladen nur zwei Türen weiter war, besuchte sie das Viviens oft.

„Hi, Evie“, sagte Anna. „Wie war das Schwimmen heute Morgen?“

„Sehr belebend, danke“, antwortete Evie und setzte sich an den Tresen. „Das Beste an dieser Jahreszeit ist, dass ich das ganze Meer für mich allein habe.“

Anna lachte. „Du bist ja auch die Einzige, die wahnsinnig genug ist, bei diesen Temperaturen ins Wasser zu gehen, deshalb.“

„Vivien wäre ganz gewiss auch mitgekommen, wäre sie noch bei uns. Deine Grandma konnte nichts und niemand von ihrem morgendlichen Schwimmen abhalten.“

„Ja, diese Begeisterung für das Meer im Winter scheint sie Imogen vererbt zu haben. Mir jedenfalls nicht!“

„Sie hat da draußen mal einen Jungen gerettet. Hat sie euch das je erzählt?“

„Nein, das wusste ich nicht. Was war passiert?“ Es war bezeichnend für Vivien: Sie hatte so viele Facetten gehabt, dass Anna längst gewohnt war, Andeutungen oder Anekdoten von

Leuten zu hören, die Bereiche ihres Lebens erhellten, von denen Imogen und Anna keine Ahnung hatten.

„Ein kleiner Junge, er muss ungefähr fünf gewesen sein, führte mit seinen Eltern zusammen den Hund aus. Als der Hund ins Wasser sprang, ist der Kleine hinterher, doch die Strömung zog ihn nach draußen. Seine Mum und sein Dad kamen nicht schnell genug zu ihm, doch Vivien war schon draußen. Sie schnappte sich den Jungen und brachte ihn zurück an Land. Der Hund kam bald hinterhergetrottet. Er hatte nichts von dem mitbekommen, was er ausgelöst hatte."

„Das ist ja sagenhaft!" Anna war stolz auf ihre Großmutter.

„Es stand sogar in der Lokalpresse. Irgendwo habe ich noch einen Zeitungsausschnitt. Den suche ich mal raus."

„Oh ja, bitte! Vielleicht könnten wir ihn für das Gästehaus rahmen lassen – das würde Dad gefallen. Aber was kann ich dir bringen, um dich aufzuwärmen, Evie?"

„Hast du noch etwas von dem Gebäck übrig?"

Anna rief nach hinten in die Küche: „Matteo, sind noch Cannoli für Evie da?"

„Ja, ich habe gerade eine Fuhre frisch aus dem Ofen", antwortete er.

„Fantastisch", sagte Evie.

„Möchtest du einen Espresso? Ich weiß, dass du normalerweise Tee trinkst, aber zu den Cannoli gehört wirklich ein Kaffee."

„Ja, gerne", sagte Evie. „Allerdings musst du dann damit leben, dass ich rede wie ein Wasserfall." Sie lachte.

„Und wie geht es im Laden?", fragte Anna, während sie das Kaffeepulver nach unten presste und die Maschine vorbereitete.

„Gut", antwortete Evie sehr schnell. Anna bemerkte, dass Evies Augen heute nicht wie sonst leuchteten und sie abgekämpft wirkte. Obwohl sie sonst eigentlich immer jünger wirkte, als sie war, sah man ihr heute ihre siebzig Jahre an.

Anna beäugte sie fragend.

„Ach, du weißt doch, wie das ist, selbstständig zu sein", sagte Evie. „Da macht man sich dauernd wegen irgendwas Sorgen. Aber in letzter Zeit bekomme ich graue Haare davon." Sie berührte ihr Haar, das schon blassrosa getönt war, solange Anna sich erinnern konnte.

„Wirklich?" Anna betrachtete Evies Haar und lächelte.

„Na, warten wir ab, was du sagst, wenn ich mir den Friseur nicht mehr leisten kann."

„Ist es denn so schlimm?", fragte Anna nun besorgt.

„Das Geschäft läuft schon lange schleppend. Und der Winter ist immer wieder eine Herausforderung in einer Stadt wie dieser, das weißt du genauso gut wie ich. Normalerweise verdiene ich über den Sommer genug fürs ganze Jahr. Doch zurzeit, muss ich gestehen, hangele ich mich nur gerade so durch."

„Meinst du, eine Veränderung im Sortiment könnte helfen?"

„Habe ich versucht, Anna. Ich habe schon so gut wie alles probiert, aber der Gewinn bricht immer weiter ein."

„Das tut mir sehr leid."

„Danke, doch vielleicht ist es ein Zeichen." Evies sonst so strahlende blaue Augen wirkten müde, und in ihren Worten schwang Schwermut mit. „Ich bin niemand, der schnell aufgibt, aber vielleicht ist es Zeit, dass ich mich verändere – den Laden verkaufe und etwas Neues anfange."

„Bist du sicher?", fragte Anna.

Es machte sie traurig, Evie so resigniert zu erleben. Als Imogen und sie wie verrückt gearbeitet hatten, um das Viviens zu einem Erfolg zu machen, hatte Evie ihnen stets zur Seite gestanden, ihnen Ratschläge gegeben und sie unterstützt. Jetzt war ihr eigener Laden ins Straucheln geraten. Das kam Anna unfair vor. Mehr als das: Wäre Vivien noch am Leben, würde sie alles tun, was in ihrer Macht stand, damit es Evie wieder gut ging, und Anna empfand schon aus Loyalität zur besten Freundin ihrer Großmutter nicht anders.

„An manchen Tagen bin ich sicher“, sagte Evie. „An anderen weniger. Nach so vielen Jahren ist es eine schwierige Entscheidung. Eigentlich habe ich ja nie etwas anderes gemacht, außer Souvenirs zu verkaufen. Na ja, abgesehen von Reisen, meine ich.“

„Hier“, sagte Anna und schob Evie ihren Espresso und das warme, gefüllte Gebäck hin, das Matteo ihr brachte. „Es tut mir leid. Das löst zwar keine Probleme, aber …“

Evie biss in ihren Cannolo und nickte dankbar. „Es hilft allemal.“

Anna lächelte.

„Diese Dinger erinnern mich an meine Reise mit Vivien nach Sorrent an der Amalfi-Küste. Über dreißig Jahre ist das jetzt her. Den ganzen Nachmittag saßen wir in den Straßencafés, vor uns das glitzernde Meer, und hatten nichts weiter zu tun, als die Sonnenstunden mit einem Taschenbuch zu verbringen.“

„Es muss herrlich gewesen sein.“ Anna dachte wehmütig an die sorgenfreien Tage, die sie in Florenz genossen hatte, bevor Bella geboren wurde.

„Dir würde es dort gefallen“, sagte Evie.

„Irgendwann vielleicht.“

„Für deine Großmutter war der Ort etwas Besonderes.“ Sie stockte und schien in Gedanken in jene Zeit zurückzureisen.

Am Nachmittag kam Annas Mutter mit Bella ins Eiscafé. Alle küssten sich zur Begrüßung, und Jans Wangen waren kalt vom frischen Wind draußen.

„Ich dachte, ich schaue mal rein und sage Hi.“

„Hey, Jan!“, rief Matteo aus der Küche.

„Dein Vater und dein Onkel sind mit Heimwerken beschäftigt, deshalb sind Bella und ich auf dem Weg in den Park. Möchtest du mitkommen?“

„Matteo, ist es in Ordnung, wenn ich ein bisschen nach draußen gehe?“, fragte Anna ihn.

„Klar, geh nur.“

Anna packte ein paar unverkaufte Cannoli ein. „Etwas Wegzehrung.“

Im kalten Wintersonnenschein gingen sie den Kieselstrand entlang, und Anna reichte ihrer Mutter einen Cannolo.

„Wie läuft es denn oben im Haus?“, fragte Anna.

„Gut, glaube ich. Es ist immer noch eine Menge zu tun, aber du weißt ja, dass die McAvoys gern alles bis zur letzten Minute aufschieben und dann doppelt so kräftig zupacken. Das ist unsere Stärke.“

Anna lachte. „Ja, nichts geht über einen festen Termin. Ich habe gehört, dass Finn die Website auch fast fertig hat.“

„Oh, er ist phänomenal!“, sagte Jan. „Ich habe die ersten Entwürfe gesehen, und auf denen wirkt das Haus richtig lebendig. *Ich* würde da sofort buchen. Und du weißt ja, wie wählerisch ich bei solchen Sachen bin.“

Anna musste erneut lachen. „Und wie geht es Dad?“

„Der steckt nach wie vor eher den Kopf in den Sand, finde ich. Ich habe ihm gesagt, dass es Zeit wird, sich mal richtig im Haus umzusehen. Schließlich bleibt nur noch ein Monat bis zur Eröffnung. Deine Schwester will am Samstagnachmittag vorbeikommen und uns moralische Unterstützung geben, falls nötig. Hast du da Zeit?“

„Ja, ich denke schon. Ich werde dort sein.“

„Deine Schwester hat mit Finn einen echten Glücksgriff gemacht. Er tut ihr so gut. Und ich bin überglücklich, dass sie anfängt, erwachsen zu werden, und sich endlich Sachen und Leute aussucht, die gut für sie sind. Erinnerst du dich, wie sie das erste Mal in Thailand war? Bei ihrer Rückkehr redete sie immerfort von irgendeinem Strandstreicher. Ein Amerikaner, glaube ich."

„Luca", sagte Anna. Sie hatte ihn nie kennengelernt, aber Fotos von ihm gesehen: dunkelhaarig, gut aussehend und sonnengebräunt. Imogen, die sich eigentlich nur richtig wohlzufühlen schien, wenn sie weit weg war von zu Hause, war nach Brighton zurückgekehrt, nachdem Vivien gestorben war, und dann länger geblieben, weil es ihrem Vater so schlecht ging. Trotz des ganzen Kummers hatte Imogen sich einen Anflug von Urlaubsstimmung bewahrt in der Zeit und war in Gedanken bei Luca gewesen. Erst als sie sich von Luca getrennt hatte, weil er inzwischen mit einer Freundin von ihr angebandelt hatte, war sie auf den Boden der Tatsachen zurückgekehrt.

„Damals hatte ich beinahe die Hoffnung aufgegeben", sagte Jan. „Euer Dad war zeitlebens abenteuerlustig und ist viel gereist, sicher. Aber als wir uns kennengelernt haben, war er doch bereit, sich niederzulassen. Nach dem, was Imogen mir erzählt hat, was zugegebenermaßen nicht viel ist – du kennst sie ja –, glaube ich nicht, dass sie das bei einem der Männer vor Finn gefunden hätte."

„Da war sie auch erst dreiundzwanzig", erwiderte Anna. „Ich denke nicht, dass sie selbst schon bereit für etwas Dauerhaftes war."

„In dem Alter war ich schon mit eurem Dad zusammen."

„Imogen ist ganz anders als du, Mum. Ich glaube nicht mal, dass sie inzwischen bereit ist, endgültig sesshaft zu werden. Und sechsundzwanzig ist heutzutage noch sehr jung."

„Diese dauernden Reisen, die sie unbedingt machen will … Das werde ich wohl nie richtig verstehen. Ich bin bloß froh, dass wir dich hierhaben, Anna. Wenigstens bei einer unserer Töchter können wir uns darauf verlassen, dass sie in der Nähe bleibt. Das bedeutet uns eine Menge, wie du selbst verstehen wirst, wenn Bella erwachsen wird."

„Das Reisen macht Imogen glücklich, Mum."

„Im Moment vielleicht", sagte Jan.

„Genau wie dich deine Arbeit glücklich gemacht hat."

„Ja." Jan senkte den Blick.

„Fehlt sie dir?", fragte Anna sanft.

Jan sah zu ihr auf. „Es hört sich blöd an, oder? Aber, ja, tut sie. Ich hatte so klare Vorstellungen von meinem Ruhestand: entspannte Tage im Garten, lange Spaziergänge mit deinem Vater, in Ruhe wunderbare Kreationen backen und so. Stattdessen kommt es mir vor, als wäre ich, abgesehen von dem bisschen Werbekram für das Gästehaus, völlig ausgebremst. Dein Vater macht seine eigenen Sachen, und die Wahrheit ist, dass ich ohne Bella gar nicht wüsste, was ich mit mir anfangen soll."

Jan drückte die Hand ihrer Enkelin.

„Granny!", rief Bella. „Mwah." Sie blies ihr einen Kuss zu, und ihre Großmutter blies ihr einen zurück.

„Tja, wir haben eine Menge, worauf wir uns diesen Sommer freuen können, nicht?", fragte Jan ihre kleine Enkelin. „Übernachten bei Grandma und Granddad, ein Picknick im Glockenblumenwald ..." Jan sah wieder zu Anna. „Es ist das erste Mal, dass Bella unser jährliches Familientreffen richtig miterlebt!"

„Ja, das wird schön", sagte Anna.

Jedes Jahr luden die McAvoys die gesamte Familie zu einem Ausflug in den Wald in der Nähe von Jans und Toms Cottage in Lewes ein, in East Sussex, und das zu der Zeit, wenn die Glockenblumen in voller Blüte waren. Einige von Annas liebsten Kindheitserinnerungen hatten mit diesen Treffen zu tun, und das wünschte sie sich auch für Bella.

„Seit es Bella gibt, sind wir alle mehr ... geerdet, findest du nicht?", meinte Jan.

Anna sah ihrer Mum an, wie viel es ihr bedeutete, die ganze Familie in der Nähe zu haben und Bella eine gute Großmutter sein zu können. Nach den Jahren, die Imogen im Ausland gelebt hatte, waren die McAvoys wiedervereint, und das wussten sie alle zu schätzen.

Am Abend setzten sich Matteo und Anna zum Essen an den Küchentisch. Bella schlief in ihrem Kinderzimmer.

„Das ist lecker", sagte Anna und zeigte auf den Nudelauflauf, den Matteo ihnen zubereitet hatte.

„Danke." Er sah sie nicht an.

„Geht es dir gut?", fragte sie behutsam und legte eine Hand an seinen Arm. „Du wirkst ein bisschen abwesend heute Abend."

„Ich? Alles in Ordnung", sagte er kopfschüttelnd. „Es … es ist nichts, ehrlich."

„Raus damit."

„Ich bin ein bisschen in Gedanken, weiter nichts."

„Also?"

„Es ist wirklich nichts."

„Hat es mit dem alten Mann zu tun, mit dem du heute im Café gesprochen hast?"

„Ja, in gewisser Weise."

„Wer war das?"

„Er stammt ursprünglich aus Siena, betreibt aber schon seit Jahren einen Fish-and-Chips-Laden in Hove", antwortete Matteo. „Er hatte von den Cannoli gehört und kam, um einen zu probieren. Ich gab ihm einige Kostproben mit Eis, und da hättest du ihn mal sehen sollen. So glücklich. Er war quasi in einer anderen Welt."

„Das ist schön." Zu sehen, wie die Kunden strahlten, wenn sie ihr Eis kosteten, war immer ein Ansporn für Anna.

„Wir kamen ins Gespräch über Siena und das Essen dort.

Er sagte, dass ihm die Stadt sehr fehlt."

„Was hat ihn denn hergeführt?"

„Er hatte sich verliebt. Und ist jetzt seit dreißig Jahren hier. Er hatte fest vor zurückzugehen, aber, wie er sagte, dann sind die Jahre einfach so vergangen."

Sein Tonfall beunruhigte Anna. „In letzter Zeit denkst du auch viel an zu Hause, nicht?" Ihr war nicht wohl bei dieser Frage, denn sie wusste, dass sie damit etwas ansprach – vielleicht das Einzige –, das einen Keil zwischen sie treiben könnte.

Matteo bejahte stumm.

Sein Schweigen verriet Anna, welches Ausmaß sein Heimweh mittlerweile angenommen hatte. Zu Beginn ihrer gemeinsamen Zeit hatte Matteo oft scherzhaft geklagt, was ihm alles fehlte, und hatte sehnsüchtig die Lieblingsgerichte in florentinischen Restaurants aufgezählt. Doch es hatte immer etwas spielerisch Amüsiertes gehabt. Das hier war anders.

„Du kannst ehrlich zu mir sein, das weißt du doch", sagte Anna.

„Ich vermisse so vieles. In meiner eigenen Sprache reden zu können, zum Beispiel. Mein Englisch gerät nach wie vor durcheinander, selbst wenn ich mit dir rede. Und dann einfach dieses Gefühl des Dazugehörens. Manchmal habe ich es hier, doch ab und zu …"

„Du möchtest, dass wir da hinziehen?", fragte Anna, und es traf sie wie ein Schlag.

Matteo schüttelte den Kopf. „Du und Bella seid das Wichtigste für mich, und als ich herkam, habe ich dir versprochen, dass wir hier leben würden, wo deine Familie ist, wo der Laden ist. Ich werde dieses Versprechen nicht brechen, Anna. Ich würde dich nicht bitten, all das zu verlassen."

„Aber wie können wir bleiben, wenn ich weiß, dass du nicht glücklich bist?" Annas Stimme brach.

„Bin ich doch“, erwiderte er. „Ich bin sehr glücklich, Anna.“ Er verstummte, und Anna sah ihm an, dass er etwas verschwieg.

„Aber …?“

„Die Wahrheit? Ich fühle mich zerrissen.“ Eine tiefe Traurigkeit lag in seinen Augen. „Ich will nicht so werden wie der alte Mann, Anna.“

4. Kapitel

Am Freitagabend saßen Finn und Imogen in ihrem Wohnzimmer im Strandhaus und entspannten sich auf dem L-förmigen Sofa. Durch die hohen Fenster blickte man auf die stürmische, aufgewühlte See, drinnen in dem eher minimalistisch möblierten Zimmer sorgten ein großer weißer Teppich, Wurfkissen und Drucke von Imogens Thailandfotos für eine warme, gemütliche Atmosphäre.

Finn zeigte Imogen die Website, die er für das Elderberry Guesthouse entworfen hatte. Er gab ihr sein Tablet, damit sie genauer hinsehen konnte. „Ich habe die Homepage schlicht gehalten, aber man kann jede der Türen hier anklicken, um die Zimmer anzusehen. Siehst du – hier ist das Zimmer mit den römischen Motiven …"

Er klickte die weiße Tür an und begann die virtuelle Besichtigung des Zimmers, das Tom und Martin mit Drucken und italienisch angehauchter Dekoration im Stil von Viviens liebstem Audrey-Hepburn-Film gestaltet hatten.

„Und hier geht es durch die Prohibitions-Bar durch zum *Great-Gatsby*-Zimmer …" Auf dem Bildschirm führte er Imogen zu den Räumen, die einst Küche und Wohnzimmer ihrer Großmutter gewesen waren.

„Das sieht klasse aus", sagte Imogen und drückte Finn. „Danke, dass du das gemacht hast. Dad und Martin werden total hin und weg sein!" Sie konnte es kaum erwarten, damit vor ihrer Familie anzugeben. „Ich will morgen hin. Dad soll zum ersten Mal das ganze Haus richtig besichtigen, also habe ich Mum versprochen, dass ich hinkomme und dabei bin.

Anna will auch kommen. Es ist nur noch ein Monat bis zur Eröffnung, und vermutlich hat Mum ihm klargemacht, dass er sich daran gewöhnen muss oder jetzt etwas sagen, falls ihm irgendwas nicht passt, solange sie noch Sachen verändern können. Ich glaube, Martin hat ein bisschen Angst davor, dass Dad es furchtbar finden könnte."

„Das wird er bestimmt nicht. Es sieht klasse aus, und dein Vater ist ein vernünftiger Mann. Aber auf jeden Fall ist es nett, dass ihr beide auch dort seid."

„Ich bin mir absolut sicher, dass Granny es toll gefunden hätte", sagte Imogen voller Überzeugung. „Du weißt ja, wie sie war – immer dafür, die Verirrten und die Streuner aufzunehmen und Freunde einzuladen. Sie hätte nicht gewollt, dass das Haus leer ist."

Imogen dachte daran, wie es in ihrer Kindheit gewesen war, als sie mit Anna dort im Garten gespielt hatte und wie sie im Haus herumgesaust waren. Als Anna und sie erwachsen wurden, veränderte sich ihre Beziehung zur Großmutter, und sie redeten mehr mit ihr. Imogen hatte ihre Gespräche immer geliebt. Ihre Großmutter war so klug und zuversichtlich gewesen und hatte sie stets angespornt, ihren Träumen zu folgen, egal was geschah. Drei Jahre waren seit ihrem Tod vergangen, doch hin und wieder holte holte die Trauer Imogen wieder ein. Sie biss sich auf die Unterlippe, um nicht zu weinen.

„Ich glaube, ich kann bei der Eröffnung gar nicht dabei sein, weil ich da am Amazonas sein werde", sagte sie. „Das ist sehr schade."

Am nächsten Tag ging Imogen zum Gästehaus ihres Onkels.

„Hi, Leute!" Ihr Dad stand in der Diele und sah ein bisschen unsicher aus in dem Haus, das einmal sein Zuhause gewesen war und sich jetzt so sehr verändert hatte. Imogen ging zu ihm und küsste ihn zur Begrüßung.

„Ist Anna schon da?“, fragte sie.

Ihre Mutter schüttelte den Kopf. „Sie hat gesagt, dass sie kommt, aber ich weiß nicht genau, wo sie steckt. Anscheinend hat sie ihr Telefon ausgeschaltet.“

„Komisch.“ Imogen versuchte es bei ihr und landete ebenfalls auf der Mailbox. „Ich nehme an, dass sie unterwegs hierher ist. Seht mal, ich habe einige meiner Drucke gerahmt für den Flur.“ Imogen zog sie aus ihrer Tasche, um sie ihren Eltern und Martin zu zeigen. „Um alles ein bisschen aufzuhellen.“

Sie hielt die Bilder an die Wand und testete, wie sie sich dort machten. „Na ja, und ich habe sie auch mit Preisen ausgezeichnet. Ich hoffe, das stört euch nicht.“

„Nein, einige Urlauber werden sich garantiert in die verlieben“, sagte Tom leise.

Imogen lachte. „Ich lasse mir eben keine Gelegenheit durch die Lappen gehen, Dad.“

Sie beobachtete, wie sich ihr Vater in dem Haus umblickte, in dem er aufgewachsen war. Sein Blick verharrte auf den Stellen, an denen die Sachen und Möbel seiner Mutter gestanden hatten, und Trauer legte sich über seine Züge.

„Lass uns mal eine Besichtigung machen“, schlug Imogen vor. Sie zog ihn mit sich die Treppen hinauf, durch die Gästezimmer und zurück nach unten.

Als sie die Treppe hinunterkamen, sah Martin seinem Bruder nervös entgegen. Er war gespannt, wie Tom die Veränderungen aufnahm. Imogen sah ihn an. Ihnen allen war bewusst, dass es schwierig für Tom sein könnte, das Haus nun an der Schwelle zu einer neuen Ära zu sehen, nachdem er so schwer mit dem Verlust seiner Mutter zurechtgekommen war.

Nach einer gefühlten Ewigkeit wandte er sich zu den anderen um. „Ich finde, es sieht gut aus.“

Feierlich schüttelte er seinem Bruder die Hand, ehe er ihn

in die Arme nahm. „Du hast hervorragende Arbeit geleistet, Martin. Ich glaube, Mum würde es gefallen. Was meinst du?"

„Tja, ich kann nur sagen, dass ich sehr erleichtert bin." Martin atmete auf. „Jetzt ist unsere einzige Sorge, ob wir auch genügend Gäste bekommen."

„Werdet ihr", sagte Imogen ruhig.

Jan nickte. „Das Interesse ist jedenfalls groß."

„Es ist genau das, was wir hier brauchen", ergänzte Imogen. „Eine bezahlbare Unterkunft, klassisch, aber nicht zu touristenmäßig. Die Eröffnung nächsten Monat wird zusätzlich eine gute Werbung sein."

„Na, und ob", beteuerte Jan.

Tom verließ leise den Raum, und Martin und Jan wechselten einen unsicheren Blick. Imogen folgte ihrem Vater in den Vorgarten.

Er stellte seine Vogelskulpturen um den Teich herum auf. Als er sich umdrehte, bemerkte er Imogen, die ihn beobachtete.

„Was meinst du?", fragte er sie und zeigte auf die Skulpturen.

„Die sehen klasse aus, Dad."

„Ich möchte, dass dies hier genau richtig ist. Also der Garten. Er ist das Erste, was die Gäste sehen. Mum wäre es wichtig gewesen."

„Ist es seltsam für dich hier?", fragte sie.

Er nickte. „Mir ist klar, dass es das Beste ist, trotzdem fühlt es sich ein bisschen seltsam an, dass Leute bezahlen sollen, um hier zu wohnen. Sehr seltsam."

Imogen ging zu ihrem Vater, und sie umarmten sich. „Ich muss nur eines nach dem anderen verarbeiten", sagte er. „Es wird schon."

„Natürlich. Sie hätte es gewollt, glaube ich, dass Leute herkommen und ihr Haus genießen."

„Weiß ich. Du hast recht." Er sah sie voller Stolz an. „Auf deine alten Tage wirst du ganz schön weise, Imogen."

Sie boxte ihn zum Spaß. „Was soll das denn heißen, Dad? Ich bin erst sechsundzwanzig!"

„Ah, da ist übrigens noch etwas, das ich dir zeigen möchte", sagte Tom und ging zu seiner Tasche. Aus der holte er eine runde Keramikplatte hervor, auf der in Blassgrün stand: ELDERBERRY GUESTHOUSE. „Das habe ich am Wochenende gebrannt."

„Es ist wunderschön", sagte Imogen.

„Hilfst du mir, es aufzuhängen?", fragte er.

Imogen hakte sich bei ihm ein. „Selbstverständlich."

5. Kapitel

Es war Samstagnachmittag, und Anna stapfte über den Strand von Hove, vorbei an Holzruderbooten, die neben ihr auf dem Kiessand lagen. Weiter oben zu ihrer Rechten standen die bunten Strandhütten, und hinter ihnen ragten die eleganten Regency-Hotels auf. Brighton und Hove waren Anna sehr vertraut, und sie wusste, wo sie hinmusste, um Ruhe zu finden. Morgens hatte sie das Eiscafé verlassen und Matteo gesagt, sie wolle mehr Milch besorgen. Die Wahrheit war, dass sie Zeit zum Nachdenken brauchte. Matteos Geständnis, dass ihm Italien fehlte, beunruhigte sie sehr.

Ein Spaziergang an diesem Strandabschnitt machte ihr sonst immer einen klaren Kopf, nur heute wollte sich der Nebel nicht lichten. Anna konnte an nichts anderes denken als Matteos Worte: „*Ich will nicht so werden wie der alte Mann, Anna.*“ Bis zu dem Moment hatte sie geglaubt, dass sie ihn glücklich machte. Schließlich sagte er ihr das immer wieder. Doch bei dem Gespräch hatte sie gesehen, wie traurig er war. Und sie wurde dieses Gefühl nicht los, dass sie verantwortlich dafür war, weil sie in England bleiben wollte.

Aber fortgehen? Ihre Eltern, Imogen, das Geschäft und ihr Zuhause verlassen? Für einen ganzen Sommer oder – bei diesem Gedanken wurde ihr fast übel – für immer? Sie konnte sich das überhaupt nicht vorstellen, vor allem jetzt, da sie Bella hatten. Matteo verlangte zu viel zu ihr. Aber ihr war klar, dass es jetzt, da er es einmal ausgesprochen hatte, dauerhaft über ihnen schweben würde. Anna würde sich künftig immerzu fragen, wie zufrieden er wirklich war. Wie würde sich sein

Heimweh in einem Jahr auswirken, in fünf Jahren oder wenn Bella erwachsen war? Schon jetzt war es wie ein Riss im Gefüge ihres Zuhauses. Anna könnte versuchen, den Riss zu ignorieren, bewusst nicht hinschauen. Aber eines Tages, wenn sie es doch tat, könnte er so groß geworden sein, dass er sich nicht mehr kitten ließ.

Ein Paar mit einem Kind kam ihr über den Strand entgegen, und als sie näher waren, erkannte Anna, dass es ihr Exfreund Jon mit Mia und ihrem Sohn Alfie war. Beim Anblick des kleinen Jungen gerieten Annas Gefühle vollends durcheinander. Alfie war inzwischen fünf Jahre alt und so viel größer geworden; trotzdem sah man ihm in den gelben Gummistiefeln und dem roten Regenmantel noch ein wenig das Kleinkind an, das Anna gekannt und so sehr gemocht hatte.

„Anna!", rief Alfie. Er kam mit ausgebreiteten Armen auf sie zugelaufen, und ihr ging das Herz über. Sie wollte ihn unbedingt in ihre Arme nehmen, wie sie es mit Bella tun würde, bremste sich aber. Seit Anna herausgefunden hatte, dass Jon ihr untreu war und wieder mit seiner Exfrau Mia, der Mutter von Alfie, angebandelt hatte, war alles anders geworden mit Alfie. Anna hatte die Verlobung gelöst und war fortan keine Ersatzmutter mehr gewesen für den Kleinen.

Sie sah zu Mia, deren zögerliches Nicken ihr bedeutete, dass es in Ordnung war, wenn Anna ihren Sohn in die Arme nahm. Als sie mit Jon in ihrer Wohnung zusammengelebt hatte, hatte Alfie die Wochenenden bei ihnen verbracht, und eine Weile hatte Anna sich beinahe wie eine zweite Mutter für ihn gefühlt. Doch das war mit der Trennung vorbei gewesen. Sie sah Jon und Alfie kaum noch.

Eine Welle von Zuneigung überrollte sie, als sie Alfie drückte. Er war größer geworden und sein mittelbraunes Haar länger, doch alles sonst, das glucksende Lachen, der vertraute Duft seines Shampoos, war gleich. Anna ließ ihn los und richtete sich wieder auf. Sie strich Alfie sanft übers Haar, doch dann bemerkte sie Mias wütenden Blick und trat einen Schritt zurück.

„Hallo, Anna“, sagte Jon frostig. Anna nickte nur. Einen Moment standen die drei schweigend da. Für Anna war der Strand normalerweise eine Art erweitertes Zuhause. Bei ihren Spaziergängen traf sie oft freundliche, vertraute Menschen, seien es Ladenbesitzer oder Mitarbeiter aus den Arkaden, alte Schulfreunde oder Bekannte von ihren Eltern oder Vivien. Jon und Mia hier zu sehen, machte ihr jäh bewusst, was ihr bisher nicht in den Sinn gekommen war: Wo man eine Geschichte hatte, stieß man auch auf Spuren dunklerer Zeiten, auf Probleme, die sich jeder Lösung versperrten, und auf Gefühle und Menschen, die man lieber vergessen würde. In Jons Augen zu blicken, katapultierte sie für einen Moment zurück in die Zeit, als sie eine Zukunft für sie beide gesehen, sich sogar ein gemeinsames Kind vorgestellt hatte, einen Halbbruder oder eine Halbschwester für Alfie. Sie erinnerte sich an den Schmerz ob der Entdeckung, dass er sie belogen hatte und alles, woran sie geglaubt und auf das sie gesetzt hatte, eine Täuschung gewesen war und mehr nicht.

Alfie schaute von seinen Eltern zu Anna und brach das Schweigen: „Ich hab dich schon *so* lange nicht gesehen, Anna.“ Dabei dehnte er das „so“, als kämen mindestens fünf Os in dem Wort vor. „Wo ist Bella?“

Das letzte Mal, dass sie sich begegnet waren, war Bella noch ein Säugling gewesen und hatte in einem Tragetuch vor Annas Bauch geschlafen. Alfie war verzückt gewesen, wie die Kleine dort zusammengerollt gelegen hatte, wie eine Erbse in der Schote.

„Die ist heute in der Krippe“, erklärte Anna. „Sie ist ja schon viel größer und kann laufen. Sie spricht sogar ein bisschen.“

„Cool", sagte Alfie. Er kickte mit seinem Gummistiefel nach einem Steinchen. „Ich finde sie niedlich."

„Wie geht es so, Anna?", fragte Mia mit einem sehr angestrengten Lächeln. „Ich habe gehört, dass das Eiscafé gut läuft."

Mia hatte den Eisladen noch nie betreten und würde es wohl auch niemals. Beide Frauen machten einen Bogen umeinander. Als Jon und Anna frisch getrennt waren, hatte Anna hin und wieder Alfie gesehen, aber die Besuche waren schnell seltener geworden. Anna vermutete, dass Mia dahintersteckte. Und sie konnte es auch verstehen. Immerhin waren Mia und Jon noch zusammen, und Alfie hatte seine Familie; also war der Schmerz letztlich zu etwas gut gewesen.

„Dem Laden geht es gut, danke", antwortete Anna, doch damit ging ihnen der Gesprächsstoff aus, und Anna wandte sich zum Gehen „Tja, ich muss dann mal …", sagte sie. „Heute ist ziemlich viel los, und wir brauchen mehr Milch. Es war nett, euch zu sehen." Sie beugte sich zu Alfie. Als er sie mit großen Augen ansah, fühlte Anna einen kleinen Stich in ihrem Herzen. Sie täte alles für eine Stunde mit ihm, um wieder so mit ihm zu spielen, wie sie es früher getan hatte.

Dann stellte sie sich Bellas Zimmer in ihrer Wohnung vor. Es war nicht so lange her, da war es Alfies Zimmer gewesen. Jon und sie hatten es eigens für ihn eingerichtet. Damals dachte Anna noch, dass Alfie immer ein Teil ihres Lebens sein würde, und es tat weh, dass er es nicht war. Sie drückte ihn zum Abschied und presste die Lippen zusammen, um nicht zu weinen.

Als Anna ins Eiscafé zurückkehrte, war sie ein wenig benommen. Jon und Alfie zu treffen, hatte Erinnerungen wachgerufen, schöne wie unerwünschte. Matteo war in der Küche beschäftigt, und Anna stellte fest, dass sie ohnehin gerade nicht mit ihm sprechen wollte. Als Imogen und sie das Viviens übernommen hatten, hatte sie geglaubt, dass Jon und Alfie alles waren, was sie sich wünschte. Sie hatte sich geirrt, und seit sie mit Matteo zusammen war, hatte sie nicht ein einziges Mal zurückgeblickt. Umso mehr fühlte es sich jetzt wie ein kleiner Verrat an, dass sie an jene Zeiten dachte.

In diesem Moment erschien Imogen in der Ladentür, und Anna ging es gleich besser. Sie kam hinter dem in Pistaziengrün und Chrom gehaltenen Tresen vor und umarmte ihre Schwester.

„Komm und setz dich“, sagte Anna und rückte einen Barhocker am Tresen für sie zurecht.

„Mach ich, aber erst sag mir mal, was los ist? Ich hatte dich eigentlich heute im Gästehaus erwartet.“

„Ach du Schreck, das hatte ich völlig vergessen!“ Anna hielt eine Hand an ihre Stirn. Sie war derart in ihre eigenen Gedanken vertieft gewcscn, dass cs ihr vollkommen entfallen war. „Tut mir ehrlich leid. Wie war es? Wie ging es Dad?“

„Es ging alles gut“, sagte Imogen. „Dad war zuerst ein bisschen mitgenommen, aber damit hatten wir ja gerechnet. Jetzt scheint es ihm deutlich besser zu gehen.“

„Ah, das ist schon.“ Anna fiel ein Stein vom Herzen. „Und wie kommen sie mit den Vorbereitungen für die Eröffnung voran?“

„Das sieht prima aus. Finn hat die Website fertig. Hast du die schon gesehen?“ Sie holte ihr Telefon hervor, um sie ihrer Schwester zu zeigen, doch Anna schaute gar nicht richtig hin.

„Ist alles in Ordnung, Anna?“, fragte Imogen und steckte ihr Telefon wieder ein. „Du bist Lichtjahre entfernt. Bedrückt dich etwas?“

„Ach nein, alles in Ordnung. Ich habe bloß Alfie gesehen, und das zieht mich tatsächlich ein wenig runter.“ Energisch drängte sie die Tränen zurück, die zu kommen drohten.

Imogen berührte ihren Arm. „Du vermisst ihn sehr, was?“

„Oh ja, tue ich. Und manchmal ist es, als würde sich ein Teil von mir fragen, ob es nicht leichter wäre, wenn wir nicht mehr im selben Ort wohnten."

„Meiner Meinung nach sollten Exfreunde grundsätzlich sofort umsiedeln. Das wäre generell die beste Politik", sagte Imogen.

„Tja, dir ist es perfekt gelungen, deine auf dem ganzen Globus zu verteilen."

„Stimmt. Das nennt sich sorgfältige Planung", pflichtete Imogen ihr bei. „Obwohl Finn und ich dann doch wieder in Thailand gelandet sind, wo ich Luca kennengelernt hatte. Zum Glück war der da schon längst wieder weg."

„Hast du noch Kontakt zu ihm?"

„Nein." Imogen schüttelte den Kopf. „So ist es einfacher, wie du schon sagtest."

Anna wurde auf einmal sehr still.

„Hör mal, geht es hier wirklich nur um Jon und Alfie?", fragte Imogen. „Ich meine, das erklärt eher nicht, warum du heute die Besichtigung verpasst hast. Was ist sonst noch los?"

Anna blickte sich zur Küche um. „Offen gesagt ist da noch etwas anderes. Matteo und ich haben geredet, und wir ... waren unterschiedlicher Ansicht."

„Ihr habt euch gestritten?" Imogen riss die Augen weit auf. „Aber ihr zwei streitet euch nie!"

„Nein, wir haben nicht gestritten. Das war kein Streit. Trotzdem lässt es mir keine Ruhe." Anna stockte, und ihre Stimme kippte ein bisschen. „Imogen, ich glaube, das ist eine große Sache. Er möchte nach Italien zurückgehen."

„Im Ernst?", fragte Imogen und legte ihrer Schwester eine Hand auf die Schulter. Anna nickte. „Das ist eine ziemliche Kehrtwende, oder?"

„Ja. Er hat immer gesagt, dass er gerne hier lebt, dass alles gut ist, solange wir ab und zu nach Italien reisen. Aber mit

Bella hat sich unser Leben komplett verändert, also sollte es mich im Grunde nicht wundern, dass er die Dinge heute anders empfindet als früher."

„Tja, vielleicht wäre es gar keine so schlechte Idee", meinte Imogen.

„Dasselbe überlege ich inzwischen auch. Ich meine, anfangs war ich total dagegen, aber dann, na ja, dann erinnerte mich die Szene heute daran, dass hier noch eine Menge Vergangenheit lauert. Einiges ist wunderbar, aber anderes ist eben schwierig. Vielleicht wäre eine Veränderung gut für uns. Wenn sogar Evie darüber nachdenkt – in ihrem Alter, dann …"

„Evie?", fragte Imogen erschrocken.

„Ach so, ja, entschuldige. Ich dachte, das hätte ich schon gesagt. Ihr Laden läuft überhaupt nicht gut, und ich glaube, es ist nur noch eine Frage der Zeit, bis sie verkauft."

„Das war mir gar nicht klar! Arme Evie." Imogen schwieg eine Weile, um die Neuigkeit zu verarbeiten. „Aber zurück zu dir … Natürlich will ich auf keinen Fall, dass du wegziehst, glaub mir. Das ist das Letzte, was ich will. Aber ich weiß noch, wie du damals nach dem Kurs, bei dem du Matteo kennengelernt hast, zurückgekommen bist. Du warst so energiegeladen und glücklich."

„Ja, war ich auch", sagte Anna, und in Gedanken reiste sie in jene Zeit zurück.

„Du hast es da geliebt. Was spricht dagegen, dass ihr dorthin zieht?"

„Weiß ich nicht. Es ist nur … Es gibt ein paar Gründe, weshalb ich mir nicht sicher bin."

„Angefangen mit Matteos Familie … und am Ende der Liste dann noch mal Matteos Familie?", fragte Imogen.

„Sie sind nett. Und ich werde seiner Mutter ewig dankbar sein, dass sie ihn zu dem Mann erzogen hat, der er ist. Aber wir sind so verschieden. Seine Mutter ist richtig erdrückend.

Ich glaube nicht, dass es funktionieren könnte, wenn wir bei seinen Eltern wohnen."

„Müsst ihr das denn? Will er unbedingt nach Siena?"

„Nein", antwortete Anna. „Wenn man es genau nimmt, hat er das nie gesagt."

„Italien ist kein kleines Land. Warum schlägst du ihm nicht eine andere Stadt vor? Es wäre immer noch einfacher für seine Familie, euch zu besuchen, aber ihr hättet euer eigenes Reich."

„Das ist eine gute Idee." Anna überlegte. „Ich rede mal mit ihm."

„Viel Glück, Anna", sagte Imogen. „Sicher bekommt ihr das hin."

Am Abend, als Bella im Bett war, wandte Anna sich an Matteo. Ihr war die ganze Zeit durch den Kopf gegangen, worüber Imogen und sie heute gesprochen hatten, und ihr war klar geworden, dass das einzige Hindernis im Grunde seine Familie war – oder, besser gesagt, die Furcht, dass sie ihre Unabhängigkeit verlieren könnten –, nicht hingegen der Umzug an sich.

„Ich habe über das nachgedacht, was du gesagt hast, über Italien", begann Anna. Prompt leuchteten seine Augen auf. „Nur nachgedacht", warnte sie ihn sogleich, um keine zu großen Erwartungen zu wecken. „Falls wir dorthin gehen – und das ist ein großes ‚Falls' –, wäre es nicht für immer, oder?"

„Jede Zeit dort – ob für ein paar Monate oder länger – wäre wunderbar", sagte Matteo. „Ich erwarte nicht, dass du nach Italien umziehst. Es wäre nicht fair nach dem, was ich dir versprochen habe."

„Könnten wir es an einem neuen Ort versuchen?"

„Nicht in Siena, meinst du?"

„Ja. Es ist nicht so, dass ich Siena nicht mag. Die Stadt ist wunderschön. Aber wir haben jetzt unsere eigene Familie, und wenn wir zusammen ein eigenes Geschäft aufbauen wollen, wäre es vielleicht schöner …“ Sie stockte, weil sie über ihre eigenen Worte stolperte.

„Es nicht im Schatten meiner Familie zu machen?“, half Matteo ihr aus. Sie fürchtete, dass sie ihn beleidigt haben könnte. Doch er sagte: „Ich wüsste nicht, warum nicht.“

„Ich hatte über die Küste nachgedacht. Wir leben doch beide gern am Meer – und Bella würde das auch mögen.“

„Ja, würde sie sicher. Und wo?“

„Die Amalfi-Küste?“, schlug Anna vor. „Sorrent vielleicht?“ Sie erinnerte sich daran, wie Evie davon erzählt hatte, wie glücklich sie und Vivien dort gewesen waren. „Ich weiß, dass es weit weg von Siena ist, aber deine Familie könnte uns trotzdem noch ohne großen Aufwand besuchen. Vor allem wäre es unser Ort, unser Neuanfang.“

Er dachte eine Weile nach. „Es ist sehr schön da.“

„Überlegst du es dir?“

„Ja, natürlich.“

„Also fangen wir an zu recherchieren, wohin wir wollen – halten uns für alles offen?“

„Unbedingt!“, antwortete er mit einem strahlenden Lächeln.

6. Kapitel

Finn und Imogen waren im Rose, wo sie gern sonntags zu Mittag aßen, wenn sie beide in der Stadt waren. Draußen herrschte graues, nasskaltes Wetter, aber drinnen war es behaglich, und sie entspannten sich bei einem Glas Wein und Roastbeef mit Yorkshire-Pudding.

„Wie ging es Anna, als du sie gesehen hast?“, fragte Finn.

„Ganz gut“, antwortete Imogen und hielt inne, während sie an die Unterhaltung mit ihrer Schwester dachte. „Na ja, sie war etwas durcheinander. Matteo scheint nach Italien zurückzuwollen – und ich habe Anna gut zugeredet.“

„Wie bitte?“ Finn war überrascht. „Sie soll mit der ganzen Familie nach Italien ziehen?“

„Ja. Ich meine, noch ist nichts entschieden. Sie war eher zögerlich. Aber ich glaube, ich habe sie dazu gebracht, zumindest mal ernsthaft darüber nachzudenken.“

Während sie mit Anna gesprochen hatte, war es Imogen wie eine super Idee vorgekommen, aber jetzt, einen Tag später, holte sie die Realität ein. Was sollte sie ohne Anna in Brighton tun? Ihre Schwester war so sehr Teil ihres Lebens wie … Fotografieren, Atmen … Schokoladenkuchen. Und dasselbe galt für Bella. Wenn sie weggingen, würden sie eine gewaltige Lücke in Imogens Leben hinterlassen – und sie wollte nicht mal daran denken, was es für ihre Eltern bedeutete.

„Ich möchte, dass sie und Matteo glücklich sind, aber ehrlich gesagt will ich gar nicht, dass sie weggeht“, gestand Imogen. Im Moment machte sie allein die Vorstellung schon fertig.

Finn legte seine Hand auf ihre und sah ihr in die Augen. Seine Berührung und sein Blick gaben ihr Sicherheit. Er verstand es immer wieder, ihr das Gefühl zu geben, geerdet und vollständig zu sein.

„Mir würden sie auch fehlen. Aber ich glaube, dass ich Matteos Gründe verstehe. Er wird einfach wollen, dass Bella etwas von dem Land sieht, in dem er aufgewachsen ist. Wäre ich an seiner Stelle, und hätten wir ein Kind …“

„Ja, na ja“, unterbrach Imogen, die lieber das Thema wechseln wollte.

„Für wie wahrscheinlich hältst du es, dass sie weggehen?“

„Da bin ich mir nicht sicher. Noch gibt es keinen Plan.“

„Sie werden die richtige Entscheidung für sich treffen. Und übrigens finde ich es klasse, dass du sie unterstützt. Falls sie geht, wird euch gewiss etwas einfallen, wie es funktionieren kann – mit dem Geschäft, meine ich.“

„Ja“, stimmte Imogen ihm schweren Herzens zu. „Weiß der Himmel, was wir damit machen.“

„Anna weiß, dass du nach Brasilien reist, oder?“

„Ja, und selbst wenn nicht, weiß sie, dass meine Tage in dem Eiscafé endgültig vorbei sind.“

„Apropos Pläne“, sagte Finn. „Ich habe noch mal über das nachgedacht, was wir neulich besprochen haben – zu expandieren.“

„Ach ja?“

„Ich habe das Gefühl, dass der Zeitpunkt richtig ist. Für den Surfunterricht hätte ich gerne Platz für Videovorführungen, damit wir die Schüler beim Surfen filmen und ihnen zeigen können, wie sie da draußen aussehen. Auf die Weise können wir sie besser ausbilden – eine Feinabstimmung vornehmen, sozusagen. Andy und ich haben auch über einen Laden gesprochen, in dem wir Surfbretter, Bikinis, Neoprenanzüge und so verkaufen könnten.“

„Hört sich gut an."

„Ich habe mir heute sogar schon ein paar Adressen angesehen." Er holte einige Broschüren aus seiner Tasche. „Es gibt ein neues Gebäude unten an der Küste, etwa eine halbe Stunde entfernt. Günstig wäre die Miete nicht gerade, doch wir hätten dort viel Platz."

Imogen überflog die Fotos der Gewerbeeinheiten aus Glas und Stahl, die einen deutlichen Kontrast zu den bunten Strandhütten und den georgianischen Häusern drumherum bildeten.

„Was meinst du?", fragte Finn unsicher.

„Ganz ehrlich?"

„Klar, deshalb frage ich doch. Du weißt, dass ich deine Meinung in solchen Dingen schätze."

„Ich finde das gruselig." Imogen rümpfte die Nase. „Tut mir leid, aber es wirkt kalt und unpersönlich. Kein bisschen wie die Surfschule jetzt."

„Dasselbe dachte ich auch. Verdammt, ich hatte irgendwie gehofft, dass du mir widersprichst!"

„Es muss doch noch andere Immobilien geben."

„Ja, sicher gibt es die, und Andy und ich suchen weiter. Trotzdem wird es hart, aus den Arkaden wegzuziehen. Da haben wir angefangen, und im Grunde möchte keiner von uns da raus."

„Es gibt Kompromisse ... und Kompromisse", sagte Imogen, klappte die Broschüre zu und gab sie Finn zurück. „Und dieser hier ginge definitiv zu weit." Imogen dachte an die jüngste Unterhaltung mit ihrer Schwester.

„Woran denkst du?", fragte Finn.

„Vielleicht solltest du mal mit Evie darüber reden", antwortete sie, während es in ihrem Kopf weiterarbeitete.

„Mit Evie? Warum?"

„Ihr könntet euch eventuell gegenseitig helfen. Es ist nur so ein Gedanke, aber Anna erwähnte, dass Evies Laden finanzielle Probleme hat und sie an Verkaufen denkt. Eventuell könntest du ihr einen Deal anbieten."

„Siehst du, das ist einer der vielen Gründe, weshalb ich dich liebe, Imo. Du steckst voller guter Ideen – und nennst die Dinge beim Namen."

„Dafür bin ich da."

Er küsste sie.

Doch während sie den Kuss genoss, den Moment, Finn nahe zu sein, bekam Imogen ein schlechtes Gewissen, weil sie in Wahrheit sogar jetzt nicht ganz da war. Sie träumte bereits von der bevorstehenden Reise, dem hellen Sonnenschein, dem Abenteuer, den Farben des Lebens, die sie noch nicht kannte – und sie konnte nur hoffen, dass es ihr nicht anzumerken war.

Am nächsten Tag machte Imogen einige Anrufe, unter anderem bei Anna und Evie, und am Nachmittag trafen sie sich alle, zusammen mit Finn, im Viviens.

Sobald Anna ihre Getränke gebracht hatte, kam Imogen direkt zur Sache.

„Okay", begann sie. „Evie, Finn, ihr beide arbeitet Tür an Tür, und dennoch gibt es etwas Wichtiges, über das ihr bisher anscheinend nicht gesprochen habt. Daher dachte ich, wir sollten uns mal alle zusammensetzen."

Evie sah Imogen fragend an, aber bevor sie etwas sagen konnte, fing Anna ihren Blick ein. „Lasst sie ausreden. Ich denke, es könnte für euch beide hilfreich sein."

„Finn möchte expandieren, nur eben nicht irgendwo, stimmt's?"

„Ja, genau", sagte Finn ruhig. Er wollte Evie um keinen Preis in Verlegenheit bringen. „Am liebsten möchten Andy und ich hier in den Arkaden bleiben. Aber das ist eine Frage von ..." Er verstummte.

„Tja, ich habe das Gefühl, dass Anna euch schon etwas gesagt hat, sonst säßen wir jetzt wohl nicht hier", sagte Evie. „Ich bin zu dem Schluss gekommen, dass es Zeit für einen Neuanfang ist, um meine Verluste im Rahmen zu halten. Der Souvenirladen ist viele Jahre gut gelaufen, doch die Zeiten ändern sich, und ich muss mich mit ihnen verändern."

„Käme für dich infrage, an Finn zu verkaufen?", fragte Imogen. „Damit er einen Surfladen neben der Surfschule aufmachen kann?"

„Ja", antwortete Evie, ohne zu zögern. „Das kommt auf jeden Fall infrage. Einer der Gründe, der mich bisher abgehalten hat, war die Vorstellung, an Fremde zu verkaufen und nicht zu wissen, was nach meinem Auszug aus dem Laden wird. Nicht, dass ich kontrollieren will, was mit den Räumen passiert, aber, nun ja, es wäre schon schön, eine gewisse Vorstellung zu haben."

„Na, das freut mich zu hören", sagte Finn. „Wir müssen noch eine Menge Zahlen und Fakten prüfen, bevor wir ein Angebot machen können und uns auf irgendwas einigen. Aber ich bin sehr froh, dass du darüber nachdenken willst."

Finns Gesicht hatte sich merklich aufgehellt, und Imogen drückte unter dem Tisch seine Hand, während Anna Evie ansah. „Alles in Ordnung, Evie? Das muss ein ziemlich emotionaler Moment für dich sein."

Evie wirkte nachdenklich. „Weißt du was? Das hätte ich auch gedacht, ehrlich. Aber jetzt, da es wirklich passiert ..."

Sie alle warteten, dass sie den Satz beendete, und Imogen hoffte inständig auf eine Bestätigung, dass sie Evie nicht zu irgendwas drängten.

„Jetzt bin ich einfach nur erleichtert", sagte Evie. „Und auch ein bisschen aufgeregt."

Am Nachmittag war Imogen mit Sally bei ihr zu Hause verabredet, auf der anderen Seite der Stadt, in der Nähe des Preston Parks. Sie hatten den Termin ausgemacht, um die letzten Einzelheiten zu klären, bevor sie ihre Reise nach Brasilien buchten. Auf dem Weg zu Sally dachte Imogen an das, was Finn gesagt hatte. Wie es aussah, schlugen sie mehr und mehr Wurzeln in Brighton. Es war nicht so, dass Imogen irgendwo anders leben wollte, trotzdem war ihr nicht ganz wohl dabei. Sie war noch jung. So vieles konnte sich noch ändern. Und vielleicht wollte sie einige dieser Veränderungen.

Als Sally ihr öffnete, war sofort offensichtlich, dass etwas nicht stimmte. Sallys Augen waren gerötet, und sie wirkte erschöpft.

„Komm rein", sagte Sally. „Aber leider habe ich schlechte Neuigkeiten. Der Verlag hat die Reise gestrichen."

„Was?", fragte Imogen ungläubig. „Hat er nicht."

„Doch. Budgetkürzungen. Das war es – keine abschließende Forschung, keine neuen Bilder."

Imogen verstand zwar die Worte, doch fühlten sie sich nicht real an. „Aber … warum?"

„Das letzte Geschäftsjahr war schlechter als gedacht", erklärte Sally, „und da haben sie beschlossen, meine Geschichte textbetonter rauszubringen und nur mit den Fotos, die ich gemacht hatte."

„Gibt es gar kein Geld mehr für *irgendwelche* neuen Fotos?", fragte Imogen zunehmend enttäuscht.

„Nichts", bestätigte Sally. „Es tut mir so leid. Ich lasse dich hängen, und es kommt mir vor, als würde ich auch das Projekt hängen lassen. Die Fotos, die ich habe, werden weder dem Ort noch den Tieren gerecht."

„Es ist nicht deine Schuld", sagte Imogen, die immer noch benommen war von der Nachricht. „Solche Sachen passieren nun mal."

„Ich hätte dir gegenüber trotzdem nicht so tun sollen, als wäre alles schon sicher."

„Kein Problem.“ Imogen wurde bewusst, dass sie nun die nächsten Monate keine Arbeit hätte. Und den Regenwald würde sie in diesem Jahr bestenfalls auf ihrem iPlayer sehen.

„Wenn ich doch nur irgendwas tun könnte“, sagte Sally.

„Ist schon gut.“ Sie winkte ab, aber innerlich war sie völlig erschüttert.

„Es ergibt sich sicher etwas anderes.“

„Ja, natürlich. Ganz bestimmt.“

7. Kapitel

Am darauffolgenden Samstagabend badeten Anna und Matteo zusammen ihre Tochter und lasen ihr vor. Danach brachte Anna sie ins Bett, legte ihr ihren Kuschelhasen in den Arm und zog zum Einschlafen für Bella an der Schnur der Spieluhr. Dann schloss sie leise die Kinderzimmertür hinter sich.

Sie schlich in die Küche, schenkte Matteo und sich Rotwein ein und reichte ihm sein Glas. „Und … entspannen", sagte sie lächelnd.

„Komm mal her." Matteo winkte Anna hinüber zu sich aufs Sofa. „Ich möchte dir etwas zeigen."

Er nahm sein Tablet und öffnete eine Seite. „Nach unserer Unterhaltung neulich habe ich mir ein paar Mietobjekte an der Amalfi-Küste angesehen."

Neugierig, aber auch ein bisschen nervös beugte Anna sich näher zu ihm. Der Italienplan schien Formen anzunehmen nach ihrem kurzen Gespräch.

„Also das hier fiel mir gleich auf", sagte Matteo. Seine Augen leuchteten vor Begeisterung.

Anna sah sich das Mietangebot an. Es handelte sich um eine bereits etablierte Eisdiele an einem von Sorrents beliebtesten Plätzen. Sie befand sich im Erdgeschoss eines hübschen alten Wohnhauses.

„Gefällt mir", sagte Anna.

„Die Besitzer gehen in den Ruhestand und suchen jemanden, der den Laden für sechs Monate mietet. Danach liegt es bei uns, ob wir weitermachen oder nicht, aber es könnte sein, dass sie dann verkaufen wollen. Sieh dir die Fotos an,

Anna. Das könnte wirklich etwas Besonderes sein.“

Anna sah sich die Bilder von der Innenausstattung an – schwarz-weißer Marmorboden und Glasvitrinen voller Eis. „Schon ganz schön prunkvoll, was?“, meinte sie. „Ein bisschen altmodisch vielleicht, aber damit könnten wir auf jeden Fall arbeiten.“

„An der Einrichtung können wir sicher einiges machen, und falls wir am Ende kaufen, hätten wir sowieso freie Hand.“

„Ich glaube, ich kann mir das vorstellen“, sagte Anna und war selbst überrascht, dass sich nur positive Gefühle einstellten, während sie sich ausmalte, in dem Eiscafé zu arbeiten.

„Wir sollten da mal anrufen“, sagte Matteo entschieden.

„Warte mal kurz. Wir dürfen das nicht überstürzen. Bisher haben wir bloß ein paar Bilder gesehen.“

„Okay, entschuldige. Ich lasse mich wohl zu sehr hinreißen.“

„Es ist doch gut, dass du dich freust, nur fühlt es sich ein bisschen wie ein Blindflug an“, sagte Anna. „Einige zusätzliche Informationen wären prima. Wenn es nicht so weit weg wäre, könnten wir mal hinfahren und es uns ansehen.“

Matteo überlegte. „Wie wäre es, wenn wir Carolina bitten, hinzufahren und sich umzusehen?“

Anna dachte nach. Sie vertraute Carolinas Urteil vollkommen. Sie beide hatten einen sehr ähnlichen Geschmack, und Carolina verfügte über ein gutes Gespür, was Geschäftliches betraf. Sie hatten sich auf Anhieb gut verstanden, und Anna war sich ganz sicher, dass sie gut befreundet wären, wenn Carolina näher bei ihr wohnen würde.

„Oh ja, das wäre klasse. Aber ist es für sie nicht auch eine ziemlich weite Strecke?“, fragte Anna.

„Sie fährt sehr gerne Auto. Und sie hat neulich erst gesagt, dass sie mal eine Pause von Siena braucht. Filippo ist in letzter Zeit viel geschäftlich unterwegs, und sie sagt, dass ihr das Haus so riesig und leer vorkommt, wenn sie allein ist.“

„Okay, super. Dann hätten wir auf jeden Fall eine klarere Vorstellung."

„Ich rufe sie direkt an", sagte Matteo und stand auf.

Plötzlich wurde alles realer, denn es bestand die Möglichkeit, dass Matteo und sie ihr Leben in Brighton aufgaben, um nach Italien zu ziehen.

„Alles in Ordnung?", fragte Matteo.

„Irgendwie ja", antwortete Anna. „Aber irgendwie auch nicht. Ich meine, was ist hiermit?" Sie schwenkte die Hand durchs Wohnzimmer. „Ich habe Jahre auf diese Wohnung gespart. Und was jetzt? Vermieten wir sie an Fremde?"

„Wir müssen jemanden suchen, der sich darum kümmert."

Anna fiel ein, wie sie sich in den Tagen vor der Eröffnung des Eiscafés gefühlt hatte – die Banktermine, die bohrenden Zweifel, die Furcht, einen gigantischen Fehler begangen zu haben. Es war eine wahrhaft stressige Zeit gewesen. War sie wirklich bereit, sich so bald wieder auf diese Ungewissheit einzulassen, jetzt, da sie auch an ihre kleine Tochter denken mussten?

„Soll ich sie immer noch anrufen?", fragte Matteo.

Dies war Annas Chance, einen Rückzieher zu machen. Ihre Gedanken wanderten zum Viviens. Okay, das Geschäft auf die Beine zu stellen, war nicht leicht gewesen, aber zweifellos hatte es sich als eine der besten Entscheidungen erwiesen, die sie jemals getroffen hatte.

„Ruf sie an", sagte Anna, und plötzlich wurde sie richtig aufgeregt. „Wir müssen rauskriegen, ob es der richtige Laden für uns ist."

Carolinas Gesicht – ihr sonnengebräunter Teint und die großen braunen Augen – füllte den Bildschirm von Matteos Tablet aus, während sie munter redete. „Ich habe eben mal einen kurzen Blick hineingeworfen und mit den Besitzern geredet", berichtete sie. Hinter ihr lag ein sonnengefluteter Platz mit hübschen alten Gebäuden. „Aber seht euch das hier an!" Sie richtete die Tablet-Kamera von sich weg auf den Platz. „Es ist wunderschön! Das gefällt euch sicher hier!"

Carolinas Begeisterung war ansteckend. Anna hatte ihre Schwägerin schon gemocht, als sie ihr zum ersten Mal in der Eisdiele der Familie in Siena begegnet war. Zu jener Zeit hatte Carolina noch als Grafikdesignerin gearbeitet, war sehr beschäftigt gewesen, hatte jedoch immer Zeit für einen Kaffee oder ein Eis mit Freunden oder Angehörigen gehabt. Weihnachten war sie dann mit ihren Eltern Elisa und Giacomo nach England gekommen, wo sie allerdings eher still gewesen war. Ihren Mann hatten Geschäfte verhindert, weshalb er sie nicht hatte begleiten können.

„Also die Besitzer möchten sich zur Ruhe setzen. Es wäre eine fantastische Gelegenheit für euch, diesem Ort euren Stempel aufzudrücken."

„Klasse", sagte Matteo und klang nicht minder begeistert wie seine Schwester.

„Es ist nur ein kurzer Fußweg von der Küste, und es ist eine richtig altmodische Gelateria, die sehr beliebt in der Stadt ist. Und die Amalfi-Küste … die Fahrt hierher war herrlich! Matteo, du kennst das ja hier, aber, Anna, glaube mir, es ist umwerfend!"

Anna hörte ihr zu und stellte sich vor, wie Bella im Sonnenschein an der malerischen Amalfi-Küste spielte, anstatt drinnen zu hocken, weil es draußen mal wieder regnete.

„Na dann, folgt mir", sagte Carolina. Sie hielt ihr Tablet wieder in die Höhe und zeigte ihnen die Ladenfront, über der ein hübscher Balkon mit hohen Fensterläden war. „Seht mal da oben – die Wohnung gehört zum Laden, und sie hat zwei Schlafzimmer, also ist genug Platz für euch. Und dann gibt es diesen Außenbereich."

Sie schwenkte über einige Tische und Stühle auf dem Platz, dann zum Springbrunnen in der Mitte des Platzes, wo ein paar Kinder spielten. „Und drinnen …" Sie drückte die Glastür auf, und Anna hörte, wie sie den Besitzern auf Italienisch erklärte, was sie da gerade machte. „Hier vorne ist reichlich Platz, und dann habt ihr eine schöne Küche …"

Anna betrachtete die traditionelle Einrichtung – manches schick, aber eine Menge auch überholt, und sie merkte, dass sie sofort Ideen hatte, wie sie das alles aufpeppen könnte.

Carolina zeigte ihnen, wie viele Leute hier am Wochenende ein Eis genossen. „Ihr hättet einen festen Kundenstamm, auf den ihr erst mal bauen könntet – und jetzt ist natürlich Winter. Ihr wollt im Sommer herkommen, oder?"

Matteo und Anna sahen einander an, und er wartete auf ihre Antwort.

„Ja", sagte Anna mit einem Nicken. „Das stimmt."

„Nur für den Sommer?", fragte Carolina.

„Nun, vielleicht länger", antwortete Anna.

„Wirklich?", fragte Matteo hoffnungsvoll.

„Wir müssten lange genug bleiben, dass sich die Investition lohnt, oder?", sagte Anna. Der Gedanke machte ihr nach wie vor Angst, war aber zugleich auch sehr aufregend.

8. Kapitel

Imogen nahm einen Schluck aus ihrer Flasche Sol Maté und sah den Möwen zu, die abwechselnd im Sturzflug gen Kiesstrand huschten, wo sie auf weggeworfene Pommes-frites-Packungen hofften. Finn hatte gerade Feierabend gemacht und seine Surfschule abgeschlossen. Zusammen mit Imogen saß er jetzt an einer Bar unten bei den Arkaden.

„Wie war es heute?“, fragte Finn.

Imogen sah ihn an und bekam ein schlechtes Gewissen, weil sie in Gedanken gewesen war. „Es war in Ordnung. Lauren hat mir angeboten, für sie als Aushilfe zu jobben bei Hochzeiten oder Fotosessions mit Kindern. Damit könnte ich zumindest ein bisschen Geld verdienen.“

„Das ist gut.“ Dann bemerkte er ihren Gesichtsausdruck. „Oder nicht?“

„Doch.“ Sie zuckte mit den Schultern. „Ist es wohl. Ich meine, Arbeit ist Arbeit. Ich dachte nur …“ Sie versuchte, ihre Enttäuschung zu zügeln. „Es ist Aushilfsarbeit, und das ist offen gesagt ein bisschen ein Rückschritt. Ich bin davon ausgegangen, jetzt in Brasilien zu sein und Fotos für das Buch zusammenzustellen. Stattdessen bleibe ich hier und helfe Lauren, Fotos von Brautpaaren und Babys zu knipsen.“

„Es ist ja nicht für immer“, sagte Finn. „Und immerhin ist es Fotografie.“

„Weiß ich. Ich bin zu ungeduldig. Ich dachte nur, nach New York, du weißt schon. Als ich so viele Bilder verkaufen konnte, habe ich geglaubt, jetzt geht es voran.“

„Tut es ja auch. Du bist bloß noch nicht ganz da, wo

du hinwillst, sonst nichts. Alles Lohnende braucht seine Zeit."

„Stimmt, aber ich dachte, dass ich die Zeit schon investiert hatte, damals, als wir zusammenkamen. Und jetzt habe ich das Gefühl, auf der Stelle zu treten." Sie war frustriert, weil sie hier an der englischen Südküste festhing, während es eine ganze Welt zu erkunden gab.

„Hör mal, es ist zwar nicht der Amazonas, aber wie wäre es, wenn wir das Wochenende wegfahren?", fragte Finn. „Uns einen kleinen Tapetenwechsel gönnen?"

„Ich weiß nicht. Eigentlich müsste ich sparen … Ich habe keine Ahnung, was sich in den nächsten Monaten an Arbeit ergibt."

„Mach dir doch deshalb keine Gedanken", sagte Finn. „Ich habe einige Ersparnisse. Es wäre gut, ein wenig Zeit zusammen zu verbringen, nur wir beide. Mir kommt es ewig her vor, seit wir das zuletzt hatten."

„Okay." Imogen wurde ein bisschen munterer. „Dann lass uns das machen."

„Dieses Wochenende?"

„Das ist mir ganz egal!" Sie lachte. „Ich habe für den Rest des Jahres nichts vor."

Am folgenden Samstagabend saßen Imogen und Finn draußen im New-Forest-Nationalpark in einer gemütlichen Holzhütte vor einem offenen Kaminfeuer. Meilenweit gab es keine anderen Häuser, und der Abend war still und friedlich. Tagsüber waren sie zusammen ausgeritten, und der Rest der Welt war für eine Weile verschwunden, während sie durch den Wald galoppierten. Der Hüttenbesitzer, ein netter Mann in den Mittvierzigern, war gekommen und hatte ihnen beim Aufsatteln geholfen, sie danach aber sich selbst überlassen. Anschließend waren sie in die Hütte zurückgekehrt, hatten sich Hühnchen mit Ofengemüse zubereitet, vorm Feuer gegessen und Wein getrunken, bevor sie aufs Sofa wechselten, wo sie jetzt saßen.

„Was für ein perfekter Tag", sagte Imogen und lehnte sich zufrieden und müde zurück. „Genau das habe ich gebraucht."

„Ja, es war schön, nicht?", fragte Finn.

„Vielen Dank, dass du das organisiert hast." Sie rückte näher zu Finn und küsste ihn. Sanft strich er ihr das Haar nach hinten.

„Ich liebe dich", sagte er. „Und ich fand, dass du aussahst, als könntest du eine Aufmunterung gebrauchen."

„Richtig erkannt."

„Es ist nur eine kleine Durststrecke", meinte er.

„Ich weiß. Sicher dauert es nicht lange, bis ich etwas Neues bekomme. Lauren will mich nächste Woche bei einer Hochzeit miteinspannen, und ich habe schon von ein paar Sachen gehört, die vielversprechend klingen – ein Projekt in Nepal. Mit ein bisschen Glück bin ich bald wieder unterwegs."

„Muss es denn ganz so eilig sein?", fragte Finn leicht grinsend.

„Selbstverständlich nicht", sagte sie sofort. „So darfst du das nicht auffassen."

„Tja, das fällt mir manchmal schwer."

„Ach, jetzt hör auf", scherzte sie unbekümmert.

„Nein, ich meine es ernst." Sein Tonfall veränderte sich. „Wäre es so schlimm, über den Sommer ein bisschen Zeit zusammen zu haben? Du hast fast ein Jahr lang ein Projekt nach dem anderen gehabt."

„Du weißt doch, wie es ist", sagte Imogen. „Wenn die Inspiration kommt … oder ich einen tollen Auftrag kriege, dann will ich das unbedingt machen."

„Ja, ich weiß. Und ich respektiere voll und ganz, mit welcher Leidenschaft du deine Arbeit machst. Es ist eines der

Dinge, die ich am meisten an dir liebe. Aber gleichzeitig frage ich mich, ob dies nicht auch eine Gelegenheit für dich sein könnte, den Fuß ein bisschen vom Gas zu nehmen. Es mag egoistisch von mir sein, doch manchmal hätte ich nichts dagegen, dich etwas häufiger zu sehen."

Seine Miene war ruhig und ernst, und Imogen wurde klar, dass eine leichtfertige oder scherzhafte Reaktion unangebracht wäre. „Okay, ich glaube, dass ich verstehe, was du meinst", sagte sie. „Und ich würde dich auch gern mehr sehen. Hätte ich die Wahl …"

„Hast du die denn nicht?", fragte er leise. „Hast du nicht jetzt gerade die Wahl?"

„Warum sagst du das? Du willst doch nur, dass ich hier in England bleibe, sichere kleine Fotos mache, ein sicheres kleines Leben führe …"

„Natürlich nicht", erwiderte Finn kopfschüttelnd. „Das meine ich überhaupt nicht. Ich bin nur zufällig in dich verliebt, Imogen. Und ich fände es schön, wenn wir uns häufiger sehen könnten."

„Wenn du so etwas sagst", sie spürte, wie ihr Herz raste, „fühle ich mich wie gefesselt."

„Wenn ich sage, dass ich hin und wieder gerne ein bisschen mehr Zeit mit dir verbringen möchte, zwischen deinen Reisen?"

„Ja", antwortete sie aufgebracht. „Dann fühle ich mich gefangen."

„Mein Gott, Imogen! Ist dir bewusst, wie du dich anhörst?"

Sie sah hinunter zum Fußboden.

„Du bist nicht die Einzige in dieser Beziehung. Ich versuche nicht, dich von dem abzuhalten, was du machen willst. Ich möchte bloß, dass wir darüber nachdenken, wie wir ein wenig mehr Ausgewogenheit in unser Leben bringen können. Ist das wirklich so schlimm?"

9. Kapitel

Seit Anna die Gelateria in Italien das erste Mal gesehen hatte, hatte sich einiges getan, und die Dinge schienen sich ineinander zu fügen. Inzwischen hatten Matteo und sie sogar eine Anzahlung für den Halbjahresvertrag, beginnend ab Mai, geleistet. Dann meldete eine Freundin aus Annas Marketingtagen sich, weil sie in Brighton etwas zur Miete suchte, und war an der Wohnung interessiert. Anna ging es deutlich besser mit dem Wissen, dass ihr Zuhause nicht von Fremden bewohnt werden würde, sondern von jemandem, den sie kannte und dem sie vertraute. Nun blieb nur noch die Frage, wem sie das Eiscafé anvertrauen könnten.

Anna tippte gerade Ideen in ihr iPad, als Matteo sich zum morgendlichen Kaffee zu ihr setzte.

„Und, wie hört sich das an?“, fragte sie. „Ein Hauch englischer Exzentrik an der italienischen Küste. Probieren Sie unser köstliches Port-and-Stilton-Sorbet und die Mojito-Eislollys!“

Als sie sich morgens einige Ideen für die Sorbet-Karte notierte, hatte Anna eine kribbelige Vorfreude auf das empfunden, was vor ihnen lag. Anna dachte an die klassische italienische Granita, die dem englischen Sorbet am nächsten kam, frisch und leicht mit körnigem Eis und aromatisiert mit Fruchtaromen. Natürlich würden sie die anbieten – Matteo beherrschte die Herstellung meisterlich –, aber Anna wollte auch die luftigen Limonen-Sorbets ihrer Jugend auf der Karte haben, ebenso wie das Mandarinen-Sorbet, das ihre Großmutter früher für Imogen und sie gemacht hatte, versteckt in einer echten Mandarine, sodass man es erst entdeckte, wenn man den aufgeschnittenen Deckel hochhob.

Ein ganzer Sommer in Italien. Und vielleicht war das erst der Anfang …

„Du siehst aufgeregt aus“, sagte Matteo glücklich.

„Bin ich. Jetzt, da alles Formen annimmt, freue ich mich richtig. Ich weiß, dass da einiges an Herausforderungen auf uns zukommt, aber es ist toll, einen Neuanfang zu wagen. Und da das Geschäft hier so gut läuft, können wir es uns leisten, mit dem italienischen Laden ein bisschen zu experimentieren. Hier hat es sich für uns schließlich immer bezahlt gemacht.“

„Carolina freut sich auch, dass wir das durchziehen. Sie sagt, dass der Laden praktisch betriebsbereit ist, also müssen wir bei unserer Ankunft bloß ein wenig Verwaltungskram regeln und können innerhalb von vierzehn Tagen aufmachen.“

„Genial!“, sagte Anna. „Ich weiß, dass Bella noch nicht begreift, was los ist, trotzdem kommt es mir vor, als würde sie sich auch freuen. Findest du nicht?“

Er rückte näher zu Anna, berührte ihr schimmerndes dunkles Haar und küsste sie auf den Kopf. „Danke, dass du damit einverstanden bist. Mir ist klar, dass dir die Entscheidung nicht leichtgefallen ist.“

„Nein, ist sie nicht. Aber ich habe ein gutes Gefühl bei der Sache.“

Hepburn sprang aufs Sofa und stupste Anna an.

„Und hier melden sich die Schuldgefühle“, meinte sie. „Was machen wir mit Hepburn?“

„Meinst du, dein Onkel würde ihn im Gästehaus aufnehmen? Das war ja mal sein Zuhause.“

„Kann sein. Ich frage ihn. Und falls nicht, vielleicht meine Eltern …“ Anna hatte Tom und Jan gegenüber den Italienplan noch mit keiner Silbe erwähnt. Allein bei dem Gedanken an das Gespräch wurde ihr ganz anders. Tatsächlich hatte sie ihre Eltern in letzter Zeit gemieden, damit ihr ja nichts versehentlich herausrutschte. Und sie hatte sich eingeredet, dass noch nichts endgültig war. Was es ja auch nicht *gewesen* war. Doch durch die Anzahlung hatte sich das geändert.

Ihre Eltern waren sich seit den Vorbereitungen für die Eröffnung des Gästehauses wieder nähergekommen und glücklicher denn je – Anna hatte das ungute Gefühl, dass sie mit ihren Plänen das alles zunichtemachen würde.

10. Kapitel

Das Vormittagslicht war ideal, stellte Imogen fest – nicht zu grell, gerade hell genug, um die Farben der Blätter und Blüten herauszubringen, die Grau- und Grünschattierungen der Wellen sowie die zarten Muster eines Vogelgefieders.

Oder eben sonnenbankgebräunte Schultern und den strassbestickten Synthetikstoff des Brautkleids.

„Können wir jetzt bitte alle von der Brautseite haben?“, bat Imogen und lotste die Brautjungfern und Blumenmädchen nebst einer Schar älterer Verwandter hinüber zu Lauren.

Lauren stellte ihre Kamera für die Fotos draußen auf dem Pier auf, während Imogens Rolle hauptsächlich darin bestand, die Hochzeitsgesellschaft in Position zu bringen. „Sehr schön, ja. Können jetzt bitte die Blumenmädchen ganz nach vorne kommen?“

Die Braut stieß einen Schmerzensschrei aus. Der Blumenjunge, ein Kleinkind noch, war unbemerkt unter den Rock der Braut gekrabbelt, und die Braut warf ihrer frischgebackenen Schwägerin einen wütenden Blick zu. „Er hat mich gebissen!“, schimpfte sie. „Kannst du bitte mal auf ihn aufpassen?“

Der Bräutigam trat verlegen von einem Fuß auf den anderen.

„Mein Sohn beißt nie!“, beteuerte die Schwägerin. „Das muss jemand anders gewesen sein.“

„Und wer?“, fragte die Braut und verließ die Aufstellung fürs Foto. „Sieh dir mal das hier an!“ Sie hob ihren Rock hoch und zeigte einen roten Abdruck auf ihrer Wade.

„Okay, das reicht!“, rief Imogen über den Krach hinweg. „Der Kleine ganz zur Seite bitte, die Braut in die Mitte, und dann lassen Sie uns die Fotos machen." Sie kam sich vor wie eine Regisseurin, die ein Theaterstück auf die Bühne bringen musste – im Grunde war eine Hochzeit ja auch nichts anderes ...

Als Imogen abends nach Hause kam, war ihre Laune im Keller. Vom vielen künstlichen Lächeln den Tag über tat ihr das Gesicht weh, und sie hatte Mühe, überhaupt noch so etwas wie Mimik zustande zu bringen. Sie wusste, dass sie froh sein musste, überhaupt Arbeit zu haben, nur half das nicht. Es war ihr einfach nicht gelungen, auch nur einen Funken jener Freude an diesem besonderen Tag von Braut und Bräutigam mitzuempfinden.

„Wie war's?", fragte Finn, kaum dass sie zur Tür herein war.

„Es ging ganz gut", log Imogen.

„Dir ist schon klar, dass ich dich durchschaue, oder?"

„Die Hochzeit war ein bisschen anstrengend, sonst nichts. Jede Menge Theater ..."

Finn hörte zu, aber Imogen bremste sich, weil sie ihm nichts vorjammern wollte. „Lassen wir das", sagte sie. „Wie lief es denn heute in der Surfschule?"

„Gut. Eine Gruppe hatte storniert, was natürlich nicht ideal ist, doch so hatten Andy und ich Zeit, den Businessplan für den Laden zu besprechen. Diese Woche haben wir einen Termin bei der Bank wegen des Darlehens. Allmählich kann ich mir vorstellen, dass wir das wirklich hinkriegen."

„Wir"? Natürlich hatte er recht. Sie waren ein Team. Doch tief im Innern widerstrebte ihr dieses „Wir". Der neue Laden war Finns Projekt. Was ihre eigene Karriere betraf, machte die gerade einen Tauchgang.

Am nächsten Tag traf Imogen sich mit ihrer Mutter zum Tee in den South Lanes, dem südlichen Teil des Gassenviertels. Sie entdeckte Jan sofort, trug sie doch wie üblich Türkis und saß mit einem Buch in der Hand am Fenster des belebten Cafés. Sobald sie ihre Tochter bemerkte, legte Jan ihr Taschenbuch hin und blickte Imogen erfreut entgegen.

„Imogen, Schatz!“, sagte sie, stand auf und umarmte ihre Tochter.

„Hi, Mum“, erwiderte Imogen ruhig. Sie zog sich einen Stuhl heraus. „Was liest du?“

„Eines meiner verdorbenen Bücher“, sagte sie und zeigte Imogen das Cover, auf dem ein Paar Handschellen abgebildet war. „Elaine im Friseurladen hat es mir empfohlen. Es handelt von einer Frau, die …“

„Oh, verdirb es mir nicht“, unterbrach Imogen sie eilig. „Sonst ist die Überraschung flöten. Ist das für Bella?“ Sie wies zu einer Geschenktüte neben der Jacke ihrer Mutter.

„Ja, nur eine Kleinigkeit.“

„Du weißt, dass Anna auf alles Pinke ein Embargo verhängt hat, oder? ‚Normal, nicht prinzessinnenmäßig‘, hat sie zu mir gesagt.“

Jan musterte Imogens Aufzug – Boyfriend-Jeans, orangenes T-Shirt, das krause Haar zu einem losen Knoten aufgebunden.

„Hmm, normal ist heute was anderes als zu meiner Jugendzeit“, sagte Jan. „Aber keine Sorge: Es sind nur Leggings, und ich bin sicher, dass sie Anna gefallen.“

„Klasse.“

„Möchtest du mir irgendwas sagen?“, fragte Jan und sah ihre Tochter erwartungsvoll an.

„Was sollte ich sagen wollen?“

„Nichts“, antwortete Jan.

„Warum guckst du mich so an?“, fragte Imogen und legte eine Hand an ihre Wange. „Habe ich etwas im Gesicht?“

„Nein, alles bestens“, antwortete ihre Mum mit einem vielsagenden Lächeln. „Wie war das Wochenende?“

„Das war toll, danke." Es war wirklich schön gewesen, größtenteils zumindest. Bis zu dem Punkt, an dem Finn und sie angefangen hatten zu streiten. Aber am nächsten Morgen hatten sie wieder zur Normalität zurückgefunden, sprachen nicht mehr über ihre Beziehung und wanderten hinaus in den Wald, um die Umgebung zu erkunden. „Da draußen ist es wunderschön – Pferde, ein Bach, und alles so friedlich."

„Das ist schön", sagte Jan, zog allerdings eine Braue hoch, als wartete sie auf mehr.

„Was ist?"

„Ach nichts." Jan wurde ein wenig rot. „Vergiss, dass ich etwas gesagt habe."

„Was ist los?", fragte Imogen, die langsam genervt war. „Offensichtlich meinst du doch etwas Bestimmtes."

„Ihr Tee", unterbrach die Bedienung und stellte eine rote Teekanne auf den Tisch. Sie blickte die beiden Frauen an, begriff, dass sie störte, und trat zurück. „Das Hafergebäck kommt gleich."

„Es ist wirklich nichts", sagte Jan. „Ich muss mich wohl geirrt haben."

„Raus mit der Sprache!"

„Hör bitte auf, Imogen. Du weißt, dass ich furchtbar bin, was Geheimnisse angeht. Und ich will die Überraschung nicht verderben."

„Welche Überraschung?"

Jan wurde noch röter. „Finn war letzte Woche bei uns."

„Um mit dir zu reden?"

„Mit deinem Vater."

„Mit Dad?", fragte Imogen.

„Ja." Jan nickte. „Die können über sonst was gesprochen haben … Aber ich fragte mich eben … Dumm von mir, voreilige Schlüsse zu ziehen. Doch weil Granny Viviens Ring bei uns ist und die traditionelle Vorgehensweise bei solchen Sachen … da hatte ich einfach angenommen …"

„Tu's nicht", fiel Imogen ihr ins Wort, und nun glühten ihre Wangen. „Du hast keine Ahnung von meiner Beziehung."

Imogen raste auf ihrem Fahrrad durch die schmalen Gassen von Brighton, und die frische Brise auf ihrem Gesicht war eine willkommene Abkühlung. Sie konnte nicht aufhören, an das zu denken, was ihre Mutter gesagt hatte. Finn war bei ihrem Vater gewesen, und die beiden hatten geredet – und zwar ohne dass Imogen davon etwas mitbekommen hätte.

Sie schloss ihr Rad an den Arkaden an. Zwar war sie gleich mit Lauren verabredet, doch zuerst brauchte sie ein paar Minuten für sich. Sie ging den Strand entlang, weg von Hove, und ließ das Eiscafé und Finns Surfschule immer weiter hinter sich. Eigentlich sollte sie übersprudeln vor Glück.

Sie liebte Finn, oder nicht? Warum fühlte sich dann die Vorstellung, er könnte ihr einen Antrag machen, wie ein Stein an in ihrem Bauch?

11. Kapitel

Imogen hatte vorgehabt, am Abend nach dem Treffen mit Lauren direkt nach Hause zu radeln. Stattdessen fand sie sich erneut unten am Wasser wieder, diesmal beim Eiscafé. Sie stellte ihr Fahrrad ab und ging hinein. Ihre Schwester wischte gerade die Tische sauber. Ihr dunkles Haar war zu einem hohen Knoten gebunden, und sie trug ein smaragdgrünes Kleid zu Riemchenschuhen.

„Jetzt noch die Schürze weg und die Gummihandschuhe, und du könntest fast ein Filmstar sein“, sagte Imogen.

Anna lachte. „Ehrlich?“ Ihre Wangen färbten sich pink. „Na gut, da es das einzige Beinahe-Kompliment ist, das ich dieser Tage bekomme, bedanke ich mich einfach mal ganz artig.“

„Sag mir bitte, dass du Lust auf Reisnudeln hast“, sagte Imogen.

„Habe ich immer.“ Dann runzelte sie die Stirn. „Aber ich weiß nicht. Wir müssen noch die Abrechnung machen, Bella aus der Krippe abholen und …“

Matteo streckte den Kopf aus der Küchentür. „Hol sie hier raus, Imogen!“, rief er. „Sie braucht mal eine Pause.“

„Danke, Matteo!“, rief Imogen ihm zu.

Anna drehte sich zu ihrem Mann um. „Bist du sicher?“

„Und ob! Los, geh schon. Ich schließe ab und hole Bella.“

Anna band ihre Schürze ab und zog die Gummihandschuhe aus. „Na dann los!“

Die beiden Schwestern schlenderten an den Fish&Chips-Buden und den Spielhallen vorbei. In der Stadt war es noch relativ ruhig, und sie beide hatten den winterlichen Dämmerschlaf von Brighton schätzen gelernt, bevor der erste Ansturm zu Ostern kam. Normalerweise hätte Imogen das Gespräch begonnen, und Anna wäre eingestiegen. An diesem Abend jedoch waren beide eher still, und so gingen sie fast wortlos zu dem kleinen japanischen Restaurant, in dem es die Reisnudeln gab, die sie beide mochten.

Sie bestellten sich Bier und die üblichen Nudelgerichte, ehe sie einander über den Tisch hinweg ansahen. Imogen nahm die kleinen Fältchen in den Augenwinkeln ihrer Schwester wahr und ihre hängenden Schultern, und auch Anna wusste, dass ihre Schwester alles andere als heiter gestimmt war.

„Warum siehst du so unglücklich aus?“, fragte Imogen.

„Warum siehst *du* so unglücklich aus?“, konterte Anna. Prompt löste sich die Anspannung, und beide lachten.

„Okay, ich habe zuerst gefragt“, sagte Imogen.

„Also gut: Weil ich denke, dass wir tatsächlich und ganz im Ernst nach Italien gehen. Und ich kann es gar nicht fassen, was ich alles hier zurücklassen muss. Vor allem wage ich nicht, es Mum und Dad zu erzählen.“

Imogen berührte Annas Arm. „Stimmt, das wird nicht leicht.“

„Mit dem Gästehaus, das bald eröffnet wird, und so sensibel, wie Dad in letzter Zeit ist, will ich sie nicht noch zusätzlich belasten. Nicht ausgerechnet jetzt.“

„Trotzdem musst du es ihnen irgendwann sagen.“

„Klar, und das sogar bald. Alles geht so schnell, und wenn es weiter so läuft, sind wir im Mai weg.“

„So bald?“

„Ja. Wahnsinn, oder? Eben noch haben wir beide über eine vage Idee geredet, und jetzt passiert es tatsächlich.“

„Warum erzählst du es ihnen nicht bei der Party?“, schlug Imogen vor. „Wenn das Gästehaus richtig eröffnet ist, sind sie schon mal eine Belastung los. Sie werden entspannter sein, und du kannst es allen auf einmal erzählen statt jedem einzeln.“

„Ja“, sagte Anna, auch wenn sie immer noch nervös wirkte. „Das ist vielleicht das Beste.“

„Ich glaube sowieso, dass du dir viel zu viele Sorgen machst.“

„Ach ja?“ Anna lachte. „Denkst du das allen Ernstes? Mum reagiert schon schlimm genug, wenn du verschwindest. Ich bin diejenige, von der sie erwartet, dass sie immer hierbleibt.“

„Sie wird drüber wegkommen. Das muss sie eben“, sagte Imogen.

„Wenn du meinst. Und jetzt verrate mir, was mit dir ist.“

„Es hört sich garantiert lächerlich an. Und zickig. Das weiß ich.“

„Und beides bin ich bei dir schon gewohnt, also schieß los.“

Imogen verzog das Gesicht. „Ich glaube, Finn will mir einen Antrag machen.“

„Ehrlich?“ Anna konnte nicht umhin, begeistert zu klingen.

„Ja“, antwortete Imogen, und ihre Gefühle ließen sich nicht mehr verbergen. „Aber ich bin nicht begeistert von dem Gedanken. Kein bisschen.“

„Okay“, sagte Anna schlicht.

„Ich weiß nicht, ob es hier überhaupt um Finn geht“, erklärte Imogen. „Eigentlich weiß ich überhaupt nicht, was los ist. Ich habe das Gefühl, dass ich total durchhänge. Das Amazonas-Projekt ist geplatzt, es zeichnet sich nichts Neues ab … Mir kommt es vor, als würde ich hier feststecken, genauso wie in dem ersten Sommer, als wir den Laden übernommen haben. Und Finn und ich … Na ja, ich liebe ihn, ehrlich. Das steht außer Frage. Trotzdem habe ich Angst, dass mich eine Heirat erst recht festnagelt. Klingt das furchtbar?“

„Nein, es klingt nach der Wahrheit“, antwortete Anna.

„Es ist ja auch wahr. Vielleicht reagiere ich übertrieben. Und ich könnte mich auch irren. Es ist nur so, dass Mum etwas gesagt hat, das mich auf die Idee brachte, dass er das vorhat.“

„Nun, wundern würde es mich nicht", sagte Anna. „Er betet dich an, das ist offensichtlich, und er hat immer gesagt, dass er eine Familie will, nicht?"

„Ja!" In Imogen wallten die widersprüchlichsten Gefühle auf. „Das ist es! Verstehst du? Mir kommt es vor, als würden mir die Geschehnisse vorauseilen, als könnte ich nicht mehr hinterherkommen, zumal ich gar nicht weiß, ob ich das alles will. Heirat, eine Familie, der Ausbau seines Geschäfts, das sind alles Dinge, die uns langfristig hier binden würden. Natürlich will ich ihn unterstützen, und ich will definitiv mit ihm zusammenbleiben. Aber ich möchte, dass es so bleibt, wie es bisher ist. Dass wir Zeit zusammen verbringen, weil wir es genießen, weil es schlicht Spaß macht, und dass wir einen Tag nach dem anderen angehen."

„Ich weiß, was du meinst", sagte Anna. „Doch es kommt wohl in jeder Beziehung der Punkt, an dem sich das ändern muss. Meinst du nicht?"

„Kann sein. Aber jetzt schon? Ich bin erst sechsundzwanzig. Ich hätte nie gedacht, dass der Altersunterschied eine Rolle spielen könnte. Es sind ja bloß einige Jahre. Aber jetzt … Jetzt frage ich mich, ob wir vielleicht in völlig verschiedenen Lebensphasen stecken."

„Rede mit ihm", schlug Anna vor.

„Ja, sicher, andererseits … Im Ernst, wie rede ich mit ihm über etwas, das noch gar nicht passiert ist?"

12. Kapitel

Am nächsten Morgen saßen Imogen und Finn bei einem Frühstück aus Croissants und Eiern am Fenstertisch. Imogen war früh von dem Duft frischen Kaffees geweckt worden, und für einen flüchtigen Moment hatte sich alles perfekt angefühlt. Doch dann dachte sie an ihre Unterhaltung mit Anna und an das mulmige Gefühl, das sie seit Tagen plagte und partout nicht weggehen wollte. Als sie Finn jetzt ansah, in seinem grauen T-Shirt und seiner Lieblingsjeans, wie das mittelblonde Haar ihm über das eine Auge fiel, versuchte Imogen, jene Gedanken zu verdrängen. Sie hatte doch Glück mit Finn. Sie musste lediglich zur Vernunft kommen, weiter nichts.

„Ich habe einige richtig tolle Neuigkeiten", sagte Finn. „Evie und ich haben uns gestern zusammengesetzt, um die Zahlen durchzugehen, und ich habe ihr ein formelles Angebot gemacht. Das hat sie angenommen."

„Ist ja fantastisch!", sagte Imogen lächelnd. Sie freute sich wirklich für ihn. Leider änderte es nichts daran, dass sie sich wie in einer Achterbahn fühlte, aus der sie nicht aussteigen konnte.

„Ja, und sie kann es gar nicht erwarten, dass alles über die Bühne ist. Anscheinend will sie lieber früher als später verkaufen."

„Und was passiert, wenn alles unter Dach und Fach ist?", fragte Imogen.

„Wir müssen wohl eine Menge selbst machen. Es wird sicher ein bisschen irrsinnig, weil dann gerade Hochsaison sein wird, aber Andy und ich freuen uns drauf. Und Evie ist froh, dass der Laden ‚in der Familie' bleibt sozusagen."

„Das ist schön."

„Und du bist ja sicher bald wieder weg, also kann ich mich genauso gut anderweitig beschäftigen."

„Wäre möglich", sagte sie achselzuckend. Das schwere Gefühl in ihrem Bauch wollte nicht weichen, und langsam fragte sie sich, ob das mit ihrer beruflichen Situation zu tun hatte. „Ich habe die Hilfsjobs für Lauren, und die sind momentan alles", sagte Imogen. „Vielleicht kann ich Onkel Martin demnächst mit dem Gästehaus helfen. Auf jeden Fall möchte ich gerne zu tun haben. Ich frage ihn mal, ob er mich vielleicht am Empfang gebrauchen kann, für die Online-Werbung und solche Sachen. Es gibt einiges, was ich hier und da machen könnte, und nichts davon würde mich abhalten, ein gutes Projekt anzunehmen, wenn sich eines bietet."

Imogen bemühte sich, nicht daran zu denken, dass sie jetzt eigentlich in Brasilien hätte sein sollen. Es würde die Enttäuschung nur noch größer machen, die sie ohnedies jeden Tag tiefer runterzog, seit Sally ihr abgesagt hatte. Ihr blieb noch Zeit, ihren Traum vom Fotografieren am Amazonas zu verwirklichen. Sie musste eben noch ein bisschen durchhalten, sonst nichts.

Auf dem Weg zu Laurens Studio holte Imogen Hepburn im Eiscafé ab.

„Tausend Dank, Imogen", sagte Anna. „Ich konnte ihn heute unmöglich in der Wohnung lassen. Neuerdings heult er los, sowie wir das Haus verlassen, und die Nachbarn treibt es in den Wahnsinn. Aber hier können wir ihn schlecht den ganzen Tag haben, wenn so viel los ist. Er ist uns die ganze Zeit zwischen den Füßen."

Imogen bückte sich, hob den Dackel hoch und knuddelte ihn. Er schleckte ihr das Gesicht ab. „Ist kein Problem. Ich möchte sowieso mal wieder richtig Zeit mit ihm haben. Und heute ist im Studio nicht viel für mich zu tun."

„Super. Das ist echt klasse von dir", sagte Anna.

„Und, hast du in letzter Zeit von Evie gehört?", fragte Imogen.

„Ja! Sie war eben hier und hat uns erzählt, dass sie an Finn verkauft. Was für großartige Neuigkeiten!"

„Ja, nicht? Er ist auch total hin und weg."

„Und Evie ist so froh, dass sie mit jemandem verhandelt, den sie kennt."

„Deshalb habe ich mir auf dem Weg hierher etwas überlegt", sagte Imogen. „Evie wird wohl kaum ruhig rumsitzen wollen, oder? Dazu ist sie nicht der Typ."

„Meinst du?", fragte Anna. „Was soll sie denn sonst machen?"

„Wir könnten sie fragen, ob sie das Viviens übernehmen will."

Anna stutzte und ließ sich die Idee durch den Kopf gehen. „Ich denke, das könnte klappen. Fragen kann ich sie ja mal."

„Ich könnte ihr helfen, sich in die Rezepte einzuarbeiten, und ein Auge auf alles haben, solange du weg bist. Fragen kostet ja nichts."

„Die Idee finde ich klasse", sagte Anna. „Sobald der Mittagsansturm vorbei ist, gehe ich rüber und rede mit ihr."

„Super!" Imogens Stimmung besserte sich.

„Oh Gott!" Anna stockte und biss sich auf die Unterlippe.

„Was?", fragte Imogen.

„Wenn sie Ja sagt …" Anna wurde sehr leise.

„Was?"

„Dann wäre alles geregelt."

„Aber das willst du doch, oder?", fragte Imogen.

„Ja, will ich", sagte Anna. „Das heißt … Ich bin sicher, dass ich das will."

Nach einem langen Spaziergang am Strand kam Imogen mit Hepburn in Laurens Studio. Ihre Freundin fing sie an der Tür ab. Sie wirkte gestresst und hatte gerötete Wangen.

„Imogen, du musst mir helfen!“, sagte Lauren panisch.

„Muss ich?“ Imogen hob Hepburn hoch und streichelte ihm den Kopf.

„Ja!“

Imogen sah sie fragend an.

„Ich meine, bitte“, korrigierte Lauren. „Ich habe mich aus Versehen doppelt verplant. Da ist eine Hochzeit oben bei Seaford, und ich hatte völlig vergessen, dass heute auch der Fototermin mit Jacob ist, dem Baby.“

Imogen sah an ihrer Freundin vorbei und in den Raum, wo ein junges Paar ein Baby auf dem Schoß schaukelte. „Könntest du bitte diese Session für mich übernehmen?“

Imogen zögerte. „Ich habe noch nie …“

„Ach bitte – wir wissen beide, dass du das mit verbundenen Augen hinkriegen könntest“, sagte Lauren. „Ich muss weg. Den beiden habe ich es schon erklärt, und es ist alles bereit. Tausend Dank!“

Lauren umarmte sie rasch und verschwand.

Jacobs Eltern gurrten auf den Kleinen ein.

Imogen stellte sich vor und versuchte, die Stimmung zu entkrampfen, obwohl sie selbst alles andere als entspannt war.

„Wie wäre es, wenn Sie ihn zwischen sich nehmen? Ja, genau so“, sagte Imogen.

Die Eltern sahen sehr stolz aus, wie sie den Kleinen zwischen sich hielten.

Und tatsächlich war er irgendwie niedlich. Imogen konnte einige Aufnahmen machen, auf denen er lächelte oder lachte.

„Wie wäre es mit diesem Spielzeug?“, fragte Imogen und reichte ihnen einen Plüschteddy. Sie hatte einige Sachen zusammengesammelt, von denen sie glaubte, dass sie die Session leichter machten. Jacob runzelte die Stirn und fing an zu weinen.

Imogen blickte sich um, was sie sonst benutzen könnte, als Hepburn durch die angelehnte Tür hereingestürmt kam. Prompt strahlte das Baby wieder. Mit einer Hand bedeutete Imogen dem Hund, sich zu ihren Füßen hinzulegen, während sie mit der anderen den Jungen und seine Eltern fotografierte, die inzwischen alle kicherten.

Später zeigte sie dem Paar bei einem Tee einige der ihrer Meinung nach besten Aufnahmen auf ihrem Laptop. „Die sind natürlich noch nicht bearbeitet, aber ich denke, dass wir ein paar richtig gute Bilder haben."

„Die sind toll", sagte Jacobs Mutter. „Genau das, was wir uns vorgestellt hatten. Wir wollten nichts Förmliches, einfach Bilder von uns, wie wir auch zu Hause sind."

„Schön. Tja, dann bearbeite ich die und brenne sie Ihnen auf CD."

„Vielen Dank, Imogen", sagten die beiden begeistert.

Imogen sah auf dem Heimweg in der Elderberry Avenue vorbei. Der Tag im Studio war nicht so schlecht gewesen. Zur Überbrückung, bis sich etwas Besseres ergab, konnte sie damit leben. Nachdem Jacob und seine Eltern gegangen waren, hatte Imogen alte Kontakte angerufen und sie wissen lassen, dass sie verfügbar war. Einige versprachen, die Augen offen zu halten und ihr Bescheid zu geben.

Dass Imogen immer noch in Brighton war, hatte zumindest ein Gutes: Sie konnte dabei sein, wenn das Gästehaus eröffnete. Sie klopfte an die Vordertür, und ihr Onkel Martin öffnete.

„Hallo, Imogen", begrüßte er sie strahlend. „Dich schickt der Himmel!"

„Ach ja?"

„Und ob! Morgen Abend ist die Party, und mir kommt es vor, als hätte ich noch tausend Sachen zu erledigen – jede Menge Getränke besorgen, Bestellungen, die letzten Möbel zusammenbauen, die Zimmer putzen … Es scheint überhaupt kein Ende zu nehmen. Kannst du mir vielleicht helfen?"

„Sicher", sagte sie. „Deshalb bin ich hier."

Was stimmte. Wenigstens zur Hälfte. Aber wenn sie ganz ehrlich war, dann wollte Imogen auch vermeiden, nach Hause zu Finn zu gehen. Sie war wirklich froh, dass es mit seinen Plänen für das Geschäft voranging, doch sie konnte sich einfach nicht dazu bringen, sich dafür zu interessieren. Und vor allem wollte sie nicht darüber nachdenken, dauerhaft in Brighton zu bleiben. Doch zurzeit dachte sie leider an nichts anderes, wenn sie Finn ansah.

Martin strich sich über sein noch verbliebenes Haar. „Wir haben vierzig geladene Gäste und dann noch die Presseleute, die deine Mum beschwatzen konnte."

„Gut, dann lass uns loslegen. Und keine Sorge, es wird super", beruhigte Imogen ihn.

„Das hoffe ich. Überhaupt sollte ich mich an das viele Organisieren gewöhnen. Schließlich wird das in Zukunft mein Job sein."

„Sind noch mehr Reservierungen eingegangen?"

„Oh ja", antwortete er. „Seit die Website online ist, kommen die am laufenden Band. Und es ist auch nicht so, als könnte ich damit nicht fertig werden, Imogen. Das kann ich. Es ist nur … Na ja, wie du sicher noch weißt, war Françoise ein sehr dominanter Mensch."

Imogen erinnerte sich gut an die Exfrau ihres Onkels und deren Art, ihm ins Wort zu fallen oder für ihn zu sprechen, seine Entscheidungen zu untergraben oder welche für sie beide zu treffen, ohne ihn zu fragen.

„Und jetzt machst du alles allein", sagte Imogen.

„Ja. Was gut ist. Ich meine, ich genieße es, und ich bin glücklicher denn je, weil dein Dad jetzt auch mehr dabei ist. Aber ich weiß nicht … Es kann schon mal ein bisschen einsam sein. Vermutlich liegt es an der Verantwortung."

„Du hast uns alle auf deiner Seite", sagte Imogen und umarmte ihn. „Dieses Haus ist Teil unserer Familie, und wir werden immer zu dir stehen."

Gegen sieben Uhr abends wurde Imogen klar, dass zu viel zu tun war, als dass Martin und sie es allein schaffen könnten. Also rief sie Verstärkung. Tom, ihr Dad, fuhr mit Martin einige Möbel holen, die sie noch brauchten, und Finn fuhr mit Anna und Imogen zum Getränkegroßmarkt.

Anna saß während der Fahrt auf dem Beifahrersitz und konnte nicht aufhören zu lächeln.

„Okay, ich platze gleich", gestand sie nach einer Weile. „Ich habe Evie gefragt, ob sie das Eiscafé übernimmt, und sie hat Ja gesagt. Sie möchte das wirklich gerne." Ihr Grinsen wurde noch breiter.

„Das ist fantastisch!", antwortete Imogen. „Wusste ich es doch."

„Sie ist richtig begeistert von der Idee! Ich musste sie gar nicht überreden."

„Großartig", sagte Finn. „Dann behalte ich sie ja doch als Nachbarin. Hoffentlich stört sie der Krach nicht, wenn wir ihren alten Laden renovieren. Andy und ich sind heute mit seinem Vater die Pläne durchgegangen, und ich glaube, das wird ziemlich aufwendig." Finns Augen leuchteten. Er sah so aufgeregt und enthusiastisch aus wie seit Monaten nicht.

„Ich kann es kaum erwarten, damit anzufangen. Wir haben jahrelang immer dasselbe gemacht, und jetzt ist die Chance da, voranzukommen und die Surfschule zu einer großen Adresse für Surfer zu machen."

„Ein Neuanfang für alle“, sagte Anna. „Ich habe das Gefühl, dass dieses Jahr für jeden von uns klasse wird.“

Imogen blickte durchs Fenster zum Verkehr draußen.

„Alles gut, Imo?“, fragte Finn, der sie zunächst im Rückspiegel ansah und sich dann zu ihr umdrehte.

„Ja, alles gut“, antwortete sie. Sie versuchte sich ein Lächeln abzuringen, doch innerlich fühlte sie nichts als Schwere. So viel Positives geschah um sie herum; woher also kam dieses Gefühl? Andererseits … Wenn sie nach vorn blickte, in ihre Zukunft, war sie sich nicht sicher, was dort auf sie wartete.

13. Kapitel

Das Elderberry Guesthouse eröffnet
Von Sam Graham

Am heutigen Tag erleben Brighton und Hove die Eröffnung eines neuen Gästehauses. Das einstige Zuhause von Vivien McAvoy, einer beliebten Einwohnerin unserer Stadt, an die sich viele als die Besitzerin des inzwischen berühmten Eiscafés in den Arkaden erinnern werden, hat nun durch ihre Söhne, Martin und Tom, zu neuer Blüte gefunden. Unter Leitung der beiden wurde das Haus in der Elderberry Avenue zu einem Boutique-Hotel umgewandelt, dessen Zimmer nach Motiven aus Filmklassikern gestaltet sind. Wie die Eigentümer berichteten, sind bereits zahlreiche Reservierungen aus ganz Großbritannien sowie dem Ausland eingegangen …

Evie und Anna gingen die Elderberry Avenue hinunter, dicht gefolgt von Matteo und Bella. Es war ein kühler Vorfrühlingsabend. Evie drückte Annas Hand, als sie sich dem früheren Zuhause von Vivien näherten. Anna, Imogen, Finn, Martin und Tom hatten bis Mitternacht gearbeitet, um alles fertig zu bekommen und das Gästehaus für die Party herzurichten. Und als Anna nach Hause gekommen war, war sie so aufgekratzt gewesen, dass sie Matteo wecken musste, um ihm alles zu erzählen. Verschlafen hatte Matteo ihr zugehört, an den richtigen Stellen genickt und gelächelt, bis Anna schließlich auch schlafen konnte. Natürlich war Anna nicht nur aufgeregt wegen des Gästehauses, sondern auch nervös, weil sie an diesem Abend ihrer Familie von ihren Italienplänen erzählen wollte.

„Ich freue mich schon seit Tagen auf das Fest", sagte Evie. „Von den Umbauten habe ich überhaupt noch nichts gesehen, also wird es eine echte Überraschung. Eigentlich wollte ich schon längst hier vorbeigegangen sein und sehen, wie Martin vorankommt, aber, na ja, du weißt ja, was in letzter Zeit los war."

„Und geht es dir gut damit?", fragte Anna.

„Ja." Evie nickte.

„Es sind große Veränderungen."

„Ich weiß. Und es ist das Ende einer Ära, deshalb habe ich natürlich etwas gemischte Gefühle. Aber es ist auch ein Neuanfang für mich, Anna – und den brauche ich. Deine Idee, dass ich das Eiscafé übernehme, hat mir genau den richtigen Energieschub gegeben. Ich dachte, wenn ich den Laden schließe, würde ich noch weiter weg von Vivien und meinen Erinnerungen an sie sein. Stattdessen komme ich ihr näher. Es ist eine Ehre für mich, und ich freue mich wirklich sehr drauf."

„Ich bin so froh – und Imogen ist es natürlich auch", sagte Anna. „Ich kann mir niemanden vorstellen, der passender für den Job wäre."

„Allerdings muss ich noch viel lernen." Evie lachte. „Schließlich habe ich in meinem ganzen Leben noch nie Eis gemacht."

„Wenn Imogen es lernen kann", flüsterte Anna ihr verschwörerisch zu, „kannst du es allemal, glaub mir."

„Und du, Matteo und Bella – auf nach Sorrent. Sicher zählst du schon die Tage."

„Tue ich. Obwohl es sich noch nicht real anfühlt. Ich denke, das wird anders sein, nachdem ich es heute Abend allen gesagt habe."

„Bestimmt", sagte Evie mitfühlend. „Und wenn das überstanden ist, wirst du nicht mehr zurückwollen. Da bin ich mir sicher. Die Amalfi-Küste ist einer der schönsten Flecken der Welt. Berauschend."

„Warst du nie versucht, wieder dorthin zu reisen?", fragte Anna.

„Oh doch, und ich bin auch einmal wieder hin", antwortete Evie. „Nur einmal." Ihre Augen glänzten ein wenig. „Ah, hier sind wir!" Sie zeigte zum Haus.

„Elderberry Guesthouse", sagte Anna.

„Was für ein entzückendes Schild."

Stolz sah Anna das hübsche Keramikschild an, das sie sofort als eine Arbeit ihres Vaters erkannte.

„Dann auf zur Party", sagte sie und öffnete die Tür.

Anna und Evie gingen hinein. Viviens einstige Diele und das Arbeitszimmer waren zu einem eleganten Empfangsbereich umgebaut worden und schon voller Gäste, die angeregt plauderten und Wein tranken. Das Wohnzimmer war entrümpelt und mit neuem Mobiliar im Fünfzigerjahre-Stil eingerichtet worden, doch in den Regalen waren noch Viviens Bücher, und ihr Lieblingssessel mit dem grünen Samtpolster stand nach wie vor an seinem Stammplatz drüben im Erkerfenster. Anna sah Vivien vor sich, wie sie mit Hepburn auf dem Schoß im Sessel saß, während sie sich bei Tee und selbst gebackenem Kuchen von Anna unterhielten. Für einen Moment fühlte es sich an, als sei Vivien noch mitten unter ihnen.

Anna betrachtete die neu gerahmten Fotos an den Wänden; einige hatte Imogen gemacht, andere waren alte Fotos von der Familie und von Freunden: Vivien im Fünfzigerjahre-Kleid mit bauschigem Rock vor ihrem Laden; Hand in Hand mit Evie auf dem Pier, beide mit Regenschirmen; und ihr kostbares

Hochzeitsbild in Schwarz-Weiß mit Stanley vor der Brighton Town Hall in den späten Fünfzigern.

Im Wohnzimmer hingen Bilder aus Viviens Lieblingsfilmen – *Ein Herz und eine Krone, Frühstück bei Tiffany, Casablanca.*

„Oh, sieh nur, Evie", sagte Anna und zeigte auf eine große Karte von Sorrent und Capri.

„Hallo, ihr zwei!", rief Imogen ihnen zu. Sie brachte Tabletts mit Canapés zu den Gästen, die sich im Wohnzimmer versammelt hatten. „Ah ja, die hatte ich zusammengefaltet in einer Schreibtischschublade gefunden. Hübsch, nicht?"

„Wunderschön", bestätigte Evie. Für einen Moment nahmen ihre Züge einen seltsamen Ausdruck an, als sie die Karte betrachtete.

Anna sah ins Wohnzimmer, wo Martin und Tom mit Freunden und Nachbarn redeten und voller Stolz das Haus zeigten, in dem monatelange Arbeit steckte. Matteo und Evie gingen hinüber, um ihnen zu gratulieren. Anna blieb noch einen Moment zurück, stand mit Bella und Imogen da und nahm alles in sich auf. „Es sieht so schön aus", sagte sie.

„Ja, tut es", stimmte Imogen ihr zu. „Onkel Martin hat wahre Wunder gewirkt."

„Ist Mum hier?", fragte Anna.

Imogen zeigte durch die Menge auf Jan, die sich mit jemandem unterhielt, den Anna erkannte – es war ein Journalist von der Lokalzeitung. Als Jan Anna und Bella bemerkte, entschuldigte sie sich höflich und kam herüber.

„Hallo!", begrüßte sie Anna, ehe sie ihre Enkelin hochhob und küsste. Bella strahlte und umarmte Jan.

„Ist es in Ordnung, wenn ich mit ihr einen Rundgang durchs Haus mache?", fragte Jan.

„Nur zu", antwortete Anna.

Jan nahm ihr Enkelkind an die Hand, um ihr das Gästehaus

zu zeigen. „Guck mal, hier hat deine Urgroßmutter immer gesessen und gelesen", sagte sie, „in diesem großen Sessel. Siehst du? Hier ist ein Bild von ihr." Sie nahm ein gerahmtes Foto vom Kaminsims und zeigte es Bella.

„Granna V!", sagte Bella und tippte mit dem Finger auf das Glas.

Imogen stupste ihre Schwester an. „Die ist so süß!"

Auf einmal hatte Anna einen Kloß im Hals. In wenigen Wochen würde sie die Familie zerreißen und Bella Hunderte Meilen weit weg von ihren Großeltern, von Imogen und Finn bringen.

„Du sagst es ihnen heute Abend, oder?", fragte Imogen.

„Ja", antwortete Anna und fürchtete, jeden Moment loszuheulen. „Das mache ich."

Nachdem die Canapés aufgegessen, alle Zimmer bewundert und ein Großteil des Weins getrunken war, stieg Martin einige Stufen die Treppe hinauf und klopfte mit einem Silberlöffel an sein Weinglas, um die Aufmerksamkeit aller Anwesenden zu gewinnen. Nach und nach verstummte die lebhafte Partygesellschaft.

„Es ist mir eine Freude, das Elderberry Guesthouse offiziell für eröffnet zu erklären!" Sein Gesicht leuchtete vor Stolz. „Euch allen vielen Dank, dass ihr heute Abend hergekommen seid."

Die Menge jubelte.

„Viele von euch haben unsere Mutter gut gekannt, und diejenigen werden wissen, dass dieses Haus immer offen stand für Menschen, die eine helfende Hand brauchten. Deshalb schien es mir so passend, es zu einem Gästehaus umzubauen."

Er schaute sich im Raum um, bis er seinen Bruder gefunden hatte. „Tom, komm her. Du gehörst genauso dazu." Tom wirkte etwas scheu, als er sich einen Weg durch die Menge bahnte, doch dann stand er neben seinem Bruder auf der Treppe und sah genauso stolz aus wie er.

„Auf Mum“, sagte Martin und erhob sein Glas.

„Auf Vivien!“, rief Jan.

Im ganzen Raum klimperten Gläser.

„Das Gästehaus ist bereit, die ersten Gäste zu empfangen, und das wäre nicht möglich gewesen ohne unser fantastisches Team. Dieser Umbau war ein echtes Familienunternehmen. Also, danke, Jan, für die Publicity, Finn, für die Website, Imogen, für deine Hilfe bei so ziemlich allem – und für die erfreuliche Nachricht, dass du nicht gleich wieder wegmusst – und an Anna, Matteo und Bella für die Erfrischungen und die Unterhaltung bei der Arbeit!“

Imogen stellte sich näher zu Finn, ihrer Schwester und ihrer Mutter, und sie lächelten Martin zu. Finn legte seinen Arm um Imogen und küsste sie aufs Haar. Er gehörte jetzt zur Familie und wurde von allen geliebt – genau wie Imogen ihn liebte. Sie mochte gemischte Gefühle haben, was eine Bindung betraf, aber sie war fest entschlossen, damit zurechtzukommen.

Nach einigen weiteren Toasts stieg Martin wieder von der Treppe, und die Gäste kehrten zu ihren Gesprächen zurück, sobald sie ihre Gläser mit dem nachgefüllt hatten, was die Bar noch hergab.

Anna flüsterte Matteo zu, dass es Zeit wurde, und sie riefen ihre Eltern zu sich. Der Wohnzimmerbereich um Viviens Sessel herum war nun ruhiger, und die gesamte Familie scharte sich um Anna und ihren Mann, zusammen mit Evie. Anna holte tief Luft und wappnete sich.

„Habt ihr etwas bekannt zu geben?“, fragte Tom munter. „Und ich dachte, für heute Abend wären wir damit durch.“

Matteo nahm Annas Hand, und seine Berührung gab ihr Kraft. Sie war froh, ihn an ihrer Seite zu haben.

„Du bist doch nicht …", begann Jan und hielt sich eine Hand vor den Mund.

„Nein, Mum", sagte Anna kopfschüttelnd. „Wir planen im Moment keine weiteren Kinder."

Bella kletterte auf den Möbeln in der Nähe herum, und Imogen brachte sie zu ihren Eltern. Dabei sah sie ihre Schwester an und bot ihr mit einem Kopfnicken ihre moralische Unterstützung an.

„Aber wir müssen euch allen etwas sagen", fuhr Anna fort. „Es tut mir leid, dass ich noch gar nichts erzählt habe, aber es ist alles so schnell gegangen." Sie stockte. „Matteo, Bella und ich waren die letzten zwei Jahre hier sehr glücklich, mit dem Viviens und mit euch allen in der Nähe. Doch es wird Zeit, dass wir etwas Neues ausprobieren."

Beunruhigt sah Jan ihren Mann an, und Tom legte einen Arm um sie.

„Wir ziehen weg – nach Italien. Noch wissen wir nicht genau, für wie lange, auf jeden Fall diesen Sommer, aber eventuell länger. Wir haben eine Anzahlung auf eine traumhafte Gelateria an der Amalfi-Küste geleistet. Und wir möchten, dass Bella Matteos Heimat kennenlernt." Anna sah ihren Eltern an, wie betroffen sie waren, und rang mit den Tränen, während sie auf ihre Reaktion wartete.

„Tja, ich finde, das ist eine großartige Idee", sagte Imogen, um die Anspannung zu lockern. Sie knuffte Finn.

„Ist es", pflichtete Finn ihr bei. „Herzlichen Glückwunsch!"

Jan kamen die Tränen. „Aber ihr könnt doch nicht …", sagte sie. Evie bot ihr ein Taschentuch an, das Jan dankbar annahm.

„Die Entscheidung ist uns nicht leichtgefallen, und wir werden euch alle sehr vermissen. Wir hoffen, dass ihr uns besuchen kommt."

„Versuch mal, uns davon abzuhalten!", sagte Imogen.

Jan ging auf ihre älteste Tochter zu und umarmte sie. „Entschuldige. Es kommt nur so überraschend."

Anna drückte ihre Mutter. „Ich hätte etwas sagen sollen. Wir wollten nur ganz sicher sein, dass es klappt, bevor wir es euch erzählen."

Dann wandte Anna sich an ihren Vater und Martin. „Das Viviens wird in sehr guten Händen sein", erklärte sie ihnen. „Evie hat zugesagt, das Café zu übernehmen, und das freut uns riesig. Finn wird zwar ihren Laden übernehmen, aber sie bleibt in den Arkaden."

Evie verneigte sich übertrieben, und alle lachten. Die Stimmung wurde etwas lockerer, trotzdem sah Anna etwas bange hinüber zu ihrem Vater und hoffte inständig, dass er nicht so erschüttert war wie ihre Mutter.

Er lächelte ihr zu. „Wir verstehen das, Schatz", sagte er, trat auf Anna zu und legte seinen Arm um ihre Schultern. „Es ist eine Chance für Bella, das Land ihres Vaters kennenzulernen und Zeit mit ihren anderen Großeltern zu verbringen. Natürlich werden wir sie vermissen – ihr alle werdet uns fehlen. Aber wir bleiben ja in Kontakt, und werden immer für euch da sein."

Erleichtert umarmten Anna und Matteo ihre Eltern, Imogen und Finn gesellten sich zu ihnen. Nun ließ Anna den auf gestauten Tränen freien Lauf, und Jan musste lachen, weil ihre Tochter sogar noch aufgelöster war als sie.

„Okay", sagte Anna schließlich und putzte sich die Nase. „Eine Sache gibt es noch."

„Ach ja?", fragte Tom neugierig.

„Hat irgendjemand Platz für einen wohlerzogenen Dackel?" Hoffnungsvoll blickte Anna in Martins Richtung.

„Ich dachte mir schon, dass du das fragen würdest", sagte Martin lachend. „Selbstverständlich. Es scheint mir richtig, dass Hepburn für einige Zeit zurück nach Hause zieht."

Teil Zwei

14. Kapitel

Anna und Matteo kamen an einem Mittwoch Mitte Mai in Sorrent an. Zusammen gingen sie hinaus auf den sonnigen Platz, Bella tapste neben ihnen her. Um sie herum elegante Wohnhäuser mit hübschen Läden vor den hohen Fenstern, unter ihnen altes Kopfsteinpflaster, und es duftete nach den süßen Aromen der Bäckerei nebenan. Anna atmete tief ein. Sie fühlte Zufriedenheit und Erleichterung, zusammen mit etwas anderem – einem seltsamen Gefühl von *Déjà-vu*.

„Da wären wir", sagte Matteo lächelnd. Er zeigte auf die Eisdiele und die Wohnung darüber. „Das ist es."

Ein kleiner Vogelschwarm flatterte vom Springbrunnen in der Mitte des Platzes auf, und Bella quiekte verzückt. Die Vögel flogen hoch und über das hübsche Gebäude hinweg, das nun das Zuhause der Familie sein würde.

Anna lächelte. „Es ist komisch, aber mir kommt es fast vor, als wäre ich hier schon mal gewesen."

„Na ja, Carolina hatte es uns mit der Webcam gezeigt", sagte Matteo. „Und es gibt eine Menge Filme, die hier spielen."

„Nein, es ist mehr als das", sagte Anna und sah zu ihrer Tochter, die über den Platz lief. „Ich habe wirklich das Gefühl, als würde ich es kennen."

„Spürst du sie hier?", fragte Matteo sanft.

„Ja." Anna kamen die Tränen, die sie rasch wegwischte. „Freudentränen", erklärte sie. „Ich weiß nicht, ob es die Geschichten meiner Granny sind, die jetzt wieder zurückkommen. Dass ich jetzt hier bin, wo sie so glücklich war, das ist was ganz Besonderes für mich."

Matteo nahm ihre Hand und drückte sie sanft.

„Und jetzt werden wir hier unsere eigenen Erinnerungen schaffen“, sagte Anna.

Anna und Matteo gingen hinauf in die Wohnung und auf den Balkon. Von oben konnten sie das strahlend blaue Meer sehen, das in der Sonne Italiens glitzerte. Anna konnte es sich richtig vorstellen: romantische Abendessen auf dem Balkon an lauen Sommerabenden, unter ihnen die abendlichen Spaziergänger auf dem Platz.

Bella lief in eines der Schlafzimmer und klatschte begeistert in die kleinen Hände. Anna sah Matteo an. In seinem Gesicht spiegelte sich dieselbe Begeisterung, nebst der Freude, wieder in seinem Land zu sein. Auch wenn Sorrent für sie beide neu war, hatte Matteo sich gleich bei ihrer Ankunft entspannt, sich angeregt mit jedem unterhalten und gelacht – vom Passkontrolleur über den Taxifahrer bis hin zu der Frau vom Maklerbüro, wo sie ihre Schlüssel abgeholt hatten.

Nach einer kurzen Wohnungsbesichtigung konnte Anna es kaum erwarten, sich das Café anzusehen. Zu dritt begaben sie sich nach unten in den von Fensterläden verdunkelten Laden. Vorsichtig gingen sie hinein und schalteten das Licht ein.

Anna atmete auf, als sie sich umblickte. Die Vorbesitzer hatten alles gemütlich und einladend gestaltet, mit einem hübschen Wandbild von Hügeln und Meer sowie vielen Glasvitrinen, die ein bisschen eingestaubt, ansonsten aber tadellos waren.

„Es ist viel größer, als es in der Webcam aussah“, sagte Matteo. „Sehr schön.“

„Ja, und es sieht viel besser aus als das Viviens am Anfang. Hier ist eine Menge Potenzial.“ Eine kribbelnde Vorfreude regte sich in Anna. „Ich möchte am liebsten sofort loslegen.“

Am nächsten Morgen schüttete Anna ihrer Tochter Frühstücksflocken in eine Schale, und Matteo machte Kaffee in der kleinen silbernen Kanne auf dem Herd. Es war sechs Uhr morgens und noch sehr still in der Stadt. In ihren Tagträumen von Italien hatte Anna sich immer ausgemalt, sanft aus einem herrlich tiefen Schlaf zu erwachen, sich in den frischen weißen Laken zu Matteo zu drehen und ihn zu küssen, während von draußen nur das Rauschen der Wellen zu hören war. Irgendwie hatte sie bei diesen Bildern ausgeblendet, wie früh Bella sie aus dem Bett scheuchte und dass sie das Café herrichten und eröffnen mussten.

„Dann triffst du dich heute Morgen mit den Lieferanten", sagte Matteo. „Bist du sicher, dass du das allein hinbekommst?"

„Ja, natürlich."

Sie nahmen ihr Frühstück mit auf den Balkon. Sogar so früh morgens war es schon warm mit einer frischen Meeresbrise. Vom Balkon aus hatte man einen schönen Blick auf den Platz unten – das Kopfsteinpflaster, die Bäckerei gegenüber, die als einziges Geschäft schon geöffnet hatte und Brot und süße Brötchen verkaufte. Daneben befand sich ein Restaurant mit einer roten Markise, das „Luigi's". Ein kleiner Schwarm Tauben stieg flatternd in den Morgenhimmel auf.

„Ich glaube, ich könnte mich an das Leben hier gewöhnen", meinte Anna.

„Fehlt dir der Regen nicht?"

„Kein bisschen! Bevor wir loslegen, möchte ich kurz Mum und Dad anrufen und ihnen Bescheid sagen, dass wir gut angekommen sind."

Sie nahm ihr Telefon auf und wählte.

„Hey, Mum", sagte sie. Am anderen Ende rief ihre Mutter aufgeregt nach ihrem Dad, damit er zu ihr ans Telefon kam.

„Warte kurz, Schatz, ich stelle dich auf Lautsprecher. Und, seid ihr gut angekommen?"

„Ja, wir sind hier und richten uns gerade ein. Bella findet es klasse. Sie bringt uns dauernd ihren Eimer und ihre Schaufel, weil sie an den Strand will."

„Wir vermissen euch jetzt schon", sagte Jan.

„Wir euch auch. Aber es ist so wunderbar, endlich hier zu sein."

„Du gehst dir doch erst mal alles ansehen, oder?", fragte Tom. „Deine Granny hat immer von den bunten Häusern an den Berghängen geschwärmt. Also, von denen und dem Tiramisù."

„Wir probieren uns auf jeden Fall durch die Süßspeisen hier. Das hat oberste Priorität."

„Sobald wir den Laden eröffnet haben", ergänzte Matteo von seinem Platz neben Bella aus.

„Ah ja", sagte Anna lachend. „Matteo behauptet, dass es Wichtigeres geben könnte als Süßes, doch das korrigiere ich natürlich noch."

„Kannst du Bella ans Telefon holen?", fragte Tom.

Anna gab das Telefon ihrer Tochter, und die Kleine plapperte munter drauflos. So weit weg schien ihre Familie doch nicht zu sein. Zufrieden drückte sie Matteos Hand.

Später am selben Tag nahm Matteo Bella mit zu einem Spaziergang auf dem Markt, während Anna begann, den Laden unten bereit zu machen. Sie öffnete die Läden und putzte die Fenster mit einem Eimer voller Seifenwasser. Wenigstens das bekam sie alleine hin. Den Vormittag über hatte sie versucht, eine Bestellung bei ihrem Lieferanten aufzugeben. Mit ihrem gebrochenen Italienisch und seinem gebrochenen Englisch erwies es sich bald als viel zu verwirrend. Verärgert und enttäuscht hatte sie schließlich Matteo angerufen, damit er vom Supermarkt zurückkam und dolmetschte. Anna gefiel es nicht, auf ihn angewiesen zu sein, denn aus England war sie es gewohnt, sämtliche Bestellungen allein zu machen.

Während sie so über den Tag nachdachte und das neue Leben in Italien, wurde sie von einer freundlichen Männerstimme abgelenkt.

„*Benvenuta!*“, rief die Stimme laut. Anna drehte sich um und sah einen grauhaarigen Mann in einem eleganten Anzug auf die Eisdiele zukommen. „Willkommen“, sagte der Mann. „Ich bin Luigi.“

„Anna“, stellte sie sich vor und hielt entschuldigend die seifigen Hände in die Höhe.

Er lachte. „Ich bin Ihr neuer Nachbar hier auf dem Platz.“ Sie war froh, dass er Englisch sprach. Es war zwar ein wenig gestelzt, jedoch um Klassen besser als Annas Italienisch.

„Ach ja, das Restaurant, verstehe!“, sagte sie und dachte an die Menschen, die dort am Abend zuvor ein und aus gegangen waren. „Ich habe gestern schon gesehen, dass bei Ihnen sehr viel los ist.“

„Seit vierzig Jahren habe ich das Restaurant schon, und es ist jeden Abend so. Jetzt werde ich langsam alt, aber ich denke, man wird mich da raustragen müssen.“ Er lachte.

„Sind Sie und Ihre Familie aus England?“

„Ich, ja. Matteo ist aus Siena. Wir haben uns in Florenz kennengelernt. Unsere Tochter ist also ein bisschen von beidem.“

„Ah, es ist immer eine Freude, junge Leute hier am Platz zu sehen. Es waren nette Leute, die die Gelateria vor Ihnen hatten, und die Menschen hier mochten sie. Aber ich denke, sie wollten sich zur Ruhe setzen. Und jetzt ist Ihre Zeit gekommen.“

„Danke. Wir haben eine Woche, um alles vorzubereiten, und am nächsten Samstag öffnen wir. Kommen Sie dann?“

„Natürlich!“, sagte er begeistert. „Das würde ich nicht versäumen wollen.“

„Sehr schön. Dann sehen wir Sie spätestens am Samstag!“

Nach dem Mittagessen widmete Anna sich dem neuen Sortiment, das Matteo und sie kürzlich zusammengestellt hatten. Sie kostete das Erdbeer-Sorbet mit einem kleinen Silberlöffel. Es war leicht, süß und sehr aromatisch. Absolut köstlich! Die Herstellung war einfach gewesen. Anna hatte nur ein Grundrezept benutzt, doch die Früchte hier in Italien waren besonders: Die Beeren waren sehr intensiv im Geschmack von den vielen Tagen, die sie Sonne tanken durften. Matteo und sie hatten vormittags über eine Stunde auf dem örtlichen Obstmarkt verbracht und die reifsten Früchte sowie frische Minze ausgesucht, um zu experimentieren.

Matteo sah zur Küche herein. „Ah, das sieht gut aus! Brauchst du eine zweite Meinung?"

„Und ob!" Anna lachte. „Dies hier habe ich schon ziemlich ausgiebig probiert, aber was meinst du?"

Er nahm einen Löffel voll. „Das ist gut. Aber ich würde sagen, dass noch eine Kleinigkeit fehlt. An der Konsistenz, meine ich. Kannst du vielleicht ein paar größere Fruchtstücke hineinrühren?"

Anna überlegte. Vielleicht war es wirklich zu glatt. „Ich probiere es. Und ich finde es im Moment noch ein bisschen zu gesund, nicht sündig genug. Deshalb hatte ich überlegt, einige schokoladenüberzogene Waffeln dazu zu machen."

„Perfekt."

„Wie läuft es draußen?"

„Okay. Die Möbel, die wir gekauft haben, sehen super aus. Wir haben Platz für vier Tische, und es können noch Leute auf dem Rand des Brunnens sitzen, wenn alles andere draußen besetzt ist."

Anna schaute sich im Café um. Die Bilder, die Matteo und sie gekauft hatten, hingen an den Wänden, und nach und nach begann es sich wirklich wie ihr eigenes Eiscafé anzufühlen. „Ist das aufregend, Matteo! Es fühlt sich richtig gut an, hier zu sein!"

„Das Viviens wird immer etwas Besonderes bleiben – das erste Café, in dem wir zusammengearbeitet haben. Aber letztlich gehörte es dir und Imogen, und die Eisdiele meiner Familie gehört meiner Familie. Dies hier ist ganz unseres.“

„Wollen wir uns nicht diesen Sonntag mal ein paar Stunden freinehmen?“, schlug Anna vor. „Da ist sowieso alles geschlossen. Wir könnten uns einen Wagen mieten und die Küste hinunterfahren.“

„Gute Idee“, sagte Matteo und legte einen Arm um sie. Anna schmiegte sich an ihn und küsste ihn sanft auf den Mund.

Am Sonntag luden sie einen gut gefüllten Picknickkorb, Badesachen und Decken in den Mietwagen, und Matteo fuhr zur Küstenstraße. Bella plapperte in ihrem Kindersitz vor sich hin und schien die Haarnadelkurven überhaupt nicht zu bemerken.

Anna brauchte etwas, ehe sie sich entspannen und die Landschaft genießen konnte, aber die Amalfi-Küste war genauso spektakulär, wie sie es sich erhofft hatte – Dörfer und Kleinstädte an den Berghängen, bei denen die Häuser so steil übereinanderstanden, dass Anna schon vom Hinsehen schwindlig wurde. Das Meer war strahlend blau und spiegelte glitzernd das Sonnenlicht. Retro-Kabrios rasten an ihnen vorbei, und Boote wippten über das Wasser nach Capri. Sosehr Anna Englands Südküste liebte und sich Brightons typischem Kiesstrand oder den rauen Klippen und Felstümpeln von Cornwall verbunden fühlte – dieser Teil Italiens war ohne Frage prächtiger, und Anna war vollkommen begeistert.

Sie fuhren an Positano vorbei, das weniger ein Ort war als eine bebaute Klippe. Anna starrte gebannt aus dem Fenster. „Können wir hier anhalten?“, fragte sie.

„Später“, antwortete Matteo. „Es gibt noch etwas anderes, das dir ganz bestimmt gefallen wird, und dort möchte ich zuerst hin.“

„Okay." Sie fuhren noch ein Stück weiter in westlicher Richtung die Küste hinunter, ehe sie schließlich anhielten. Nachdem sie Bella in die Rückentrage gesetzt hatten, stiegen sie vorsichtig einen felsigen Weg hinunter, der in eine abgelegene Bucht führte. Ein paar einheimische Familien waren dort, sonnten sich und badeten im Meer, aber es war trotzdem ruhig. Ein Zufluchtsort fernab vom Trubel Sorrents.

Die Sonne stand hoch am Himmel, als Anna, Matteo und Bella am Wellensaum saßen, wo das Wasser rhythmisch über ihre Zehen schwappte. Bella lachte glucksend, wann immer eine Welle ihre Füße kitzelte. Anna legte eine Hand auf das nasse Haar ihrer Tochter und strich es ihr nach hinten. Den Großteil des Vormittags blieben sie dort, sammelten Steine in Bellas neuen roten Eimer und beobachteten, wie die einheimischen Kinder sie in ihr Spiel einbezogen.

Später am Abend, als sie längst wieder zu Hause waren, saßen Anna und Matteo im Wohnzimmer ihrer Wohnung. Bella schlief, sie hatten sich eine frische Kanne Tee aufgebrüht, und Anna nutzte die Gelegenheit, sich noch einmal den Marketing-Plan für das Eiscafé anzusehen.

Matteo legte das Buch hin, in dem er gelesen hatte, und streckte sich auf dem Sofa aus. Er lächelte Anna zu. „Ich mache nur mal eine Minute die Augen zu", sagte er. Vor lauter Schläfrigkeit klang seine Stimme fast wie ein Schnurren.

„Matteo!", schalt Anna ihn sanft. Er drehte sich auf die Seite und machte nicht den Eindruck, als wolle er sich so bald wieder rühren. „Na gut, wenn du schlafen willst, kann ich dann eben dein iPad benutzen? Ich möchte Imogen fragen, was sie von einigen Ideen hält, die ich habe."

„Mhm", machte er und zeigte vage in Richtung Couchtisch, ohne die Augen zu öffnen.

Anna holte sich das iPad und tippte eine E-Mail.

Hi, Imogen,
wir sind hier! Und du wärst begeistert! Du MUSST uns unbedingt besuchen kommen.
Ich habe einige Ideen für die Werbung hier und würde gerne deine Meinung dazu hören ...

Sie unterbrach, als eine Instant Message in der Bildschirmecke aufleuchtete. Den User-Namen erkannte sie nicht.

Matteo!

Für einen Moment erstarrte Anna, bevor sie den Messenger schloss und zu ihrer E-Mail zurückkehrte.

Ciao Matteo!

Zwei neue Nachrichten erschienen auf Italienisch, und mit einem halben Auge auf ihren schlafenden Freund gerichtet, sah Anna sie an und versuchte zu verstehen, was dort stand. Sie hatten keine Geheimnisse, sagte Anna sich, und er wusste ja, dass sie sein iPad benutzte. Die Sprache war recht einfach gehalten, und Anna war fast sicher, dass sie begriff, was dort stand:

Ich habe dich schon zweimal angerufen. Warum gehst du nicht ran?

Verwirrt las Anna den Text noch mal. Sie ermahnte sich, keine voreiligen Schlüsse zu ziehen. Es schien ziemlich direkt, dennoch könnte der Absender irgendwer sein – ein Geschäftsfreund oder ein alter Bekannter.

Dann kam: *Ich will dich dringend sprechen!*

Gleich darauf kam noch eine Nachricht, bei der Anna sich nicht so sicher war, was sie bedeutete. Mit einem Anflug von schlechtem Gewissen kopierte sie den Text und schickte ihn durch den Google-Übersetzer:

Wo bist du? Lässt sie dich die Wäsche machen oder so? Die Windeln wechseln?

Bei dem abfälligen Ton zuckte Anna zusammen. Sie las noch mal. Es ging eindeutig um sie.

Wer sagte so etwas? Sie wurde wütend.

Du musst ihr sagen, dass das die Aufgabe einer Mutter ist.

Anna klickte die Nachricht an, damit sie den Avatar dazu besser erkennen konnte.

Eine Frau mit rotbraunen Locken und sonnengebräunter Haut.

Elisa. Ihre Schwiegermutter.

15. Kapitel

Im Empfangsbereich des Elderberry Guesthouse starrte Martin ein wenig hilflos auf seinen Laptop, als er einige neue Gäste eincheckte. Die Frau wiederholte den Namen. „Ah ja, hier haben wir Sie – Rodriguez. Die *Gatsby*-Suite.“ Er reichte ihnen die Schlüssel. „Ich bringe Sie nach oben.“

Seine Miene verriet deutlich, dass der erste Tag eine Herausforderung für Martin war, und so sprang Imogen ein.

„Lass mich das machen, Onkel Martin“, sagte sie und führte die Gäste nach oben. „Die *Gatsby*-Suite ist eine wunderbare Wahl. Wie lange wollen Sie in Brighton bleiben?“

„Wir ist hier vor ...“ Der Mann sah seine Frau an. „*Como se dice diez dias?*“, fragte er sie.

„Zehn Tage“, antwortete seine Frau schüchtern. „Zu besuchen Freunde.“

„Sehr schön“, sagte Imogen. „Dann sind Sie hier genau richtig. Mein Onkel macht ein fantastisches englisches Frühstück.“

Sie half ihnen mit dem Gepäck in das frisch renovierte Zimmer, und das Paar machte einige bewundernde Bemerkungen zur Gestaltung der Suite – den hübschen antiken Spiegeln und der langen Zigarettenspitze auf der Frisierkommode.

„Falls Sie irgendwas brauchen, sagen Sie einfach Bescheid.“

„Danke“, antworteten beide im Chor.

Als sie wieder nach unten kam, blickte Imogen sich nach Martin um. Er war weder an seinem üblichen Platz bei den Aktenordnern noch in der Küche.

Sie sah nach draußen und entdeckte ihn auf der Terrasse, wo

er sich mit einer Frau unterhielt, die langes, dunkelrotes Haar hatte.

„Hey, Martin!“, rief Imogen ihm zu. „Die beiden Neuen sind oben und sehr froh über ihre Suite.“

„Das ist prima. Danke, Imogen.“

Die Frau bei Martin drehte sich um und betrachtete Imogen mit leuchtend grünen Augen. Sie war auffallend gut aussehend mit hohen Wangenknochen. Imogen schätzte, dass sie etwas jünger als Martin war, ungefähr Mitte vierzig. „Darf ich dir Clarissa vorstellen? Sie ist eben angekommen. Clarissa, das ist Imogen, meine Nichte. Viviens Enkelin.“

„Hi“, sagte Clarissa und stand auf. Ihr hellblaues Kleid schwang leicht aus. „Freut mich sehr, Imogen.“

Da war ein trauriger Ausdruck in Clarissas Augen, den Imogen erst jetzt aus der Nähe bemerkte.

„Willkommen“, antwortete Imogen. „Kannten Sie Vivien?“

Clarissa schüttelte den Kopf. „Nicht näher, doch ich erinnere mich an sie. Meine Mutter ging früher mit mir zu dem Eisladen, als ich noch klein war – als er noch Sunset 99s hieß. Wir waren immer zum Eisessen dort, wenn wir in Brighton waren.“

„Waren Ihre Mutter und meine Großmutter befreundet?“, fragte Imogen.

„Ich glaube, ja, waren sie wohl.“

„Wie schön. Uns allen fehlt Vivien sehr. Woher kannten sie und Ihre Mutter sich?“

Wieder schüttelte Clarissa den Kopf, und Imogen dachte für einen Moment, sie würde anfangen zu weinen. Martin, der offenbar dasselbe befürchtete, sah seine Nichte an.

„Ich weiß es nicht, jedenfalls nicht genau“, sagte Clarissa. „Deshalb bin ich hergekommen. Es tut mir so leid, dass ich zu spät gekommen bin.“

Mittags ging Imogen an den Strand und wanderte dort entlang nach Hove zu den Arkaden. Was einst Evies Souvenirladen gewesen war, stand nun leer bis auf Haufen von Schutt und Putzstaub. Es ging rasend voran. Andys Vater war ein örtlicher Bauunternehmer, hatte die Leitung des Umbaus übernommen und den beiden Tipps gegeben, wie sie das Ladeninnere umbauen konnten, ohne eine Baugenehmigung beantragen zu müssen. Da Finn und Andy nun jeden Abend lange auf der Baustelle mitarbeiteten, hatten die drei innerhalb weniger Tage schon viel geschafft.

Finn fegte gerade auf der Baustelle, während Andy sich um die Surfschule nebenan kümmerte.

„Hi", sagte Imogen und umarmte Finn.

„Uh, das war womöglich ein Fehler." Finn sah sie unglücklich an.

Sie blickte hinab zu ihrem dunkelblauen Top, an dem nun weißer Staub haftete, und klopfte sich ab. „Ah, jetzt verstehe ich, was du meinst", sagte sie lachend.

Solange der Laden voll mit aufblasbaren Gummitieren und Postkartenständern gewesen war, hatte der Raum längst nicht so groß gewirkt wie jetzt, und nachdem sie die Wand zur Surfschule durchgebrochen hatten, sah er sogar richtig riesig aus. „Ihr wart gestern Abend ja richtig fleißig."

„Ja, wir haben schon einiges getan. Wir machen jedenfalls Fortschritte, auch wenn wir auf ein paar bautechnische Probleme gestoßen sind, mit denen wir nicht gerechnet hatten."

„Kann Andys Dad euch dabei helfen?"

„Ja. Er wirkt auch nicht sonderlich beunruhigt", meinte Finn. „Wir kriegen das schon hin. Allerdings werde ich diese Woche wohl jeden Abend länger machen müssen. Geht das für dich klar?"

Imogen nickte. Sie konnte sich schlecht beschweren, da sie

so oft diejenige war, die ihn allein zu Hause sitzen ließ. „Das ist völlig in Ordnung."

„Wie läuft es im Gästehaus?"

„Gut. Heute Morgen kam ein neuer Gast an. Eine gewisse Clarissa."

„Und gefällt es ihr?"

„Ich glaube, ja. Sie war eigentlich hergekommen, um Granny V zu sehen, aber dann musste Martin ihr erklären, dass sie die Reise vergebens gemacht hat."

„Das ist traurig."

„Ja, ist es. Trotzdem will sie unbedingt bleiben und meint, wenn sie schon in Brighton ist, macht sie das Beste draus."

„Ah, das ist gut. Und sicher gefällt es ihr dort. Martin hat so viel Arbeit in das Haus gesteckt."

„Ja", sagte Imogen und versuchte, nicht an die Leere und schmerzliche Sehnsucht in Clarissas Augen zu denken. „Sicher wird es das."

Imogen ging hinüber zum Eiscafé. Es hatte gutgetan, Finn zu sehen, und wenn es auch nur für wenige Minuten gewesen war. So wie es im Moment zuging, hätte Imogen ebenso gut irgendwo im Ausland unterwegs sein können. Vor lauter Arbeit mit dem Ladenumbau sahen sie sich oft nur noch direkt vor dem Schlafengehen. Manchmal überlegte Imogen, ob sie ihn auf die Bemerkung ihrer Mutter ansprechen sollte, dass er ihr vielleicht einen Antrag machen wollte. Dann wieder kam es ihr leichter vor, so zu tun, als sei nichts gewesen.

Evie wischte gerade die Tische ab, als Imogen ins Café kam. Die Ruhe nach dem mittäglichen Ansturm war ideal, um alles noch einmal mit Evie durchzugehen, und das meiste war recht schnell geklärt. Am frühen Nachmittag kam ein junges Paar herein.

„Wie wäre es, wenn du die beiden bedienst, und falls du Fragen hast, bin ich hier?“, fragte Imogen.

Evie sah zu dem Paar. Die beiden kamen auf die Glastheke zu, und die Frau bestaunte die Auswahl an Eissorten.

„Hallo, Evie“, sagte der Mann. „Wie kommt’s, dass du hier arbeitest?“

„Ich habe eine neue Laufbahn eingeschlagen, Ben“, antwortete sie voller Stolz. „Du weißt ja, es ist nie zu spät.“

„Ist ja klasse! Und es freut mich, dich zu sehen. Ich fand es so schade, dass dein Laden geschlossen wurde.“

„Wir hätten gerne zwei Eisbecher ‚Super Sundae‘, bitte“, sagte die Frau.

„Kommen sofort“, versprach Evie selbstsicher. „Setzt euch schon mal, ich bringe sie dann.“

„Weißt du noch, wie die gemacht werden?“, flüsterte Imogen ihr zu.

Evie neigte den Kopf leicht zur Seite. „Eine Kugel Nougat, eine Kugel Mokka, weiße Schokosauce und Haselnusskrokant obendrauf, stimmt’s?“

„Haargenau!“, sagte Imogen und trat aus dem Weg, während Evie die Eisbecher befüllte.

Die ganze Woche war Imogen morgens frühzeitig aufgestanden, um die Eissorten nach Annas Rezepten zuzubereiten, und hatte Evie dabei eingearbeitet. Doch als sie Evie jetzt sah – ihr rosa Haar zu einem Knoten aufgesteckt und mit der karierten Schürze –, wie sie die Eisbecher zusammenstellte, hatte sie das Gefühl, dass sie sich fortan aus dem Eiscafé zurückziehen konnte. Evie schien die Rezepte mühelos zu lernen, und sie hatte den Vorteil, die meisten Einheimischen zu kennen. Niemand würde sich an ein wenig Wartezeit stören, weil Evie kurz in die Rezepte sehen musste.

Im Laufe des Tages perfektionierte Evie den herzförmigen Schwung, mit dem sie die geschäumte Milch auf den Espresso gab, und das klassische Viviens-Muster der Schokoladensauce auf den Eisbechern mit exakt positionierter selbst gemachter Waffel.

„Ich glaube nicht, dass du meine Hilfe noch nötig hast. Was meinst du?“, fragte Imogen.

„Warten wir's ab. Es ist auf alle Fälle beruhigend, dich jederzeit anrufen zu können, auch wenn ich denke, dass ich allmählich den Dreh raushabe.“

„Unglaublich gut sogar“, sagte Imogen. „Du bist ein Naturtalent.“

„Ach was, ich probiere nur gerne Neues aus. Dafür bin ich offensichtlich noch nicht zu alt.“

Anna hatte auf ihr Gefühl vertraut und alles richtig gemacht, dachte Imogen. Alles lief bestens.

16. Kapitel

„Liebe Mum, lieber Dad, liebe Imogen“, schrieb Anna. „Mir ist klar, dass es ein weiter Weg ist … aber wir würden euch gern zur Eröffnung unseres Eiscafés einladen.“

Sie nahm einen silbernen Umschlag und beschriftete ihn mit der Adresse ihrer Eltern. Dann schob sie die Einladungskarte hinein:

Anna, Matteo und Bella
laden herzlich ein zur Eröffnung:
Das kleine Eiscafé am Markt
Samstag, 5. Juni, ab Mittag.
Kostenlose Eiswaffeln bis 15:00 Uhr.
Kommt und genießt italienisches Gelato
mit einem Spritzer englischer Eleganz!

„Hier, probier das mal“, sagte Anna zu Matteo. „Ich glaube, ich bin auf eine Goldmine gestoßen. Und gerade rechtzeitig zur Eröffnung morgen.“

Matteo nahm einen Löffel von der Pfirsich-Granita, die Anna eben zubereitet hatte. Und nickte anerkennend. „Nicht schlecht.“

Anna lächelte stolz. Matteo war mehr als bloß der Mann in ihrem Leben; er war überdies der beste Gourmet-Kritiker weit und breit und zögerte nie, ihr zu sagen, wenn einer ihrer Kreationen noch das gewisse Etwas fehlte.

„Die Pfirsiche vom Markt sind sensationell“, schwärmte Anna.

„Ja, hatte ich dir ja gesagt."

Anna stellte die Schale auf den Glastresen.

„Ich frage mich, was die Leute von unseren Sorten halten werden", sagte sie.

„Tja, das werden wir bald wissen."

„Sicher ist das Carolina!", rief Matteo später am selben Tag, als an die Eingangstür geklopft wurde, und lief ans Fenster.

„Hallo!", rief er seiner Schwester unten zu.

„Lina!", quiekte Bella, die sofort mitbekam, was los war. „Lina!"

„Komm, wir begrüßen deine Tante", sagte Anna und hob ihre kleine Tochter hoch.

Matteo öffnete die Tür, und Carolina strahlte, als sie ihren Bruder und seine Familie sah. *„Bellissima!"*, rief sie, stürmte auf Bella zu und nahm sie in die Arme. „Du bist ja so groß geworden!" Sie überschüttete ihre Nichte mit Küssen.

Als Nächstes umarmte sie ihren Bruder.

„Ich musste natürlich schon durchs Ladenfenster spähen. Sehr *chi-chi*", lobte Carolina. „Da habt ihr wirklich gute Arbeit geleistet."

„Danke. Deine Frisur sieht klasse aus, Caro", sagte Anna, die Carolinas neuen Bob musterte.

Carolina berührte ihr Haar. „Sehr nett von dir. Ich brauchte mal eine Veränderung."

„Steht dir."

„Ehrlich gesagt, brauchte ich etwas, um mich aufzuheitern. Die letzten Monate … nun …" Weiter sprach sie nicht.

„Ist alles in Ordnung?", fragte Anna.

„Ja, bestens. Vielleicht später." Ihr Lächeln wirkte angestrengt. „Jetzt will ich glücklich sein und mit der kleinen Bella spielen", meinte sie und kitzelte Bella, die umgehend loskicherte.

„Natürlich", sagte Anna verständnisvoll.

Eine frische Meeresbrise wehte durch die Tür hinein und erinnerte Anna daran, wie weit sie von zu Hause weg war. „Wollen wir raus auf den Platz gehen?", schlug sie vor.

Matteo und seine Schwester gingen voraus, und sie setzten sich auf den Brunnenrand, während Bella in der Nähe spielte.

„Die Küste ist traumhaft, oder?", fragte Carolina. „Was meinst du, Anna? Hat sich die Reise gelohnt?"

„Und ob!", antwortete Anna. „Alles ist wie aus dem Bilderbuch."

„Ich mag die Gegend hier unten", sagte Carolina. Ihr Blick wirkte gedankenverloren, als sei sie im Geiste woanders. „Die Leute sind so viel lockerer als da, wo wir herkommen. Ihr müsst unbedingt mal ins Sommerhaus kommen. Da hat man einen fantastischen Meerblick, und dann all die hübschen bunten Häuser in den Dörfern."

„Klingt wunderbar. Wir kommen gewiss mal. Wo ist Filippo denn gerade?", fragte Anna.

Carolina schüttelte den Kopf und bekam glänzende Augen. „Das ist eine lange Geschichte."

Ihr Bruder legte den Arm um sie und drückte sie an sich. „Was hat er gemacht?"

„Nicht jetzt." Das war unverkennbar Schmerz in ihren Augen. „Erzählt mir von dem Café. Wann eröffnet ihr?"

„Diesen Samstag", sagte Anna.

„Einige Sachen müssen noch geregelt werden", ergänzte Matteo. „Aber wir haben es fast geschafft, nicht wahr, Anna?"

„Ja, fast. Du kommst doch zur Eröffnung, oder?"

„Selbstverständlich! Das würde ich mir nie entgehen lassen", antwortete Carolina.

„Danke, dass du dies hier für uns gefunden und angeguckt hast", sagte Anna.

„War mir ein Vergnügen."

„Ich glaube, es wird ein guter Sommer“, verkündete Matteo. Er hielt seine Schwester an sich gedrückt. „Wir machen es zu einem guten Sommer.“

Am Samstag standen Anna und Matteo hinter dem Tresen des Eiscafés und schauten zu, wie sich die Schar der neugierigen Kunden draußen vergrößerte. Die Woche über hatten sie Plakate überall in der Stadt aufgehängt, auf denen sie die Eröffnung ankündigten, und mit so vielen Einheimischen und Touristen gesprochen, wie sie konnten. Anna hatte sich gefragt, ob die Leute an den Veränderungen Anstoß nehmen würden, denn die alte Gelateria war sehr beliebt gewesen. Aber wie sich herausstellte, waren alle interessiert und bereit für das neue Café. Die Schlange erstreckte sich ein gutes Stück auf den Platz, und ganz vorn stand Luigi, der Restaurantbesitzer von gegenüber.

„Was würden Sie empfehlen?“, fragte er.

„Möchten Sie wissen, was ich sehr mag? Das ist dieser Mojito-Eislolly“, sagte Anna grinsend. „Es ist auch nicht allzu viel Alkohol drin.“

„Ein Lol-ly?“, fragte Luigi und stolperte über die Silben. „Ich weiß nicht, was das ist, aber Mojitos kenne ich. Dann hätte ich gerne einen davon.“

Anna reichte ihm das Eis, er kostete und zog die Brauen hoch. „Das gefällt mir!“

Eine junge Frau trat an den Tresen und ratterte ihre Bestellung auf Italienisch herunter. Anna hatte Mühe, etwas zu verstehen.

Luigi dolmetschte für sie. „Sie hätte gern Waldbeeren, zwei Kugeln.“

„Danke“, sagte Anna leise zu Luigi, füllte die Eiswaffel und reichte sie der neuen Kundin.

„Wenn Sie eine Weile bleiben wollen, gibt es jemanden, den

Sie kennenlernen sollten. Maria!“, rief er einer Frau zu, die in der Ecke saß.

Die Frau kam zu ihnen und begrüßte Anna. Anna erkannte sie aus dem Lebensmittelladen wieder. Dort hatte sie die Frau heute Morgen gesehen, als sie Eier und Milch kaufte, wie sie sich nett mit den Angestellten unterhielt. Sie war etwa Ende vierzig oder Anfang fünfzig, und die grauen Strähnen in ihrem dunklen Haar verliehen ihren Zügen etwas Vornehmes.

„Maria ist die beste Italienisch-Lehrerin, die Sie in dieser Gegend finden, und ihre Preise sind sehr fair“, sagte Luigi.

„Er will mir nur schmeicheln“, erklärte Maria. „Aber es stimmt, dass ich Italienisch-Kurse gebe. Ich wohne in dem Haus gegenüber, dem mit der blauen Tür. Kommen Sie einfach vorbei, falls Sie interessiert sind.“

„Das mache ich“, versprach Anna lächelnd. Es wäre gut für sie, sich mehr in die Sprache zu vertiefen, und mit Matteo als Lehrer klappte es einfach nicht. „Das wäre sehr schön.“

Den Nachmittag über servierten Anna und Matteo alte Favoriten sowie neue Geschmacksrichtungen und entließen einen zufriedenen Kunden nach dem anderen auf den Platz. Carolina hatte ihnen geholfen, die Holzmöbel in Pistazie, Blassrosa und Pastellblau auf den Platz zu stellen, und bediente an den Tischen draußen. Leute scharten sich um den Brunnen, hockten auf dem Rand und tauchten kleine Plastiklöffel in die Sorbets und Eiscreme der Freunde neben sich.

Matteo flüsterte Anna zu: „Ich will ja nicht voreilig sein …“

„Aber es scheint richtig gut zu laufen, nicht?“, beendete sie den Satz für ihn. „So viel zu dem schleppenden Anfang und der Anpassungsphase, die wir erwartet hatten. Wie es aussieht, haben wir einen Superstart hingelegt.“

Am Ende der ersten Woche bei vollem Betrieb ließ Anna die Läden vor dem Geschäft herunter und empfand eine herrliche

Zufriedenheit. Matteo und sie arbeiteten genauso harmonisch zusammen wie im Viviens, und die Zahl der wiederkehrenden Kunden wuchs. Erste Gesichter wurden ihr vertraut, was ihr half, sich hier etwas heimischer zu fühlen. Und vor allem schienen die Kunden besonders die ausgefalleneren Rezepte zu mögen, die sie in die Karte aufgenommen hatten.

„Es läuft richtig gut, nicht?“, fragte sie Matteo.

Er nickte und umarmte sie. „Es ist großartig.“

„Ich bin froh, dass wir hergekommen sind.“

„Ja, und ich kann es nicht erwarten, vor Mamma anzugeben“, sagte er stolz.

„Wann kommt sie noch mal zu Besuch?“ Anna fiel die Nachricht wieder ein, die sie auf seinem iPad gesehen hatte, doch sie verdrängte sie eilig. Sie wollte nicht für Reibung sorgen, indem sie das Thema ansprach.

„Nächste Woche.“

„Sehr schön“, sagte Anna, und sie versuchte, daran zu glauben. Es war ja nur für wenige Tage.

17. Kapitel

Solange es im Gästehaus ruhig war, sortierte Imogen alte Unterlagen, die sie in Viviens Regalen gefunden hatte. In einem Ordner fand sie Fotos von Vivien und Evie – aus den Tagen, als sie beide ihre Läden eröffnet hatten. Es war noch eines von ihnen beiden da, Arm in Arm, und das im Hintergrund war vermutlich Capri. Hinter dem Bild steckte eine Karte von der Amalfi-Küste, ähnlich der, die Imogen gerahmt hatte, nur dass auf dieser lauter Orte markiert waren, die Vivien und Evie wahrscheinlich zusammen besucht hatten. Die wenigen Tage im sonnigen Süden schienen Vivien bis zum Schluss viel bedeutet zu haben, dachte Imogen, nahm das Foto aus dem Ordner und stellte es auf den Empfangstresen.

„Hast du kurz Zeit, Imogen?"

Sie blickte zu ihrem Onkel auf, der am Empfangstresen stand und sich unsicher umblickte.

„Klar, was gibt's?"

„Es ist …", begann Martin und wurde sehr leise. „Es ist wegen Clarissa."

„Aha? Mir ist schon aufgefallen, dass sie noch hier ist. Was ist los?"

„Ich dachte, dass sie nur ein paar Tage bleiben würde. Anfangs sagte sie, dass sie bald wieder wegmüsste. Sie ist ja in London zu Hause, und sie erwähnte einen Job …"

„Na ja, solange sie bezahlt, ist das doch nicht schlecht, oder?"

„Nein, natürlich nicht. Sie zahlt pünktlich, und sie ist hier sehr willkommen. Ich wundre mich bloß."

„Stimmt, aber Menschen ändern ihre Meinung. Es ist doch schön, wenn sie es hier so nett findet, dass sie länger bleiben will. Ich verstehe nicht, wo das Problem ist."

„Es gibt kein Problem in dem Sinne. Es ist nur seltsam. Sie geht so gut wie nie aus, Imogen. Meistens ist sie in ihrem Zimmer oder wandert durchs Haus, und das fast die ganze Zeit, seit sie hier ist."

„Und?"

„Und es geht um nachts."

„Was ist nachts?"

„Die anderen Gäste haben hier und da Bemerkungen fallen gelassen. Keine Beschwerden, das nicht, denn offenbar mag sie jeder, aber ihnen ist aufgefallen, dass sie nachts viel umherwandert. Ich habe sie sogar kürzlich um drei Uhr nachts in der Küche getroffen. Da wirkte sie völlig benommen."

„Okay, das hört sich wirklich etwas seltsam an. Wie wirkt sie denn sonst auf dich?"

„Das ist es ja gerade, weshalb ich mir Sorgen mache. Sie wirkt vor allem sehr traurig. Ich habe das eine oder andere Mal versucht, sie zu fragen, wie es ihr geht, und da war es, als würde sie direkt durch mich hindurchsehen."

Imogen strich ihrem Onkel mitfühlend über den Arm. „Lass mich mal mit ihr reden."

Unsicher, was sie erwartete, klopfte Imogen behutsam an Clarissas Tür.

Clarissa öffnete in einem langen Seiden-Kimono, das rotbraune Haar hatte sie lose aufgesteckt. Sie besaß eine alterslose natürliche Eleganz, aber ein Schatten von Melancholie schien sie zu umgeben. „Hallo, Imogen", sagte sie höflich. „Wie nett, dass Sie mich besuchen. Kommen Sie herein."

Imogen betrat das Zimmer. Clarissa bedeutete ihr, sich zu

setzen, und Imogen wählte die gepolsterte Fensterbank. „Entschuldigen Sie die Störung. Ich wollte nur fragen, ob alles in Ordnung ist."

Clarissa wurde rot. „Ihr Onkel hat etwas gesagt ... über neulich Nacht."

„Er hat mich nicht geschickt", stellte Imogen sofort klar.

Clarissa wurde verlegen. „Sie müssen es mir nicht erklären. Er findet mich bestimmt furchtbar seltsam. Es ist mir so peinlich, dass er mich neulich Nacht umherwandern sah. Ich hätte nicht in die Zimmer gehen dürfen."

„Er macht sich nur Sorgen, sonst nichts."

„Das wundert mich nicht. Sicher fragt er sich, warum ich noch hier bin, und vor allem, warum ich nach wie vor in einem B&B wohne und kaum ausgehe, wo ich doch in meinem eigenen Zuhause wohnen könnte."

„Ja, vermutlich", sagte Imogen. „Ein bisschen."

„Ich habe ein Haus in London, das habe ich Martin schon erzählt. Aber dort will ich jetzt nicht sein. Vor einem Monat ist mein Stiefvater gestorben, müssen Sie wissen, und er war alles, was ich hatte."

„Das tut mir sehr leid."

Clarissa senkte den Blick, als ihr die Tränen kamen. „Ich war darauf gefasst, aber dennoch. Meine Mutter ist gestorben, als ich noch klein war, deshalb haben er und seine Eltern mich aufgezogen."

„Das muss eine große Umstellung für Sie sein."

„Ist es. Aber es ist nicht allein sein Verlust. Bevor er starb, hat er mir noch einige Dinge erzählt. Und ich habe das Gefühl, dass ich sie erst nach und nach verarbeiten kann."

„Und hilft es Ihnen, hier zu sein?"

„Ja, tut es." Ihre Wangen röteten sich. „Hier ist es ruhig. Und ich fühle mich durchaus zu Hause hier."

Imogen ging zurück die Treppe hinunter und fragte sich, wie sie Martin die Situation erklären sollte. Er saß hinter dem Empfangstresen und blickte sie gespannt an.

„Wie war es?“, fragte er und stand auf.

„Okay, denke ich.“

„Soll ich irgendwas tun oder sagen?“

„Nein, mach einfach weiter wie bisher“, antwortete Imogen. „Sie hat kürzlich ihren Stiefvater verloren und sonst kaum Familie. Ich verstehe nicht ganz, warum, doch sie sagt, hier zu sein hilft ihr.“

„Gut“, sagte Martin. „Ich weiß, was Mum tun würde, wäre sie noch am Leben.“

„Ihr das Zimmer überlassen und ihr Tee bringen, bis sie wieder bei Kräften ist. Das hat sie immer für andere getan, nicht?“

Mittags ging Imogen hinaus in den Vorgarten des Gästehauses und rief Finn an. Als er ranging, war im Hintergrund Hämmern und sonstiger Baulärm zu hören.

„Hi“, sagte sie und setzte sich auf eine niedrige Mauer, um zu plaudern.

„Hi, Imo.“

„Wie läuft es bei euch?“

„Wie bitte?“, rief Finn über den Krach hinweg.

„*Ich sagte, wie läuft …*“ Sie blickte durchs Fenster zu ihrem Onkel, der im Wohnzimmer umherging. „Egal, war nicht wichtig.“

„So, jetzt bin ich draußen. Hier ist es ein bisschen ruhiger“, sagte Finn. „Ist im Gästehaus alles in Ordnung?“

„Ja“, antwortete sie. Und es stimmte – alles ging bestens. Einzig ihr E-Mail-Postfach blieb beharrlich leer, obwohl sie sämtliche Kontakte angeschrieben hatte, die ihr einfielen, und das nagte an ihr. „Und bei dir?“

„Richtig gut, wie du sicher hören kannst."

„Ich hatte überlegt, ob du vielleicht Lust hast, heute Abend essen zu gehen. Wollen wir das neue Dim-Sum-Lokal in der Stadt ausprobieren?"

„Würde ich wirklich gern, Imo. Aber wenn wir unseren Zeitplan einhalten wollen, müssen Andy und ich jede Minute nutzen, die wir haben. Also arbeiten wir heute wieder lange."

„Okay, klar", sagte Imogen. „Kein Problem. Ich habe sowieso noch einiges zu erledigen."

„Ist alles in Ordnung bei dir?"

„Ja, prima."

Sie wünschte, er würde etwas sagen oder sie noch mal fragen, damit diese Notlüge nicht zwischen ihnen schwebte. Doch es war jemand anders, der nach Finn rief und damit das Schweigen brach.

„Ich muss weitermachen", sagte er.

„Ja, klar", murmelte Imogen. „Wir sehen uns dann zu Hause."

Sie legte auf und fühlte sich leer – ganz anders als sonst, wenn sie mit Finn sprach. Telefonierte, korrigierte sie sich im Geiste. Telefonieren war ohnehin nicht die beste Art zu reden, Imogen zog Gespräche von Angesicht zu Angesicht vor. Sicher war alles wieder gut, wenn sie Finn wiedersah.

Sie kehrte ins Gästehaus zurück. Im Wohnzimmer saß Clarissa am Erkerfenster, wo sie von der Sonne beschienen wurde, und hatte ein Buch in der Hand. Sie trug eine dicke, cremeweiße Strickjacke über ihrem Top und der Jeans und hatte die Beine unter sich angewinkelt.

„Was lesen Sie?", fragte Imogen freundlich.

„Es ist ein Buch aus dem Regal. *Zimmer mit Aussicht.* Bisher ist es gut. Ihre Großmutter hatte sehr viele Bücher."

„Ja, hatte sie. Aber offen gesagt hatte sie die Angewohnheit, sie anzufangen und kurze Zeit später wieder wegzulegen, um zu kochen oder mit einem Nachbarn am Zaun zu reden. Sie mochte Bücher und Filme sehr, doch im Grunde interessierte sie das wahre Leben mehr."

Clarissa lächelte, und zum ersten Mal seit ihrer Ankunft sah sie fast entspannt aus. „Sie hat uns immer Eis umsonst gegeben", sagte sie. „Meiner Mutter und mir. Hat sie jemals meine Mutter erwähnt? Emma hieß sie. Wilkinson."

Imogen überlegte, aber der Name kam ihr nicht bekannt vor. „Könnte sein, dass sie mal was gesagt hat. Leider ist mein Gedächtnis nicht so toll."

Clarissas Blick bekam etwas Abwesendes.

„Dann lasse ich Sie mal in Ruhe", sagte Imogen.

Clarissa nickte. „Bis später."

Imogen ging zum Empfangstresen. Dort sortierte sie einige Bilderrahmen aus dem Trödelladen durch, die sie für das Gästehaus gekauft hatte, und fand einen passenden für das Foto von Evie und Vivien. Sie steckte es in den Rahmen und hängte es neben der großen Karte auf.

Danach widmete sie sich wieder den Sachen, die sie in den alten Ordnern gefunden hatte, nahm eine kleinere Karte hervor und fand einen Rahmen für sie. Als sie die Karte umdrehte, um sie in den Rahmen zu legen, bemerkte sie, dass auf der Rückseite etwas notiert war: „Sr L. Esposito – Piazza Tasso, 30."

Sie drehte die Karte wieder um, doch ansonsten war da nichts bis auf ein Kreuz, das wohl zu dem Namen gehörte. Ihr fiel die Postkarte von Anna mit ihrer neuen Adresse wieder ein, und sie suchte sie auf dem Stadtplan. Die beiden Wohnorte lagen ganz nah beieinander.

Imogen stellte den Rahmen beiseite, faltete die Karte wieder zusammen und legte sie in die Schreibtischschublade.

Ihre Großmutter war immer offen gewesen und hatte viel erzählt, aber Imogen wurde bewusst, dass es auch manche Dinge gab, die sie nie erwähnt hatte. Dafür hatte sie sicher ihre Gründe gehabt, und es fühlte sich falsch an, ihr nachzuspionieren.

18. Kapitel

Am frühen Nachmittag übernahm Matteo das Eiscafé, und Anna ging hinüber zu Marias Haus. Ein bisschen unsicher klopfte sie an die Tür. Maria war ihr gleich sympathisch gewesen, als Luigi sie ihr vorgestellt hatte, doch Anna war nervös, weil sie Italienisch sprechen sollte. Mittlerweile verstand sie ziemlich viel, nur wenn sie selbst etwas sagen wollte, fielen ihr oft die richtigen Worte nicht ein. Sie musste dringend ihre sprachlichen Fähigkeiten verbessern, und dies schien eine gute Gelegenheit zu sein, die sie unbedingt nutzen wollte.

„Signora Anna“, sagte Maria strahlend, als sie öffnete. „Kommen Sie herein.“

„Danke“, antwortete Anna – auf Englisch. Sie kam sich ungeschickt vor.

„*Italiano*“, befahl Maria streng.

Natürlich war es sinnlos, zu einer Italienisch-Stunde zu kommen, wenn man dort Englisch sprach. Angemessen zerknirscht bedankte Anna sich noch einmal auf Italienisch. Schließlich wollte sie die Sprache ja lernen …

Maria führte sie ins Wohnzimmer, stellte simple Fragen und lächelte aufmunternd, wenn Anna mit Hilfe ihres kleinen Italienisch-Buchs stockend antwortete.

„Meine Schwiegermutter kommt morgen. Sie spricht gut Englisch, aber ich möchte mit ihr Italienisch reden können.“

„Schön. Dabei kann ich Ihnen helfen.“

Anna legte ihr Buch auf den Couchtisch zwischen ihnen.

„Das brauchen Sie nicht“, sagte Maria. „Ich bringe Ihnen das Italienisch bei, das Sie wirklich können müssen.“

Eine Stunde verbrachten sie in der Küche, wo Anna die Namen von Obst und Gemüse sowie von den Küchengeräten lernte, die sie jeden Tag benutzte, um Sorbets zuzubereiten, und den Sachen im Kühlschrank. Von Matteo hörte sie diese Vokabeln immerzu, doch seine frühen Versuche, sie Anna beizubringen, waren gescheitert, weil es ihr peinlich war, vor ihm zu sprechen. Vor allem wollte sie sich nicht anhören wie eine Touristin, weil sie die Aussprache nicht beherrschte. Bei Maria war es anders. Bei ihr hatte Anna weniger Scheu, Fehler zu machen.

Am Ende der Stunde verabredeten sie das nächste Treffen. „Ich denke, Sie werden sehr schnell lernen, mehr zu sprechen“, sagte Maria zuversichtlich.

„Ich hoffe es“, entgegnete Anna auf Italienisch. Und ihr war, als symbolisierten diese wenigen Worte ihr neues Leben in Italien.

An diesem Nachmittag war Anna voller Selbstvertrauen und Enthusiasmus ins Eiscafé zurückgekehrt. Beim Abendessen in der Wohnung übte sie sogar ein bisschen Italienisch mit Matteo. Und sie fühlte sich bereit, einen Neuanfang mit Elisa zu machen, mehr auf Augenhöhe.

Als ihre Schwiegermutter am nächsten Tag das Eiscafé betrat, war Anna entschlossen, einige ihrer neu gelernten Sätze zu sagen.

„Bella, mein Schatz!“ Mit ihrer Enkelin auf dem Arm und ihrem Sohn an ihrer Seite kam Elisa ins Café. „Willkommen in Italien!“ Sie bedeckte Bellas Arme und Beine mit Küssen. „Danke, dass du den Schatz nach Italien gebracht hast“, sagte sie zu Matteo.

Anna lächelte höflich und ging im Geiste ihre italienischen

Sätze durch. „Wie schön, dich zu sehen, Elisa“, meinte sie. „Darf ich dir einen Kaffee bringen? Du bist doch sicher müde von der Fahrt.“

„Ah, sie spricht Italienisch“, bemerkte Elisa zu Matteo. „Oder versucht es zumindest.“ Dann sah sie Anna an. „Ja, einen Kaffee, bitte.“

Anna griff nach dem Espressokocher.

„Einen starken“, ergänzte Elisa. „Ich will alles hören, aber wir haben ja noch reichlich Zeit zu reden“, sagte sie zu ihrem Sohn.

„Bleibst du denn nicht nur das Wochenende?“, fragte Anna.

„Nur das Wochenende?“ Elisa lachte. „Selbstverständlich nicht.“

Fragend sah Anna zu Matteo.

„Ich habe es Anna noch nicht erzählt, Mamma ...“, begann Matteo, und Anna verstand nur einige Brocken von seinem Italienisch.

„Das ist in Ordnung, dann kann ich ihr die *wundervolle* Nachricht selbst mitteilen!“, flötete Elisa, die ins Englische wechselte.

Anna wurde zunehmend unwohler.

„Mamma bleibt bei Carolina“, sagte Matteo.

„Ich bin den ganzen Sommer hier!“, rief Elisa aus. „Ist das nicht wunderbar?“

Anna stockte der Atem. *Wie bitte?* Sie funkelte Matteo so diskret wie möglich an. Er zuckte mit den Schultern. „Tut mir leid“, sagte er stumm.

„Matteos Vater wird das Geschäft eine Weile allein übernehmen. Und Filippo ist so großzügig, für das Sommerhaus zu bezahlen und uns sogar Taschengeld zu geben. Ich könnte mir keinen besseren Schwiegersohn wünschen! Er schlägt sich richtig gut! Hat Carolina es euch erzählt? Einer der reichsten Männer in der Gegend. Wir sind sehr stolz auf ihn!“

Anna hatte Mühe mitzukommen. Warum hatte Matteo ihr das verheimlicht?

„Ich müsste mich mal frisch machen“, sagte Elisa. „Wo ist …?“

„Da durch.“ Matteo zeigte zum hinteren Teil des Cafés.

„Es ist so schön, hier zu sein!“ Elisa klatschte in die Hände. „Ich sehe schon, dass ihr hier dringend meine Hilfe braucht.“

Als Anna und Matteo sich abends zum Essen setzten, schwieg Anna eisern.

„Komm schon, Anna, wir müssen darüber reden“, beharrte Matteo.

„Alles gut“, sagte Anna, obwohl sie kochte vor Wut.

„Hör mal, es tut mir leid, dass ich es dir nicht früher gesagt habe, aber Mamma kann uns mit Bella helfen und vielleicht auch dir mit Italienisch, wenn ich nicht da bin.“

„Wir brauchen keine Hilfe“, erwiderte Anna, deren Entschluss, ihre Gefühle für sich zu behalten, ins Wanken geriet. „Und ich lerne Italienisch, also werde ich bald nicht mehr vollkommen nutzlos sein.“

„Das habe ich nicht gemeint.“

„Entschuldige“, sagte Anna und bemühte sich, ihre Wut im Zaum zu halten. „Ich wollte nicht schnippisch werden. Aber ich dachte, wir machen das hier allein, Matteo. Ich dachte, das wäre der Grund, weshalb wir hierhergekommen sind, nach Sorrent.“

„Wir machen es ja auch weiterhin allein“, versicherte Matteo. „Okay, Mamma wird uns hier und da vielleicht Ratschläge geben, aber die müssen wir ja nicht annehmen.“

„Stimmt genau!“ Vielleicht reagierte Anna übertrieben? Sollte sie einfach akzeptieren, was geschah, und lernen, mit der neuen Situation zu leben? Natürlich hatte Matteo recht, dass es einige Vorteile hatte. „Es ist nur anders, als ich gedacht hatte.

Ich dachte, dass sie zu Besuch kommt, nicht wochenlang oder sogar monatelang bleibt. Warum hast du mir nicht erzählt, dass sie ihre Pläne geändert hat?"

„Weiß ich nicht", antwortete Matteo. „Ich wollte es, aber ich habe auf den richtigen Moment gewartet. Und dann war sie schon hier."

Anna sah ihn streng an, doch seine sanften braunen Augen machten es ihr unmöglich, weiterhin wütend auf ihn zu sein.

„Ich konnte nicht Nein sagen. Sie will bloß Zeit mit Bella verbringen und sehen, was wir aus dem Laden machen, das ist alles. Sie wird sich nicht weiter einmischen."

Anna holte tief Luft. Vielleicht war es tatsächlich so, wie Matteo sagte. Doch irgendwie bezweifelte sie es.

19. Kapitel

Imogen saß mit ihrem aufgeklappten Laptop zu Hause auf dem Sofa und tippte Notizen in ihren Online-Kalender.

Samstag, 14:00 Uhr – Brighton Pavillon – Rogerson-Hochzeit, anschließend Empfang im Garten
Sonntag, 10:00 Uhr – Studioaufnahmen mit Joseph (Baby)

Die Buchungen für Hochzeiten und Babyporträts in ihrem Kalender nahmen zu. Lauren hatte reichlich Aufträge und gab Imogen die weiter, die sie nicht mehr unterbrachte. Es war eine gute Gelegenheit, mit dieser Art von Fotografie mehr Erfahrungen zu sammeln, aber so richtig darüber freuen konnte Imogen sich nicht.

Esposito … Der Name kam ihr wieder in den Sinn. Warum hatte die Adresse auf der Karte gestanden? Auf jeden Fall war es Viviens Handschrift gewesen. Hatte sie jemanden dort besucht, in Sorrent, wo Anna jetzt gerade war?

Eine Facebook-Freundschaftsanfrage lenkte sie ab, und Imogen klickte sie an. Luca! An ihn hatte sie schon sehr lange nicht mehr gedacht. Braun gebrannt, dunkles Haar – sein italienisches Erbe war nicht zu leugnen, auch wenn sein Akzent pure amerikanische Westküste war. Ihr Finger schwebte über dem „Ignorieren"-Feld. Zweieinhalb Jahre waren seit dem Ende ihrer ausgedehnten Urlaubsromanze mit Luca vergangen. Das Ende war unschön gewesen. Nach dem Tod ihrer Großmutter waren Imogens Pläne über den Haufen geworfen worden, und wenngleich sie verstand, dass Luca gekränkt gewesen war, hätte er nicht gleich eine Affäre mit ihrer guten Freundin anfangen müssen.

Etwas bewegte sie, den Link nicht zu löschen. War nicht genug Zeit vergangen? Und schließlich hatte sie eine Menge Freunde auf der Seite, mit denen sie kaum gemeinsame Erfahrungen verbanden; Luca hingegen war eine Weile lang wichtig für sie gewesen, ihn zu ignorieren, kam ihr kleinlich vor. Es war ja nicht so, als würden sie direkt chatten oder so. Sie klickte auf „Akzeptieren".

Dann klappte sie ihren Rechner zu, nahm ihr Rad und fuhr zum Eiscafé. Sie brauchte frische Luft und Gesellschaft. Es war ungewohnt für sie, alleine zu Hause zu sitzen, und es gefiel ihr nicht besonders. An diesem Vormittag war es gerappelt voll im Café. Imogen beobachtete, wie Evie sich leichtfüßig und gekonnt zwischen den Tischen bewegte und Bestellungen brachte.

„Imogen, hi!", rief Evie und winkte ihr zu.

„Hi", sagte Imogen. „Ich wollte nur mal sehen, wie es läuft. Kommst du klar?"

„Oh ja, bestens", antwortete Evie. „Wie du siehst, habe ich reichlich zu tun."

„Brauchst du Hilfe?", fragte Imogen. Sie hatte noch ein bisschen Zeit, ehe sie ins Studio musste.

„Danke für das Angebot, aber nein. Ich muss zugeben, dass es mir richtig Spaß macht, wenn solcher Trubel herrscht. Und letztlich bezahlen du und Anna mich ja dafür. Außerdem hast du deine wunderschönen Fotos."

Evies Worte waren zwar gut gemeint, versetzten Imogen jedoch einen Stich. Im Moment hatte sie das Gefühl, dass sie nie wieder echte Fotos machen würde, nie wieder die Welt auf eine Weise dokumentieren würde, wie es noch niemand zuvor getan hatte, nie wieder Schönheit erschaffen. Und sie fragte sich, ob sie das je wieder tun würde.

„Na, wie toll, dass du das hier so gut im Griff hast“, sagte Imogen. „Dann will ich dich lieber nicht ablenken.“

Sie schob ihr Rad zum Surfladen, und Andy kam zu ihr an die Tür. Drinnen wurde eifrig gearbeitet.

„Du hast Finn leider knapp verpasst“, sagte Andy. „Er ist zum Baumarkt gefahren, um ein paar Sachen zu besorgen. Das muss vor fünf Minuten gewesen sein.“

„Ach, macht nichts“, sagte Imogen und bemühte sich, ihre Enttäuschung nicht zu zeigen. „Ich rede später mit ihm.“

„Aber ich bin froh, dass du hier bist, denn wir haben eben einen kleinen Karton mit Sachen von dir gefunden. Besser gesagt, von deiner Grandma. Ich hatte sie Evie gezeigt, da es ja früher ihr Laden war, und sie sagte, dass Vivien sie für Evie dagelassen hatte. Evie hat nie in den Karton hineingesehen und meinte, wir könnten ihn wegwerfen – es sei nichts Wertvolles. Sie sah furchtbar traurig aus ich glaube, sie will die Erinnerungen nicht aufwühlen. Jedenfalls fanden wir es einfach nicht richtig, alles wegzuschmeißen.“

„Danke“, sagte Imogen, aber sie merkte, dass sie verletzt und verwirrt war, weil Evie nichts davon erwähnt hatte. „Ich nehme die Sachen mit.“

Andy ging nach drinnen und kam mit einem Karton zurück, der ungefähr A4-Format hatte und mit braunem Packband befestigt war. Der Deckel lag nur lose drauf. Als Imogen ihn anhob, entdeckte sie einen Brief, geschrieben auf hellblauem Papier. Imogen erkannte die Handschrift nicht.

Liebe Vivien,
danke, dass Du mir schreibst. Selbstverständlich erinnere ich mich an jenen Sommer. Was wir hatten, war eine wahrhaft große Liebe, die stärkste Liebe, die ich jemals gekannt habe.

Imogen stockte der Atem. Dies war kein Brief von ihrem Großvater, so viel stand fest. Und das Datum: 2010, mehrere Jahre, bevor ihre Großmutter gestorben war. Imogens Instinkt sagte ihr, dass sie den Brief weglegen und so tun müsste, als hätte sie ihn nie gefunden. Aber dafür war sie schon zu weit gegangen – sie musste ihn zu Ende lesen, aber ihr war ein bisschen übel, als sie sich zwang, den Rest zu lesen.

Nie war ich glücklicher als in jenen gemeinsamen Tagen. Die Zeit damals machte mich zu einem besseren Mann.

Aber was bedeuten Leidenschaft und Liebe, wenn man darüber seine Familie verliert? Damals konnte ich das Risiko nicht eingehen. Ich verstehe, was Du sagst, dass manchmal die Zeit einfach nicht die richtige ist. Vielleicht ist es wahr. Damals konnte ich nicht riskieren, meine Familie zu verlieren, doch heute, da die Kinder erwachsen sind, stehen die Dinge anders. Es fällt mir schwer, diese Gefühle wieder wachzurufen, habe ich die Tür doch schon vor langer Zeit geschlossen. Ich weiß nicht einmal, warum ich Dir das alles jetzt sage.

Also werde ich mutig sein. Ich schicke Dir ein Foto von mir, wie ich heute aussehe – alt, ein bisschen müde und größtenteils zufrieden. Du hast mich gefragt, ob ich wieder Kontakt möchte. Darüber habe ich viel nachgedacht.

Ja. Ja, das möchte ich.

Mit klopfendem Herzen hob Imogen den Brief hoch und fand ein Foto darunter. Es zeigte einen Mann von Ende fünfzig oder Anfang sechzig, grauhaarig mit einem warmherzigen Lächeln. Er trug ein elegantes Hemd und schien vor einem Olivenhain zu stehen.

Auf dem Brief stand kein Name, und er war nicht unterschrieben. Imogen drehte den Umschlag um und sah den Poststempel an, der auf einer italienischen Briefmarke prangte: Sorrento.

Sie versuchte, den eben gelesenen Worten einen Sinn abzugewinnen, doch ihr schwirrte der Kopf. Es war schlicht nicht zu verstehen. Ihre Großeltern hatten einander sehr geliebt. Auch nach Stanleys Tod hatte Vivien sein Andenken lebendig und in Ehren gehalten. War es im Grunde eine Lüge gewesen – alles?

Imogen legte den Brief weg und wünschte sich, sie hätte ihn nie geöffnet. Vivien hatte Imogen und Anna immer gesagt, sie müssten ehrlich zu sich selbst sein. Nun kamen Imogen diese Worte vor wie leere Hülsen.

20. Kapitel

Das Eiscafé in Sorrent war seit zwei Wochen in Betrieb, und Anna fing langsam an, sich ein bisschen zu entkrampfen. Matteo und sie hatten seit der Eröffnung täglich gut mit den Vorbereitungen und dem Bedienen zu tun gehabt, und sie konnten einen steten Strom netter Kunden verzeichnen. Das machte Anna Mut, und da viel zu organisieren war, fiel es ihr leichter als erwartet, nicht mit Elisa aneinanderzugeraten. An diesem Montagmorgen jedoch war Matteo in der Stadt, um Vorräte zu besorgen, und Bella und Carolina spielten draußen auf dem Platz, sodass Anna allein mit ihrer Schwiegermutter im Café war.

Anna konzentrierte sich auf die Zubereitung ihres Quitten-Sorbets.

„Interessant, wie du das machst“, sagte Elisa.

„Wir hatten die Früchte gestern Abend vorbereitet, also geht es schnell“, erklärte Anna munter.

„Ich persönlich ziehe es vor, alles in einem Arbeitsgang zu machen. Auf die Art ist alles frischer.“

Anna arbeitete schweigend weiter.

„Ich könnte es dir zeigen“, bot Elisa an.

„Danke, sehr nett“, entgegnete Anna diplomatisch. „Aber ich bin daran gewöhnt, es so zu machen, und, ehrlich gesagt, bin ich damit zufrieden.“

„Es ist aber nicht sehr … Nun, es ist nicht sehr italienisch, oder? Wenn wir von Sorbets sprechen, denken wir an Granitas mit Eisstücken drin. Deine Sorbets – mit Zitrone und Mandarine – sind sehr weich.“ Elisa schüttelte den Kopf. „Ich sage ja nicht, dass sie nicht schmecken, und die Touristen scheinen sie zu mögen, aber sie sind nicht nach traditionellen Rezepten zubereitet, oder?"

„Wir sind auch kein traditionelles Eiscafé", sagte Anna höflich, aber bestimmt. „Natürlich respektieren wir die italienische Art der Eiszubereitung – und wir haben reichlich Gelato auf der Speisekarte, aber wir möchten auch neue Ideen ausprobieren."

„Eure Kunden werden die neuen Sachen schnell satthaben", erwiderte Elisa kopfschüttelnd. „Glaub mir. Ich habe über …"

Anna musste den Rest nicht hören, denn den kannte sie auswendig: Elisa hatte über dreißig Jahre Erfahrung im Eisgeschäft. Sie und ihr Mann Giacomo kannten die italienischen Kunden besser als irgendwer sonst im Land.

„Ich weiß, dass deine Großmutter einen Laden hatte, also vielleicht hast du schon ein bisschen Erfahrung, aber was wir hier machen, ist *anders*."

„Ja, ich weiß." Annas Geduld war inzwischen arg strapaziert. „Elisa, wir haben unsere eigene Art …"

Matteo kam herein, und Anna brach den Satz ab.

„Hi", sagte sie ungemein erleichtert.

„Liebling!", rief Elisa. „Wo warst du denn? Anscheinend habe ich deine Frau schon wieder verärgert. Sie ist immer so empfindlich."

„Ich habe Vorräte besorgt, Mamma. Das hatte ich dir doch gesagt." Er stellte die Taschen auf den Tresen und begann auszupacken. „Und sicher geht es Anna gut. Oder?"

Er legte einen Arm um Anna und sah sie an. Sie nickte, bedeutete ihm allerdings mit ihrem Blick, dass es ihr keineswegs gut ging.

„Ich überlege gerade, ob du vielleicht noch mal kurz mit deiner Mutter etwas einkaufen kannst", sagte sie.

„Was meinst du? Ich habe alles …“ Er blickte zu den Sachen, die er eben gebracht hatte.

„Oh, es fehlen *eindeutig* noch ein paar Sachen.“ Sie sah zu Elisa. „Die könnt ihr in den Läden hier im Ort besorgen. Nichts Besonderes.“

Endlich begriff Matteo ihren Wink. „Sicher, ja. Mamma, gehen wir ein bisschen an die frische Luft.“

Anna genoss die relative Ruhe, als Elisa und Matteo fort waren, aber sie war frustriert. Ihre Wangen glühten, weil sie ihrer Schwiegermutter nicht sagen konnte, was sie wirklich dachte. Doch sie atmete einige Male tief durch, um ihre Nerven zu beruhigen. Elisa wollte nur helfen, sagte sie sich. Sie konnte damit umgehen und ihre Gefühle für sich behalten, um weder ihre Schwiegermutter noch Matteo zu verletzen. Vorausgesetzt, dass sie Elisa in kleinen Dosen sah, ginge es.

Sie bediente Gäste, deutsche und englische Familien sowie einige Kinder aus dem Ort. Gegen Mittag kam Luigi ins Eiscafé. Er strahlte.

„Guten Tag, Signora“, begrüßte er Anna. „Wie geht es Ihnen heute?“

„Gut, danke, Luigi. Und Ihnen?“

„Hervorragend“, sagte er. „Heute ist ein guter Tag. Deshalb bin ich hier, um mit einem Eis von Ihnen zu feiern. Pistazie und Schokolade, bitte.“

„Mit Vergnügen.“ Sie nahm den silbernen Eisportionierer auf. „Was feiern Sie denn?“

„Meine Tochter rief an. Sie hat eine Stelle in Neapel bekommen“, antwortete er. „Dort wird sie als Kinderärztin arbeiten.“

„Das sind wunderbare Neuigkeiten“, sagte Anna. „In dem Fall geht das Eis aufs Haus. Sie und Ihre Frau freuen sich sicher sehr darüber.“

„Oh nein“, sagte Luigi kopfschüttelnd. „Es gibt nur mich.“

„Tut mir leid.“ Anna wurde rot. „Ich dachte … Wie dumm von mir.“

„Keine Sorge. Meine Frau ist vor langer Zeit gestorben. Ich habe meinen Sohn und meine Tochter größtenteils allein aufgezogen.“

„Haben Sie nie wieder geheiratet?“

Erneut schüttelte er den Kopf und wirkte ein wenig wehmütig. „Das Leben kann kompliziert sein, Anna.“

Sie reichte ihm die Eiswaffel. „Ja, stimmt.“

„Und es vergeht so schnell, nicht? Aber Sie und Matteo mit Ihrer hübschen Tochter scheinen ein gutes Leben zu haben. *Bella* Bella. Kinder und Enkel sind ein Geschenk, Anna. Sind sie erst da, werden sie zum Wichtigsten im Leben.“

Anna lächelte. „Ja, Bella besteht definitiv darauf, dass sie es ist.“

„Aber ich bin nicht hier, um Ihnen meine Lebensgeschichte zu erzählen“, sagte er und schlug einen heitereren Ton an. „Wo ist Ihre Familie heute?“

„Oh, Matteo ist mit seiner Mutter unterwegs. Sie machen ein paar Einkaufe.“

„Gut, sehr gut. Ich habe eben erst erfahren, dass Ihr Matteo ein Bonomi ist. Sie gehören also zu einer der berühmtesten Eisfamilien des Landes.“

„Ja, wir haben großes Glück.“

„Es muss hilfreich sein, den Rat seiner Eltern zu haben.“

„In gewisser Weise“, sagte Anna und zog unwillkürlich eine Braue leicht nach oben. Luigi entging es nicht.

„Ah, verstehe! Ein zweifelhaftes Vergnügen.“ Er lachte. „Tja, so sind Familien.“

Matteo kam am späten Nachmittag ins Café zurück. Anna küsste ihn, spürte jedoch gleich, dass etwas nicht stimmte. Als sie ihn fragend ansah, mied er ihren Blick und schien in Gedanken versunken.

„Lief hier alles glatt?“, fragte er wie sonst auch, aber sein Ton war zu sachlich.

„Ja, sehr gut“, sagte Anna. „Luigi kam vorhin vorbei, und danach wurden wir von Schulkindern überrannt. Jetzt gerade war ein Paar hier, spanische Rucksacktouristen. Sie sagten, dass sie im Zug von unseren Cappuccino-Lollys gehört haben und dass die Interrail-Reisenden über uns reden.“

„Das ist großartig.“ Er blickte zur Seite.

„Ja, finde ich auch. Möglicherweise beschert es uns einen neuen Zustrom an Kunden. Ist alles in Ordnung?“

„Es ist wegen Mamma. Wir haben geredet, als wir unterwegs waren.“

„Aha?“

„Sie macht sich Sorgen darüber, ob das alles richtig ist, wie wir das hier tun. Sie denkt, dass wir zu früh zu viel Ausgefallenes anbieten. Die Leute sind an eine klassische italienische Gelateria gewöhnt, und die betreiben wir nicht.“

„Wollten wir ja auch nie“, entgegnete Anna und versuchte, Ruhe zu bewahren. „Das haben wir von Anfang an gesagt. Unser Plan ist, etwas Neues zu bieten, etwas zu wagen. Und bisher läuft es doch richtig gut.“

„Sicher … aber du weißt ja, wie es ist.“ Matteo zuckte resigniert mit den Schultern. „Mamma und Papà denken, dass wir uns gegen die Familientradition stellen, indem wir diversifizieren.“

„Und? Stimmst du ihnen zu?“ Anna merkte, wie ihre Wangen heiß wurden.

„Sie könnten recht haben. Schließlich machen sie das, was wir seit ein paar Jahren tun, schon …“

„Seit über dreißig Jahren“, fiel Anna ihm ins Wort.

„Kein Grund, schnippisch zu werden. Sie ist auf unserer Seite. Das sind sie beide.“

„Entschuldige, aber es ist unser Geschäft, Matteo. Wir müssen nicht immerzu alles richtig machen. Der Plan war, dass wir es auf unsere Weise machen.“

„Und das machen wir ja auch“, sagte Matteo sanft. „Aber vielleicht mit ein paar kleinen Veränderungen.“

Am nächsten Tag, als Matteo draußen auf Bella aufpasste und es im Café ruhig war, rief Anna ihre Schwester an. Sie redeten eine Weile darüber, was in Sorrent los war. Anna erzählte ihr, dass Elisa gekommen war, mit Carolina im Sommerhaus wohnte und bereits angefangen hatte, sich einzumischen.

„Findest du, dass ich überempfindlich bin?“, fragte Anna. Sie hatte das Gefühl, dass sie ihrem eigenen Urteilsvermögen nicht mehr trauen konnte, weil die Situation so emotional aufgeladen war.

„Nein, das denke ich nicht. Ich an deiner Stelle würde wahnsinnig werden“, sagte Imogen. „Und ihr seid bewusst nicht nach Siena gegangen, weil du genau das vermeiden wolltest, was jetzt passiert.“

„Ja.“ Anna seufzte. „Vielleicht war ich zu naiv. Mir hätte klar sein müssen, dass sie einen Weg findet, sich in unserem Leben hier einzunisten. Allerdings hatte ich nicht damit gerechnet, dass sie herkommt und gleich um die Ecke einzieht.“

„Ja, hmm, das ist bitter.“

„Wir sind nach Sorrent gezogen, damit wir zu dritt neu anfangen können“, sagte Anna, deren Frust ihr deutlich anzuhören war. „Ich weiß, dass Matteos Familie jahrzehntelange Erfahrung im Eisgeschäft hat, aber ich möchte trotzdem, dass wir es selbst machen.“

„Natürlich willst du das. Wir haben das Viviens zu einem Erfolg gemacht. Du hast es gar nicht nötig, auf die Erfahrung von anderen zurückzugreifen.“

Anna fühlte sich besser, weil sie alles herauslassen und offen mit ihrer Schwester reden konnte, anstatt ihre Gefühle in sich hineinzufressen, wie sie es bei Matteo tat.

„Ich sollte nicht so negativ sein", sagte sie. „Hier gibt es einige richtig nette Leute – und Carolina ist großartig. Ich habe sie immer gemocht. Doch allmählich fange ich an, einige Sachen in England zu vermissen. Mit dir einen Kaffee trinken zu gehen, mich zu Hause zu fühlen. Verstehst du, was ich meine?"

„Ja, sehr gut. Und du fehlst mir wie verrückt."

Anna bekam einen Kloß im Hals, und ihr wurde bewusst, dass ihr Heimweh stärker war, als sie sich bisher eingestanden hatte. „Wie geht es zu Hause? Was gibt es Neues?"

„Hier ist alles bestens. Das Gästehaus läuft richtig gut. Ich habe ein neues Buchungssystem für Martin eingerichtet, und das ist ein Segen, denn die Mund-zu-Mund-Propaganda beschert uns reichlich Anfragen."

„Viele Wochenendgäste?"

„Hauptsächlich, obwohl wir eine Frau haben, die schon länger Gast ist. Seit der Eröffnung, um genau zu sein."

„Ach ja?"

„Es ist schon ein bisschen eigenartig. Sie heißt Clarissa, und sie ist sehr nett. Sie kannte Granny damals, als der Laden noch Sunset 99s hieß."

„Höre ich da ein ‚Aber'?"

„Ich bin nicht sicher, was mit ihr ist. Sie fragt häufiger nach Granny, sowohl Martin als auch mich. Es sind nur beiläufige Fragen, als würde sie versuchen, sich ein Bild von ihr zu machen oder so. Ich schätze, das ist normal. In dem Haus sind ja noch einige persönliche Sachen, und das kann einen neugierig machen … Aber allmählich frage ich mich, ob es noch etwas anderes ist. Sie trauert immer noch – wegen ihres Stiefvaters, der gestorben ist."

„Tja, dann wird es das wohl sein, oder? Vielleicht denkt sie, dass ihr dasselbe durchmacht, und möchte sich auf die Art jemandem verbunden fühlen."

„Kann sein." Imogen stockte. „Ich will auch gar nicht lästern, denn sie ist wirklich nett."

„Und wie geht es im Viviens? Ach so, vielen Dank für die letzte Abrechnung. Danach sieht alles gut aus."

„Ist es auch. Evie macht das klasse, und die Kunden lieben sie. Außerdem besteht sie darauf, dass sie bestens allein zurechtkommt."

„Das freut mich. Ich bin so froh, dass wir bei der Entscheidung auf unser Gefühl vertraut haben. Granny hätte es super gefunden, dass Evie da ist und den Laden schmeißt, meinst du nicht auch?"

„Oh ja. Und für Evie hat es den Schlag abgemildert, ihren Laden aufzugeben. Sie nimmt es erstaunlich gelassen, dass nebenan die Wände eingerissen werden."

„Die verlieren keine Zeit! Finn ist bestimmt begeistert, oder?", meinte Anna, die es gerade sehr bedauerte, dass sie nicht selbst sehen konnte, was in den Arkaden passierte. Sie war so daran gewöhnt, über alles dort Bescheid zu wissen, statt es sich von jemandem erzählen zu lassen.

„Ist er. Und es hält ihn ordentlich auf Trab. Er arbeitet praktisch immer bis spätabends."

„Hast du mit ihm über deine Gefühle gesprochen?", fragte Anna.

Imogen antwortete nicht.

„Entschuldige", sagte Anna. „Das geht mich nichts an."

„Nein, schon gut. Er hat momentan so viel zu tun … und ich … na ja. Eigentlich habe ich gar nichts zu tun, zumindest keine Arbeit."

„Hast du nicht?"

„Nein. Hör mal, was habt ihr Anfang Juli vor?"

„Da ist nichts geplant. Abgesehen vom Üblichen – Bella und jede Menge Eiswaffeln jonglieren und zwischendurch vielleicht mal duschen und mit Matteo reden. Warum fragst du?"

„Ich überlege, ob ich euch mal besuchen komme."

Anna war sofort Feuer und Flamme. „Mach bitte keine Scherze, Imogen. Meinst du das im Ernst?"

„Selbstverständlich."

„Für wie lange?"

„Zehn Tage oder so? Wärst du damit einverstanden?"

„Der ganze Sommer ginge klar!", antwortete Anna begeistert. „Wir haben genug Platz für dich und Finn in der Wohnung."

„Oh … wahrscheinlich komme ich allein", sagte Imogen.

„Warum?"

„Finn ist mit dem Ladenumbau beschäftigt."

„Wie schade."

„Ich frage ihn aber trotzdem", versprach Imogen.

„Denkst du, Mum und Dad würden auch kommen? Ich wollte sie sowieso fragen, sobald hier alles eingerichtet ist."

„Sicher würden sie gern, aber …"

„Ah, verstehe. Sie können ja danach kommen. Geht es den beiden gut?"

„Ja, ich glaube schon. Mum scheint immer noch darunter zu leiden, dass sie zu wenig zu tun hat, aber Dad geht es ganz gut. Sie kommen hin und wieder zum Gästehaus, um nach dem Rechten zu sehen."

„Hat Dad sich inzwischen mit den Veränderungen arrangiert?"

„Das glaube ich schon. Er wirkt gelassen."

Anna schwieg einen Moment. „Ich freue mich so, Imogen!", meinte sie dann. „Hoffentlich klappt es, dass du kommst. Ich möchte dir hier unbedingt alles zeigen."

Nachdem sie das Gespräch beendet hatten, sah Anna, dass Matteo mit Elisa und Bella gerade über den Platz kam, und lief hinaus, um ihm die gute Neuigkeit mitzuteilen.

„Ich habe gerade mit Imogen gesprochen. Sie kommt uns besuchen!“, rief Anna, wandte sich zu Bella und drückte die Kleine. „Deine Tante kommt!“

„Das ist super“, sagte Matteo lächelnd.

„Deine Schwester kommt?“, fragte Elisa. „Das ist wunderbar. Imogen ist ein nettes Mädchen. Ein bisschen ... wie sagt man? Wie ein Junge. So wie sie sich anzieht.“

„Mamma“, raunte Matteo leise.

„Aber vielleicht ist dieser Look modern, in England“, korrigierte Elisa sich. „Wie auch immer, es ist nett. Dann hast du Gesellschaft.“

„Ich freue mich riesig“, sagte Anna.

„Vielleicht kann sie dir bei der Hausarbeit in der Wohnung helfen“, schlug Elisa vor. „Wie es aussieht, hast du dafür nicht viel Zeit.“

„Ich glaube kaum, dass wir putzen werden, wenn sie hier ist, Elisa“, erwiderte Anna betont ruhig, weil sie sich nicht von Elisas Bemerkungen auf die Palme bringen lassen wollte.

„Tja, du solltest es nicht zu lange schleifen lassen. Vielleicht kann Carolina dir helfen. Ihr Haus in Siena müsstest du sehen ... wie aus dem Fernsehen: jede Oberfläche blitzblank, die Bettwäsche gebügelt ...“

Anna atmete tief ein, um nichts zu sagen. Carolina und Filippo dies, Carolina und Filippo das – das Geld, das feine Essen, das Haus. Es war ermüdend, mit Menschen verglichen zu werden, die so perfekt waren.

„Carolinas Situation ist auch ein bisschen anders“, sagte Matteo beschwichtigend. „Sie und Filippo haben eine Haushälterin.“

„Tja, die hatte ich nie, und ...“, begann Elisa.

Um das Thema zu wechseln, zeigte Anna auf die Plastiktüten, die ihre Schwiegermutter trug. „Was habt ihr gekauft?“

„Ich konnte nicht widerstehen, meiner wunderschönen Enkelin einige neue Sachen zu kaufen“, sagte Elisa und zog etwas aus einer Tüte.

Bella sah aufgeregt zu, wie ihre Großmutter das Kleid in die Höhe hielt, auf dass die vielen Rüschen und Spitzen richtig zur Geltung kamen. Dann klatschte die Kleine begeistert in die Hände.

„Siehst du! Ich wusste doch, dass es ihr gefallen würde.“ Elisa wirkte hochzufrieden.

„Das ist sehr nett“, sagte Matteo diplomatisch. „Danke, Mamma.“

„Ja, danke, Elisa“, rang Anna sich ab, während ihre Tochter quiekend vor Freude die Rüschen berührte.

„Ach, das ist doch nur ein Kleid. Hier ist noch viel mehr.“ Sie kramte in einer anderen Tüte und holte ein Paar pinke Glitzerschuhe – mit Absätzen – sowie ein Schminkset hervor.

Anna sah ein bisschen erschrocken zu Matteo, der ihren Blick erwiderte. Sie wartete, dass er etwas sagte.

„Ich weiß nicht recht, Elisa. Sie ist nicht mal zwei, also noch sehr jung für …“

„Schuhe!“, rief Bella und griff verzückt nach dem Paar.

Wieder sah Anna Matteo an, doch der schwieg. Da sie nun hier lebten, kam nicht infrage, die Geschenke hinten in Bellas Schrank „verschwinden“ zu lassen. Elisa erwartete natürlich, sie in den Sachen zu sehen. Mithilfe ihrer Großmutter öffnete Bella den Lippenstift, und Elisa tupfte ihn ihr auf den Mund.

„Sehr nett von dir“, sagte Anna. „Obwohl ich denke, dass es besser ist, wenn sie vorerst keine Absätze trägt. Die Schuhe sind hübsch, aber ihre Füße wachsen noch, und da müssen wir vorsichtig sein.“

„Ach, das ist völlig in Ordnung. Wir haben Carolina immer solche Schuhe angezogen. Und sieh nur, Bella liebt sie, nicht wahr? Ich glaube, sie mag die Sachen lieber als die anderen, die sie jetzt immer angezogen bekommt."

Anna sah zu der blau gestreiften OshKosh-Latzhose und den roten Clarks-Sandalen, die sie ihrer Tochter morgens angezogen hatte. „Sie scheint sich darin wohlzufühlen." Sie waren ideal für das, was Bella am liebsten tat: herumlaufen, Hunde umarmen und im Matsch spielen. „Ehrlich gesagt bin ich nicht sicher, ob sie überhaupt wahrnimmt, was sie trägt."

„Nur sehr feminin ist das nicht, oder? Hast du die anderen kleinen Mädchen hier gesehen?"

„Ich will gar nicht, dass sie wie alle anderen aussieht." Vor lauter Verärgerung wurde Anna lauter, doch dagegen konnte sie nichts tun.

„Nun, Matteo stimmt mir zu. Stimmt es nicht, Matteo?"

„Mamma …"

„Siehst du? Er denkt auch, dass Bella Glück hat, eine Großmutter wie mich zu haben, die ihr solche hübschen Sachen kauft. Meinst du nicht auch, Bella?"

Bella zog ein rosa Kleidungsstück nach dem nächsten aus den Einkauftüten ihrer Großmutter und gluckste glücklich.

„Ja, was für ein Glück", murmelte Anna

21. Kapitel

Nachdem sie mit ihrer Schwester gesprochen hatte, ging Imogen weiter am Strand entlang. Es hatte sich komisch angefühlt, nichts von dem Brief und dem Foto zu erwähnen, die sie gefunden hatte. Imogen war es wie eine Lüge vorgekommen, Anna nichts zu sagen, war sie ihr doch am nächsten und Viviens einziges anderes Enkelkind. Aber was wusste Imogen eigentlich? Sie war lediglich sicher, dass es eine Verbindung zwischen Vivien und diesem Mann, diesem Fremden gab, die stark genug war, dass Vivien noch Jahre später an ihn gedacht und wieder Kontakt zu ihm aufgenommen hatte.

Imogen wollte mehr herausfinden, bevor sie es riskierte, irgendjemanden in der Familie zu beunruhigen. Am Ende war es vielleicht nichts. Sie dachte an ihren Großvater Stanley. Vivien hatte ihn sehr geliebt. Und als er mit nicht mal sechzig Jahren starb, war sie in tiefe Trauer versunken. Oder hatten Imogen und ihre Familie alles falsch verstanden? Vielleicht hatte Vivien sich in all den Jahren mit Stanley in Wahrheit nach jemand anderem gesehnt.

Imogen hatte die Ehe ihrer Großeltern immer für vollkommen gehalten. Sie hatte alles gehabt, was man brauchte: Güte, Liebe, Ausdauer … Aber sie hatten es nicht geschafft. Zumindest nicht so, wie jeder geglaubt hatte.

Sie blickte hinaus aufs Meer, wo die Asche ihrer Großmutter verstreut worden war. Ihre letzte Ruhestätte war keine ruhige Stätte, sondern ein konstanter Wechsel von Ebbe und Flut. Womöglich war ihr Geist ähnlich rastlos.

„Wer war er?“, fragte Imogen leise und sah die Wellen an.

Sie wollte es unbedingt herausfinden. Und dafür musste sie nach Italien reisen.

Am Abend wurde Imogen von Finn geweckt, der sehr spät nach Hause gekommen war und geduscht hatte, ehe er ins Schlafzimmer kam. Imogen sah auf ihr Handy und stellte fest, dass es nach Mitternacht war.

„Du bist sehr spät", sagte sie und schob die Bettdecke zurück.

„Ja, so wird es jetzt leider noch eine Weile gehen. Aber wir machen Fortschritte." Er stieg zu ihr ins Bett.

Imogen stützte sich auf einen Ellbogen auf und sah ihn an. Finn küsste sie sanft.

„Ich habe heute mit Anna gesprochen."

„Ach ja? Wie geht es ihnen?"

„Okay, glaube ich. Wir haben nicht lange geredet, doch es hört sich an, als würden sie sich gut einleben. Ich wette, dass sie dort einen fantastischen Sommer haben werden. Und ehrlich gesagt verpassen sie hier ja nicht viel, oder?"

Abgesehen von ein paar wenigen sonnigen Tagen hatte es der Sommer noch nicht bis an die Südküste geschafft, und die vielen grauen Tage schlugen Imogen allmählich aufs Gemüt.

„Normalerweise ist es umgekehrt, oder? Du bist irgendwo in sonnigen Gefilden unterwegs, während wir hier im Nieselregen hocken. Jetzt ist Anna mal dran."

„Ich weiß."

„Du willst hinfahren, stimmt's?"

Sie dachte daran, wie sehr sie ihre Schwester vermisste – und an den anderen Grund, weshalb sie glaubte, nach Italien reisen zu müssen: der Brief, den sie gefunden hatte; das Rätsel um ihre Großmutter, dem sie auf den Grund gehen musste.

„Ja, will ich. Ich möchte wirklich gerne hin."

„Na, dann solltest du das machen“, sagte Finn. Er wirkte abwesend und still. Was in letzter Zeit ziemlich oft vorkam.

„Ohne dich?“

Er zuckte mit den Schultern. „Ich würde ja gerne, das weißt du. Aber bei allem, was hier gerade mit dem Laden los ist, kann ich es mir nicht leisten, freizunehmen. Und du bist es doch gewohnt, allein zu reisen …“

„Ja, natürlich.“ Sie hatte nicht damit gerechnet, dass es sie so traurig machen würde.

„Mehr Lamm, Imogen?“, fragte Jan und hielt ihrer Tochter die Schüssel hin.

„Nein danke, Mum.“

„Ach komm, nimm noch ein bisschen. Du hast ja kaum etwas angerührt.“

Dieses Wochenende waren Finn und Imogen bei ihren Eltern in Lewes, unweit von Brighton. Das Cottage mit dem rankenden Jasmin an der Haustür und den Skulpturen ihres Vaters im Vorgarten würde für Imogen und Anna immer ein Zuhause sein. Das war tröstlich und ärgerlich zugleich, dachte Imogen.

„Du hast wirklich nicht viel gegessen, Schatz“, sagte Tom und sah zu ihrem halb vollen Teller.

„Ich habe heute bloß keinen großen Hunger, das ist alles.“

„Ist alles gut?“, fragte Tom sanft.

„Ja, bestens“, antwortete Imogen. „Wir hatten heute Morgen nur ein üppiges Frühstück.“

Das war gelogen, und sie sah aus dem Augenwinkel, dass Finn sie fragend anblickte. Tatsache war, dass sie schon seit Wochen kaum noch Appetit hatte. Sie konnte nicht genau sagen, woran es lag, aber seit Anna fort war, schien ihr Leben aus dem Takt zu sein, und dieses Gefühl wollte nicht wieder verschwinden.

„Ich denke, du kannst auf jeden Fall noch mehr Kalorien vertragen", sagte Tom zu Finn. „Wie ich höre, hast du alle Hände voll zu tun mit den Bauarbeiten im neuen Laden."

„Bauarbeiten, ja, kann man wohl sagen", antwortete Finn grinsend. „Eigentlich sind wir eher am Abreißen als am Bauen. Wir haben Wände durchgebrochen, und überall ist Putzstaub. Evie ist sehr verständnisvoll und bringt uns zwischendurch sogar Tee. Ich dachte, es könnte schmerzlich für sie sein, aber sie sagt, dass es ihr eher guttut, wie sehr sich alles verändert. Jedenfalls wollen wir bis zum Herbst fertig sein."

„Sicher wird das ein großer Erfolg, genauso wie eure Surfschule", sagte Tom.

„Ja, Andy und ich hatten schon länger darüber nachgedacht, deshalb sind wir froh, jetzt richtig loslegen zu können. Kurzfristig ist es recht teuer, aber wir sind optimistisch, dass es uns am Ende mehr feste Umsätze einbringt."

„Das klingt gut", fragte Jan. „Was meinst du, Imogen?"

„Ja, sicher. Und wenn alles fertig ist, wird es sagenhaft aussehen."

„Ein junges Paar wie ihr braucht ein bisschen Sicherheit, gerade am Anfang, und Imogens Arbeit ist nicht so verlässlich, nicht wahr, Imogen?"

Finn sah Imogen über den Tisch hinweg an. Er schien zu spüren, dass sie wütend wurde.

„Nein, ist sie nicht, Mum", sagte sie.

„Was ein kleiner Preis dafür ist, das zu tun, was man liebt." Tom lächelte seiner Tochter zu. „Und auch wenn es ein Jammer war, dass das letzte Projekt abgesagt wurde, ergibt sich sicher bald etwas Neues."

„Danke, Dad", sagte Imogen. „Es ist ja auch nicht so, als würde ich Finn auf der Tasche liegen. Ich arbeite im Studio und auf Hochzeiten. Und ich habe ein bisschen Geld beiseitegelegt."

„Sehr vernünftig“, bemerkte Jan. „Obwohl ich trotzdem glücklicher wäre, würdest du nicht freiberuflich arbeiten – es ist so schrecklich unsicher: keine Rente, keine Bezahlung bei Krankheit. Aber es klingt auf jeden Fall nach besserer Arbeit. Du solltest wirklich mal über diesen ISA-Sparplan nachdenken. Steuerfreie Ersparnisse können ...“

„Eigentlich weiß ich schon, wofür ich es ausgeben will“, unterbrach Imogen sie. „Für einen Flug nach Italien.“

„Oh“, entfuhr es Jan. „Das kommt mir sehr plötzlich vor. Hast du schon mit Anna gesprochen?“

„Ja, natürlich. Und sie freut sich.“

„Klingt doch wunderbar. Fährst du mit?“, fragte Tom Finn.

„Ich wünschte, ich könnte! Leider habe ich mit den Umbauten hier alle Hände voll zu tun.“

„Und wenn ich bei Anna zu Besuch bin, kann ich vielleicht einige Fotos machen – vor allem auf Capri. Da wollte ich schon immer mal hin.“

„Wie schön!“ Toms Augen begannen zu glänzen. „Deine Großmutter hat oft gesagt, dass es dort wunderschön ist.“

Imogen dachte an den Brief und an das komplizierte Beziehungsgeflecht, auf das sie gestoßen zu sein schien – und von dem sie hoffte, es in Italien entwirren zu können.

„Tja, solange es nicht bloß ein Vorwand für einen Urlaub ist“, sagte Jan. „Denn von denen hattest du wahrlich schon genug.“

Imogen bedachte ihre Mutter mit einem strengen Blick.

„Was ist denn?“, fragte Jan. „Jeder muss irgendwann sesshaft werden. Sogar du. Also, möchte jemand Nachspeise?“

22. Kapitel

Anna überquerte den Platz und ging in Luigis Restaurant. Um zehn Uhr morgens war es noch ruhig, und ihr Nachbar war dabei, die Tische abzuwischen, wobei er laut und munter vor sich hinsang – Opernarien, die Anna flüchtig aus Eiswerbungen kannte.

„Die englische Lady!", rief Luigi aus. „Sie erhellen mal wieder meinen Tag, *Principessa*!"

Anna lachte. „Ich habe gestern gute Neuigkeiten erfahren, Luigi. Meine Schwester hat sich einen Flug gebucht und kommt zu Besuch."

Anna hatte spätabends eine begeisterte Textnachricht von Imogen erhalten.

„Fantastisch! Wenn sie auch nur ein bisschen wie Sie ist, wird es entzückend sein, sie kennenzulernen", sagte Luigi.

„Imogen ist kein bisschen wie ich", erwiderte Anna lächelnd. „Aber auf jeden Fall entzückend. Sie werden sie mögen."

„Gewiss werde ich das. Und für Sie wird es nett sein, jemanden von daheim hierzuhaben, nehme ich an."

Anna nickte. Die Einsamkeit hatte sich so hinterhältig an sie herangeschlichen, dass sie es fast nicht bemerkt hatte. Dass Imogen sie besuchen wollte, hatte ihre Stimmung enorm gebessert.

„Bringen Sie sie mal mit her zum Essen", sagte Luigi. „Ich gebe Ihnen den besten Tisch."

„Danke, das mache ich gern."

„Und heute – ich könnte mir zwar einbilden, dass Sie nur

hier sind, um sich an meiner Gesellschaft zu erfreuen, aber ich weiß ja, dass Sie eine viel beschäftigte Frau sind."

„Leider haben Sie recht, Luigi. Ich bin hier, weil ich Sie um einen Gefallen bitten möchte. Uns sind die Eisschalen ausgegangen, glaubt man das? Haben Sie zufällig noch welche?"

„Ja, sicher doch", sagte er und bedeutete ihr, hinter den Tresen zu kommen. „Ist mehr los, als Sie erwartet hatten?"

„Genau. Ich dachte, es würde eine Weile dauern, bis wir uns etabliert haben", antwortete Anna. „Aber heute stehen sie bis auf den Platz an."

„Das ist doch wunderbar!" Luigi belud schon ein Tablett mit Eisschälchen für sie. „Und Sie haben es verdient. Die Touristen sind nicht allzu wählerisch, aber die Einheimischen kommen nicht für irgendein Eis, müssen Sie wissen."

„Ja, es ist ein Kompliment. Wie geht es übrigens Ihrer Tochter in dem neuen Job?"

„Glänzend, danke. Sie muss sehr viel arbeiten, aber es ist genau das Richtige für sie, und sie hat ja auch lange studiert, um so weit zu kommen. Im Moment warten wir alle auf einen Anruf von ihrem Bruder, meinem Sohn. Er betreibt eine Landwirtschaft nicht weit von hier. Seine Frau und er erwarten ein Baby."

„Wie schön", sagte Anna.

„Es ist jeden Tag so weit, und dann bin ich ein Großvater. Ist das zu fassen?"

„Wunderbar! Sagen Sie mir Bescheid, wenn Sie etwas hören."

Sie sah eine neue Aufgeregtheit in seinen Augen und dachte an ihren Vater, als er zum ersten Mal Bella in den Armen gehalten hatte. Es war nicht nur Matteos und ihr Leben, das sich an jenem Tag verändert hatte.

Später am Nachmittag bereitete Anna Tee und Kuchen vor, und Carolina kam, um sich mit ihr und Matteo auf den Balkon zu setzen. Da Elisa mit Bella unterwegs war, hatte Matteo vorgeschlagen, dass sie seine Schwester einluden.

„Wie ist denn Filippos Reise?“, fragte Matteo. „Mamma erzählt dauernd, wie gut sein Geschäft läuft.“

„Das Geschäft geht unglaublich gut“, antwortete Carolina.

„Aber?“, fragte Matteo. Also hatte er auch diesen kühlen Unterton bemerkt, dachte Anna.

„Es geht so gut, dass er wohl eher den ganzen Sommer nicht herkommt.“

„Wie schade“, sagte Anna.

„Findest du?“ Carolina zuckte mit den Schultern. Nun fiel Anna auf, dass sie dunkle Schatten unter den Augen hatte.

„Ist alles in Ordung?“, fragte Anna behutsam.

„Nein, ist es nicht.“ Sie schüttelte den Kopf. „Eigentlich weiß ich nicht, was ich jemals in dem Mann gesehen habe.“

Für einen Moment war Anna starr vor Schreck. „Ist es denn so schlimm?“, fragte sie. Matteo wirkte nicht minder besorgt.

„Schlimmer“, sagte Carolina. „Ich glaube, unsere Ehe ist vorbei.“

„Was ist passiert?“, fragte Matteo.

„Vor Weihnachten gab es schon Probleme, und dann sagte er, dass er nicht mit nach England zu euch kommen könnte“, erzählte Carolina, deren Englisch sehr klar und präzise war. „Aber ich dachte, dass wir das überwinden könnten. Ich hatte geglaubt, dass unsere Treuegelübde etwas bedeuten.“

„Ist da noch was anderes?“, fragte Anna.

„Ja.“ Carolina kamen die Tränen.

Matteo schüttelte den Kopf, und Anna sah, dass er seine Wut nur mühsam bändigte.

„Bist du sicher?“, fragte Anna.

„Ja. Ich wusste, dass etwas nicht stimmt. Dann habe ich seine Kreditkartenabrechnungen durchgesehen und entdeckt, dass er in Hotels gewohnt und in teuren Restaurants gegessen hatte, als er angeblich geschäftlich unterwegs war."

„Hat er es zugegeben?", fragte Matteo.

„Nein, natürlich nicht. Das hätte das Leben ja viel zu leicht gemacht." Sie schüttelte den Kopf. „Er hat behauptet, ich sei paranoid und hätte kein Recht, seine Sachen zu durchwühlen."

„Das ist furchtbar", sagte Anna.

Carolina zuckte mit den Schultern. „Das Schlimmste ist, dass man an sich selbst zu zweifeln beginnt. Ich kann nicht mehr erkennen, wer im Recht und wer im Unrecht ist. Vielleicht habe ich irgendwas getan, das ihn vergrault hat."

„Nichts, was du getan haben könntest, rechtfertigt sein Fremdgehen", sagte Matteo. „Du lässt dich doch scheiden, oder?"

Anna sah Matteo an und hoffte, dass er ihre stumme Ermahnung verstand, es ein bisschen behutsamer anzugehen.

„Du bist zu gut für ihn, Caro", sagte Matteo.

„Ich brauche einfach ein bisschen Zeit, um mir über alles klar zu werden."

23. Kapitel

In den frühen Stunden eines warmen Julimorgens überprüfte Imogen den Inhalt ihres Koffers: Sommerhosen, drei Bikinis, Flip-Flops und ein Sonnenhut und einige andere Kleidungsstücke. Dann machte sie ihre Fototasche bereit. Alles, was sie für eine Reise an die Amalfi-Küste brauchte.

Sie konnte es kaum erwarten, Anna zu sehen und wieder die Sonne auf ihrem Gesicht zu spüren. Der Zeitpunkt war genau richtig für eine Reise. In den letzten Wochen hatte Evie sich im Eiscafé als Naturtalent erwiesen, und Martin kam mittlerweile gut zurecht im Gästehaus. Imogen ließ also niemanden hängen, aber sie machte sich ein bisschen Sorgen um Clarissa. Nachdem sie mitangesehen hatte, wie ihr Vater in eine Depression abgeglitten war, wollte sie so etwas nie wieder erleben. Deswegen hatte Imogen ihre Mutter gebeten, hin und wieder nach Clarissa zu sehen.

Nur eins fehlte noch, dann war sie startbereit. Sie nahm eine Mappe aus der obersten Schublade ihres Schreibtisches und steckte sie in ihr Handgepäck. Darin waren der Brief und die Fotos, die sie gefunden hatte, zusammen mit dem zusammengefalteten Stadtplan aus dem Gästehaus. In Italien würde sie dem Ganzen auf den Grund gehen und das Durcheinander klären.

Dann sah sie hinüber zum Bett, in dem Finn noch schlief. Der Mann, den sie liebte und dem sie sich dennoch so fern fühlte. Sie brauchte einfach ein bisschen Zeit, sagte sie sich, machte ihren Koffer zu und blickte auf die Uhr.

Finn regte sich. „Fährst du los?“, fragte er und rieb sich

die Augen. Er sah bezaubernd aus, wenn er so verschlafen war wie jetzt.

„Ja“, antwortete sie. „Das Taxi müsste jeden Moment hier sein.“

„Viel Spaß“, sagte er. „Du wirst mir fehlen.“

Sie bückte sich zu ihm und küsste ihn, bevor sie das Gesicht in seine warme Schulterbeuge schmiegte. Für einen Moment fühlte sich alles richtig an.

„Ich rufe dich an, wenn ich da bin“, meinte sie.

„Klar. Grüß Anna und Matteo von mir – und drück Bella. Sag ihnen, das nächste Mal komme ich mit.“

Imogens Handy summte, und eine Textnachricht meldete, dass ihr Taxi da war. „Ich muss los.“

„Ich liebe dich“, erklärte Finn, schlicht und klar.

„Ich dich auch“, antwortete Imogen.

Die Worte blieben ihr beinahe im Hals stecken. Nicht, dass sie nicht wahr waren, denn das waren sie durchaus. Doch Imogen kam es vor, als würde es darauf gar nicht ankommen.

Teil Drei

24. Kapitel

Anna strahlte vor Begeisterung, als sie ihre Schwester später an diesem Sonntag in die Ankunftshalle kommen sah – in einem leuchtend orangenen, gemusterten Sarong und einem schwarzen Trägertop, die Sonnenbrille ins Haar geschoben. Anna lief ihr entgegen und umarmte sie.

„Ich kann nicht fassen, dass du wirklich hier bist", sagte Anna und hielt sie fest.

„Vorsicht!", rief Imogen lachend. „Du erdrückst mich ja! Hast du mich denn so sehr vermisst?"

„Ja, habe ich tatsächlich", bestätigte Anna.

„Och, ist das süß. Du hast mir auch ein bisschen gefehlt. Wie geht es Bella und Matteo?"

„Denen geht es gut, danke. Matteo ist im Café, und Carolina ist bei Bella. Ich wollte meine Schwester ein bisschen für mich haben. Komm, wir laden dein Gepäck ein und fahren los."

Sie packten Imogens Koffer hinten ins Auto und machten sich auf den Weg zurück nach Sorrent.

„Was macht das Geschäft?", fragte Imogen, während sie ihr Haar zu einem losen Knoten aufband.

„Es läuft richtig gut. Viel zu tun. Die Lage ist klasse, und wir haben genau zur richtigen Zeit eröffnet, um richtig Werbung zu machen, und …"

„Und was macht dich dann so unglücklich?", fragte Imogen, die ihre Schwester aufmerksam betrachtete. „Denn ich sehe, dass etwas nicht stimmt."

„Lass uns da vorn anhalten und etwas trinken", sagte Anna. „Ich erzähle dir alles."

Sie hielten bei einer Bar an der Küste, eine halbe Stunde Fahrt von Sorrent entfernt. Außer Hörweite von Matteos Familie fühlte Anna sich freier, und zu Imogen konnte sie alles sagen, ohne zu befürchten, dass es zur falschen (oder richtigen) Person durchdrang. Der Kellner brachte ihnen zwei große Gläser gekühlten Prosecco.

„Eines nach dem anderen: Auf deinen Besuch!“, sagte Anna und erhob ihr Glas.

„Auf meinen Besuch“, wiederholte Imogen und stieß mit ihrer Schwester an.

„Also, was ist los? Raus damit. Ist es immer noch Matteos Mum?“

„Ja.“ Anna war froh, endlich offen reden zu können. „Sie mischt sich in alles ein. Beim Café, bei Bella …“

„Schlimmer als Mum?“, fragte Imogen.

„Oh Gott, neben ihr nimmt Mum sich wie eine Heilige aus.“ Anna lachte. „Aber es ist nicht nur sie, sondern auch Matteo. Bei mir ist er stark und selbstbewusst, doch fünf Minuten mit seiner Mum, und er gibt klein bei und akzeptiert alles, was sie sagt.“

„Wirklich?“ Imogen war überrascht.

„Ja, ich weiß. Ich verstehe es überhaupt nicht. Es ist, als gäbe es eine Seite an ihm, die ich nie zuvor gesehen habe.“

„Du musst etwas sagen. Es hört sich nicht an, als würde sich das von selbst erledigen.“

„Aber sie ist seine Mutter“, sagte Anna kopfschüttelnd. „Die Familie bedeutet Matteo alles. Ich will ihm nicht das Gefühl geben, dass er sich für eine Seite entscheiden muss.“

„Und was ist die Alternative? Du hältst den Mund und wirst langsam wahnsinnig?“

„Du übertreibst, Imo“, sagte Anna und musste grinsen.

„Nein, es ist mein Ernst“, widersprach Imogen.

„Das kann ich nicht.“

„Na gut. Also wenn du dich weigerst, das Ganze auf den Tisch zu bringen, dann geh wenigstens heute Abend mit mir aus und lass mal Dampf ab."

„Klingt nach einem idealen Kompromiss", sagte Anna lachend.

Später saß Imogen auf dem Balkon und lackierte ihre Zehennägel. Anna ging nach draußen zu ihr.

„Gute Neuigkeiten", sagte sie strahlend. „Matteo passt heute Abend auf Bella auf, also bin ich offiziell frei, dir die hiesigen Highlights zu zeigen."

„Super."

„Nette Farbe", bemerkte Anna mit Blick zu Imogens Zehen.

„Danke. Und was ist der Plan? Wie lautet der Dresscode?"

Anna lachte. „Tja, wir fangen beim Luigi's an." Sie zeigte zu dem kleinen Restaurant gegenüber, in dem noch reger Mittagsbetrieb herrschte und die Tische voller Touristen in Flip-Flops waren, mitsamt aufblasbaren Schlauchbooten und Gummitieren. „Abends wird es dort etwas eleganter, und hier draußen sind dann viele Spaziergänger, aber ich würde sagen, dass du in dem richtig angezogen bist, was du jetzt trägst."

„Das ist gut, denn ich reise mit leichtem Gepäck. Du weißt ja, was die Billig-Fluglinien heute noch an Gepäck erlauben. Und ich hatte gehofft, dass ich mit wenigen Teilen auskomme, die ich einfach unterschiedlich kombiniere."

„Das ist völlig in Ordnung. Hier sind die Leute nicht so versessen auf Eleganz. Nur auf Capri sind sie pingeliger. Willst du da noch hin?"

„Ja, unbedingt. Kurz bevor ich abreise. Kann ich dich überreden mitzukommen?"

Anna wirkte ein wenig betrübt. „Ich würde ja gern, aber das geht nicht – mit dem Café und so …"

„Okay, dann müssen wir eben dafür sorgen, dass wir hier so viel Spaß wie möglich haben. Und zwar ab jetzt!"

Sie holte ihr Handy hervor und machte ein Foto von ihnen beiden, Wange an Wange und mit dem Platz im Hintergrund. Das Bild lud sie gleich bei Facebook hoch: „In Sorrent, mit der besten Schwester aller Zeiten!"

Abends saßen Anna und Imogen im Luigi's an einem Tisch draußen mit Blick auf den Brunnen. Kinder lachten und spielten im fahlen Mondlicht am Wasser, und Anna wusste wieder, warum sie sich so gut hatte vorstellen können, in Italien zu leben. Sie durfte nicht zulassen, dass die Spannungen zwischen Elisa und ihr all die positiven Gefühle zunichtemachten.

„Wie findest du die Linguine?", fragte Anna, als sie sah, wie ihre Schwester sich eine Gabel voll köstlicher frischer Pasta nach der anderen in den Mund schob.

„Unglaublich", schwärmte Imogen mit halb vollem Mund. „Mann, das ist echt was anderes als die Pasta, die man bei uns bekommt, was?"

Anna bejahte. „Das Luigi's gehört zu den besten Restaurants in der Gegend. Frische, regionale Zutaten und zubereitet nach den Rezepten seiner Großeltern. Es ist ein Jammer, dass du ihn heute Abend nicht kennenlernst."

„Wo ist er denn?"

„Luigi ist gerade Großvater geworden und völlig hingerissen. Er ist zu seinem Enkel gefahren und besucht die junge Familie."

„Wie schön", sagte Imogen. Ein Großvater. Sie überlegte, ob er der Mann sein könnte, der ihrer Großmutter geschrieben hatte, immerhin stimmte der Anfangsbuchstabe. „Ist er genauso stolz, wie Dad war, als er Großvater wurde?"

„Fast. Keiner kann ganz so stolz sein", antwortete Anna lachend.

„Wie heißt er mit Nachnamen?“, fragte Imogen. Sie bekam Herzklopfen bei der Aussicht, dass sie der Lösung des Rätsels näher kommen könnte.

„Offen gesagt weiß ich das nicht“, sagte Anna. „Ich hatte noch nie Grund, ihn zu fragen.“

Imogen war enttäuscht, versuchte aber, es sich nicht anmerken zu lassen. Anna wechselte das Thema und kam auf ihre Eltern zu sprechen.

„Geht es Mum und Dad gut mit dem, was wir machen? Ich fühle mich furchtbar, weil Bella jetzt so weit weg von ihnen ist.“

„Ihnen geht es prima“, beruhigte Imogen sie. „Natürlich vermissen sie die Kleine, euch alle, aber sie wissen, dass ihr danach entschieden habt, was das Beste für eure Familie ist. Und ihnen ist auch klar, dass es etwas Besonderes ist, was Bella hier hat – die Chance, zwei Kulturen kennenzulernen.“

„Nicht nur die öde englische, was?“, sagte Anna. „Kein Wunder, dass du dauernd auf Abenteuersuche gehst, so wie Dad früher.“

Imogen wurde für einen Moment still. „Manchmal denke ich, es wäre leichter, wenn ich die Dinge so akzeptieren könnte, wie sie sind. Wenn ich mehr wie Mum wäre, zufrieden mit ihrem Los, einzig an ihrer Familie und ihrem hübschen Zuhause interessiert, abgesehen von ein bisschen anständigem Klatsch hier und da mit den Nachbarn.“

„Das meinst du doch nicht im Ernst, oder?“, fragte Anna erstaunt.

„Nein, nicht ganz. Aber vielleicht ein kleines bisschen. Denn diese Rastlosigkeit macht es schwierig, sich richtig auf jemanden einzulassen. Wie liebt man jemanden, sagt ihm, dass man immer für ihn da ist, wenn ein Teil von einem immer wegwill?“

Imogen sah ihrer Schwester in die Augen, als suchte sie dort nach einer Antwort, doch sie sah nichts als Sorge. Hatte Vivien sich auch so gefühlt? Damals?

25. Kapitel

Am nächsten Morgen saß Imogen auf dem Balkon von Annas und Matteos Wohnung, trank Kaffee und sah, wie der Platz unten allmählich zum Leben erwachte, Leute ihre Läden öffneten und zur Bäckerei schlenderten. Anna wollte sich den Nachmittag freinehmen, damit sie mit Imogen und Bella rauskonnte, aber den Vormittag hatte Imogen für sich. Normalerweise würde sie ihre Kamera nehmen und einige Fotos vom Ort machen wollen, doch an diesem Morgen hatte sie etwas anderes im Sinn. Sie hielt eines der Fotos von ihrer Großmutter in Italien in die Höhe und verglich es mit der Aussicht vor ihr – dieselben Gebäude, dieselbe Kirche, derselbe Springbrunnen. Vivien war also vor vielen Jahren hier gewesen, und nun folgten ihre Enkelinnen ihren Spuren. Aber was genau war hier passiert?

Sie nahm die Karte und sah sich die Stellen an, die Vivien markiert hatte. Es schienen typische Touristenattraktionen zu sein – nichts Ungewöhnliches. Was zu Hause wie ein Katalog von Hinweisen gewirkt hatte, wirkte jetzt etwas dürftig, und da Luigi nach wie vor nicht in der Stadt war, konnte sie dieser Spur auch nicht folgen.

Am Nachmittag gingen Imogen und Anna mit Bella zu einem Café am Wasser. Bella spielte mit einigen einheimischen Kindern, sodass die Schwestern sich unterhalten konnten.

„Erinnerst du dich, wie Granny V von dieser Stadt erzählt hat?“, fragte Imogen.

Ihre Schwester nickte. „Für Evie und sie muss es ein ganz besonderer Urlaub gewesen sein. Ihre erste Auslandsreise.“

„Ja“, sagte Imogen leise. „Obwohl ich mich manchmal frage …“ Sie beendete den Satz nicht.

„Was?“, fragte Anna. Mit einem Auge beobachtete sie ihre Tochter, die hinter einem roten Ball hertapste und versuchte, mit den größeren Kindern Schritt zu halten.

„Weiß ich noch nicht genau. Ich habe nur das Gefühl, dass noch etwas in Grannys Leben passiert ist, etwas, von dem wir alle nichts wussten, nicht mal Dad oder Martin. Hältst du das für möglich?“

„Ernsthaft? Für mich war sie nie jemand, der Geheimnisse hatte“, sagte Anna. „Sie und Grandpa haben sich alles erzählt. Das hat Dad immer gesagt.“

„Wer weiß, ob Dad die wahre Geschichte kannte? Vielleicht gab es eine Seite an ihr, die keiner von uns kannte.“

Bella fiel hin, schlug sich den Kopf an und heulte sofort los. Die anderen Kinder rannten weiter hinter dem Ball her.

Anna sprang auf, ging zu ihrer Tochter, hob sie hoch und knuddelte sie.

„Alles in Ordung?“, fragte Imogen.

Anna nickte. „Bloß eine kleine Beule.“

Imogen küsste ihre Nichte auf den Kopf.

Es war gut, dass sie gebremst worden war, bevor sie zu viel sagen konnte. Noch hatte sie keine Fakten. Morgen würde sie mehr herausfinden, und erst dann würde sie Anna alles erzählen.

Am Abend, während Anna und Matteo ihre Tochter badeten und zu Bett brachten, rief Imogen bei Finn an. Sie wollte dringend seine Stimme hören, und sie hoffte, dass sie, wenn sie mit ihm über normale Dinge redete – was sie bisher gemacht hatte, wie es mit seinem Umbau lief –, wieder zu dem zurückfinden könnten, was sie mal gehabt hatten. Sie waren so ein gelassenes und glückliches Paar gewesen, hatten zusammen gelacht und sich alles erzählt. Imogen konnte nicht sagen, wann genau das aufgehört hatte, nur, dass es nicht mehr so war.

Leider landete sie auf seiner Mailbox. Sie hörte sich seine Ansage an und fand es zumindest ein wenig tröstlich, dass es seine Stimme war. Danach sprach sie ihm aufs Band, dass es ihr gut ging und sie an ihn dachte. Doch dann wusste sie nicht recht, was sie mit sich anfangen sollte.

Sie stand auf, ging hinaus auf den Balkon und sah zum Meer jenseits der Häuser. Da drüben war Capri, wohin sie Ende der Woche reisen würde. Schon oft hatte sie gedacht, dass sie die Insel gerne mal sehen wollte. Und sie hatte das Gefühl, dass sie dort finden würde, was sie suchte. Inspiration vielleicht ...

Die Stille auf dem Balkon ließ zu viel Raum für beunruhigende Gedanken. Wieder nahm sie ihr Telefon hervor und rief bei ihren Eltern an. Jan meldete sich.

„Hi, Mum, ich bin's", sagte Imogen.

„Hallo, Imogen!", antwortete Jan aufgeregt. „Oder sollte ich sagen, *Ciao*! Wie geht es dir?"

„Richtig gut, danke. Anna und ich haben eine tolle Zeit. Die Eisdiele ist klasse, und sie und Matteo haben hier Wunder gewirkt. Es ist ein ganz niedlicher kleiner Platz, wo sie wohnen. Ich bin sicher, dass es euch gefallen würde."

„Das hört sich sehr gut an", sagte Jan. „Ich bin so froh, dass du gut angekommen bist und alles schön ist. Wie macht Bella sich?"

„Die ist so niedlich wie eh und je. Sie hat sogar schon einige italienische Wörter aufgeschnappt."

„Ach, wie süß! Ich vermisse sie furchtbar. Aber ich bin natürlich froh, dass es für die drei gut läuft."

„Wie geht es dir und Dad?"

„Oh, deinem Vater geht es gut. Er hat ein paar neue Aufträge von einem Mann aus der Gegend. Der ist ziemlich reich, glaube ich, und er sieht aus wie ein gealterter Rockstar."

Imogen grinste. Jans Klatsch und Tratsch war wohltuend vertraut – sie hatte schon immer genauestens Bescheid gewusst, wer neu zugezogen war.

„Und Martin?"

„Dem geht es gut. Ich war gestern bei ihm. Ach ja, und darüber wollte ich überhaupt noch mit dir reden. Ich habe mit ihr gesprochen, Clarissa, meine ich."

„Hast du?" Für einen Moment erschien Clarissas Bild vor Imogens geistigem Auge. „Wie war sie?"

„So wie du sie beschrieben hattest. Abwesend, ein bisschen traurig. Martin erzählte, dass er sie neulich gegen Mitternacht im Wohnzimmer getroffen hatte, daher dachte ich, dass ich mal etwas sagen sollte."

„Aber du warst subtil, oder?"

„Selbstverständlich war ich das. Ich fragte sie nach Vivien, nach der Verbindung. Sie sagte, dass ihre Mutter Vivien kannte, als sie noch ein Teenager war. Damals war sie hin und wieder im Café gewesen. Und dass Vivien freundlich zu ihr gewesen war, als sie es am dringendsten brauchte. Und dass ihre Mutter schon in dem Haus gewesen war und es ihr viel bedeutet hatte."

„Aha? Das hatte sie mir nicht gesagt. Sonst noch etwas?"

„Nein, das war alles. Danach schien sie wieder dichtzumachen."

„Verstehe. Und wirkte sie sonst, als ob es ihr gut ginge?"

„Ja, so gut, wie man es erwarten kann, nachdem sie ihren Stiefvater verloren hat. Martin und sie kommen ganz gut zurecht, und sie geht ab und zu mit Hepburn spazieren. Ich denke, das macht ihr Spaß."

Imogen lächelte bei der Vorstellung. Ja, Hepburn hatte ein Talent, Menschen aufzuheitern.

„Na danke, dass du nachgesehen hast", sagte Imogen. „Ist Dad in der Nähe? Kann ich ihm kurz Hallo sagen?"

„Ich hole ihn schnell.“

Imogen sprach noch eine Weile mit ihrem Vater, erzählte ihm von der Reise und verabschiedete sich. Dann ging sie nach drinnen, um Anna mit dem Abendessen zu helfen. Wie es sich anhörte, schlief Bella inzwischen.

Als sie ihr Telefon beiseitelegte, bemerkte Imogen eine neue Facebook-Nachricht. Sie klickte sie automatisch an und sah, dass sie eine Mitteilung erhalten hatte. Ein bekanntes Gesicht erschien, das Erinnerungen an eine andere Zeit wachrief: „Imogen, ich habe eben gesehen, dass du in Sorrent bist. Ist ja irre! Komm mich besuchen. Ich bin auf Capri.“

Blut rauschte in Imogens Wangen. Die Nachricht war von Luca.

26. Kapitel

Bei Sonnenaufgang war Anna unten im Eiscafé, die Schürze umgebunden, und bereitete frisches Zitronen-Sorbet und Trüffel-Eis für den Tag vor. Da das Café noch in den Kinderschuhen steckte, mussten Matteo und sie alles tun, was sie konnten, um für einen reibungslosen Start zu sorgen, auch wenn es hieß, den Morgen mit Imogen dranzugeben. Zum Glück hatte ihre Schwester nichts dagegen, den Ort ein wenig allein zu erkunden.

Matteo kam mit Bella auf dem Arm herein. „Guten Morgen“, sagte er, und sie küssten sich.

„Ah, du machst das Sorbet immer noch so?“, fragte er.

„Ja. So mache ich es immer.“

„Oh.“

„Oh?“ Anna wurde ein bisschen gereizt. „Gibt es ein Problem?“

„Nein, nur … ist schon gut.“

„Wir hatten gesagt, dass wir einige Rezepte deiner Familie übernehmen“, entgegnete Anna. „Wogegen ich nichts habe. Aber ich habe nie ein Wort darüber verloren, dass wir deshalb anderes streichen.“

„Sicher. Ja, du hast recht. Doch das Zitronen-Sorbet … Es bedeutet Mamma sehr viel, dass wir die italienische Variante anbieten.“

„Soll ich etwa noch mal von vorne anfangen?“, fragte Anna.

„Nein, entschuldige. Alles gut.“

„Okay.“ Anna war erleichtert.

Bella tunkte einen Finger in eine kleine Schale mit Trüffel-Eis, leckte ihn ab und kicherte zufrieden.

„Aber nächstes Mal vielleicht?", meinte Matteo. „Können wir es nächstes Mal so zubereiten wie meine Eltern?"

Es ist doch bloß ein Sorbet, sagte Anna sich. Weiter nichts. Nicht wert, deswegen einen Krach anzufangen. Und dennoch hatte sie jedes Mal, wenn sie den Forderungen von Matteos Familie nachgab, das Gefühl, kleiner zu werden. Würde es ihr so gehen wie Alice im Wunderland, dass sie immer weiter die Rezepte der Familie übernahm, darüber winziger und winziger würde, bis man sie eines Tages als kleine Figur in Elisas berühmter Granita schwimmend fand?

Es war eine wahre Wohltat, als Imogen am Nachmittag wieder in den Laden kam.

„Hattest du einen schönen Tag?", wollte Anna wissen.

„Ja, super, danke." Anna entging nicht, dass ihre Schwester abgelenkt war, als sei ein Teil von ihr woanders. So war Imogen schon seit ihrer Ankunft hier.

„Ich habe mir etwas überlegt", erklärte Imogen. „Du möchtest doch Frieden zwischen dir und Elisa, nicht? Und ich bin auch nur wenige Tage hier. Wie wäre es, wenn wir einen Cocktailabend im Café veranstalten? Nur ein paar Freunde."

„Eine Party?" Anna fand die Idee gut.

„Ja, Cocktails, ein paar Canapés", sagte Imogen. „Vielleicht könntest du Luigi und einige andere Einheimische einladen." Sie hielt gespannt die Luft an. Anna hatte erwähnt, dass er bald wiederkommen würde, und Imogen wollte auf keinen Fall die Chance verpassen, ihn kennenzulernen. „Eine Feier. Und ein Zeichen für Elisa, dass du sie dabeihaben willst, selbst wenn du nicht allem zustimmst, was sie möchte. Außerdem sollt ihr natürlich *mich* feiern, versteht sich."

„Klingt gut", meinte Anna.

„Ich reise am Wochenende ab, somit bleiben uns noch genau ...“ Imogen zählte es an den Fingern ab, „drei Tage, um alles vorzubereiten – Einladungen, Rezepte, Zutaten. Ein Klacks.“

„Okay, ich rede mit Matteo. Aber sicher wird er Ja sagen – er ist immer für eine Party zu haben. Ich finde die Idee klasse.“

Cocktail-Karte

Sorrento bei Nacht – Grappa, Zimt-Eis
Amalfi-Meeresbrise – Limoncello, Prosecco und Limonen-Sorbet
Capri – Grand Marnier, Orangensaft und Schoko-Orangen-Eis

Die nächsten Tage arbeiteten Anna und Imogen zusammen an den Vorbereitungen für die Party, und am Freitagabend war das Eiscafé von Lichterketten und bunten Laternen erhellt. Matteo und Anna standen hinter dem Tresen und mixten Cocktails, die Imogen servierte. Munter plauderte sie mit den Gästen – auf Englisch, aber mit einigen italienischen Wörtern gespickt, die sie gelernt hatte.

Elisa war mit Carolina gekommen, beide sehr elegant, und sie unterhielten sich angeregt mit den anderen Italienern. Carolina hatte ihr kurzes Haar nach hinten gekämmt und eine rote Blüte hineingesteckt.

„Das war eine schöne Idee, Imogen“, sagte Anna, legte einen Arm um die schmalen Schultern ihrer Schwester und drückte sie an sich. „Ich schätze, winzige Schritte sind die beste Methode, mein Verhältnis zu Matteos Mum zu verbessern.“

„Schau sie dir an: Sie amüsiert sich prächtig.“ Imogen zeigte zu Elisa, die mit einem der Einheimischen ins Gespräch vertieft war.

„Vielleicht hast du recht.“ Anna schöpfte neue Hoffnung. „Oh, guck mal!“, sagte sie aufgeregt. „Da ist Luigi. Komm, ich mache euch bekannt.“

Imogens Herz raste, als sie hinüber zur Tür sah, wo Luigi stand. Er hatte ihnen den Rücken zugekehrt und sprach mit einer Frau in den Fünfzigern.

„Luigi!“, rief Anna.

Er drehte sich um, und Imogen blieb die Luft weg. Seine Augen, das Haar – ein bisschen älter vielleicht, doch er sah genauso aus wie der Mann auf dem Foto, das sie bei den Sachen ihrer Großmutter gefunden hatte.

Anna zog ihre Schwester mit zu ihm. „Imogen, Luigi. Maria, Imogen“, stellte Anna sie alle einander vor, und bevor sie noch mehr sagen konnte, kam Carolina, um sie zu entführen. „Dann lasse ich euch mal allein, damit ihr euch kennenlernen könnt“, entschuldigte Anna sich.

„Imogen, hallo!“, begrüßte Luigi sie. „Anna hat mir viel von Ihnen erzählt.“

„Hat sie?“ Imogen fühlte sich ein wenig benommen.

„Gutes, nur Gutes.“

„Von ihr weiß ich, dass Sie beide ihr das Gefühl geben, hier willkommen zu sein“, sagte Imogen.

„Ja, wie wir Espositos immer sagen: Behandle jeden, den du triffst, wie einen möglichen Freund.“

„Wie bitte?“, fragte Imogen. Der Name, den Luigi eben gesagt hatte, und was er bedeutete, traf sie wie ein Schlag vor die Brust – die einzige Bestätigung, die sie noch brauchte. *L. Esposito* war der Name auf der Karte und gehörte beinahe sicher zu dem Mann, der ihrer Großmutter geschrieben hatte. Dem Mann, den ihre Großmutter aufzuspüren versucht hatte. Der Brief. Es holte Imogen mit solcher Wucht ein, dass es ihr den Atem verschlug.

„In meiner Familie sagen wir immer …“, begann Luigi noch mal.

Das ist er! Imogen entschuldigte sich, lief aus dem Café und an die frische Luft. Dort atmete sie mehrmals tief ein, doch es half kaum gegen ihren Schock und ihre Fassungslosigkeit.

Gegen ein Uhr morgens endete die Party, und die Gäste gingen hinaus auf den Platz. Anna blickte sich nach ihrer Schwester um, konnte Imogen jedoch nirgends entdecken. Sie war so damit beschäftigt gewesen, sich mit den Gästen zu unterhalten, dass sie Imogen sich selbst überlassen und gar nicht daran gedacht hatte, nach ihr zu sehen.

„Weißt du, wo Imogen ist?“, fragte sie Matteo, der hinter der Bar aufräumte.

„Ich glaube, sie ist nach oben gegangen“, sagte er. „Aber das ist schon eine Weile her.“

Anna ging hinauf. Sie war noch aufgekratzt von der Party, doch nun vermischte sich dieses Gefühl mit Sorge um ihre Schwester. Sie fand Imogen oben im Bad, wo sie auf dem Wannenrand hockte. Sie sah blass und mitgenommen aus.

„Alles in Ordnung, Imo? Was ist passiert?“

„Es ist nichts“, antwortete Imogen.

„Es kann nicht nichts sein.“ Anna hockte sich neben sie. „Eben noch bist du die Seele der Party da unten, und im nächsten Moment verschwindest du. Was war los?“

Imogen biss sich auf die Unterlippe, um das Beben zu stoppen. „Kennst du das Gefühl, wenn du denkst, jemand sei dir vertraut, und dann findest du etwas heraus, das dein Bild desjenigen aus den Angeln hebt?“

„Finn?“

Imogen schüttelte den Kopf. „Nein, Granny.“

Verwundert zog Anna die Brauen hoch.

Imogen erzählte ihr von dem Brief, den sie gefunden hatte, und wie sie auf der Party versucht hatte, mit Luigi zu reden.

„Aber …“ Anna sah so verwirrt aus, wie Imogen sich fühlte. „Luigi?“ Sie fügte die Informationsbrocken zusammen, die sie besaß: was Luigi ihr bei ihren Unterhaltungen über seine Vergangenheit erzählt hatte. Ihr war nie der Gedanke gekommen, dass er jemanden gekannt haben könnte, der ihr so vertraut, so nah gewesen war.

„Ja, und das Ding ist, dass ich nicht mal weiß, was passiert ist. Aber seinem Brief nach … ich zeige ihn dir einfach mal.“ Imogen holte den Brief aus ihrer Tasche und gab ihn ihrer Schwester.

„Wow“, flüsterte Anna, während sie ihn las.

„Ich finde, aus den Worten spricht echte Leidenschaft. Und dass sie wieder Kontakt zu ihm aufgenommen hatte … das hat doch etwas zu bedeuten, oder nicht?“

„Unglaublich“, sagte Anna. „Und so verrückt es ist, irgendwie passt es auch. Es gibt einen Grund, weshalb Matteo und ich uns ausgerechnet Sorrent ausgesucht haben, als wir beschlossen hatten, nach Italien zu ziehen. Ich glaube, es ist, weil Granny immer von Sorrent geredet hat und so eine tiefe Verbindung zu diesem Ort hatte.“

„Ich wünschte, ich hätte nie nachgeforscht.“ Tränen wallten in Imogens Augen auf.

„Dazu ist es zu spät. Aber wir klären das! Wenn du von Capri zurückkommst, gehen wir zu Luigi und finden heraus, was wirklich war.“

27. Kapitel

Imogen stieg am frühen Morgen auf die Fähre nach Capri. Die Luft war noch frisch und angenehm, die Hitze des Tages hatte sich noch nicht aufgebaut. Imogen verließ Sorrent mit lauter offenen Fragen – einerseits ließ ihr die Geschichte mit ihrer Granny keine Ruhe, andererseits ging ihr dauernd Lucas Nachricht durch den Kopf.

Doch das Inseljuwel funkelte ihr zu und rückte immer näher, während das Boot durchs Wasser pflügte. Schon waren die Hügel zu sehen und die prächtig blühende Bougainvillea überall. Capri war einer der schönsten Orte der Welt – und Imogen wollte sich nicht von einem Besuch abhalten lassen, nur weil ihr Exfreund dort war. Das würde sogar Finn verstehen.

Nachdem die Fähre angelegt hatte, ging Imogen direkt zu ihrem Hotel. Es lag nur einen kurzen Fußweg entfernt, ein weißes Haus mit Blumen an der Tür. Imogens Zimmer war schlicht, aber genau richtig für eine ruhige Nacht und hatte eine kleine üppig bepflanzte Dachterrasse. Von dort hatte sie eine atemberaubende Aussicht übers Meer. Imogen setzte sich einen Moment hin, atmete die klare Luft ein und empfand pure Dankbarkeit dafür, dass sie hier sein durfte.

Nachdem sie sich kurz ausgeruht hatte, machte sie sich frisch, zog ein weißes Trägerkleid an, flocht ihr Haar zu einem losen Zopf und schlüpfte in ihre Flip-Flops. Dann ging sie los, um die Insel zu erkunden. Sie nahm nichts mit außer ihrer Kamera. Zunächst ging sie durch den Ort mit den eleganten Boutiquen und Edelrestaurants, bis sie eine ruhigere

Gegend mit kleinen Häusern erreichte. Mit dem Zoom machte sie Fotos von leuchtend pinken Blumen und den Vögeln, die sich auf Felsen und Klippen niederließen. Das glitzernd blaue Wasser bildete einen wunderbaren Hintergrund. Fern vom Trubel Sorrents und den offenen Fragen zur Geschichte ihrer Großmutter empfand Imogen eine neue Klarheit und innere Ruhe, während sie die Dinge fotografierte, die sie am meisten liebte.

Sie bog um eine Ecke und kam zu einem kleinen Springbrunnen. Hier blieb sie einen Moment, setzte sich hin und sah sich die Bilder an, die sie bisher aufgenommen hatte. Es waren zwar nicht die Amazonasdelfine, aber sie war durchaus zufrieden mit den Fotos.

Plötzlich fühlte sie eine Hand an ihrem Arm. Erschrocken blickte sie auf und in die dunklen, intensiven Augen des Mannes, den sie gut kannte, aber seit Jahren nicht gesehen hatte. Er war so braun gebrannt wie früher.

„Luca", sagte sie leise.

„Ich hatte so eine Ahnung, dass ich dich hier finden könnte", erklärte er lächelnd.

„Hi. Tut mir leid, ich hatte deine Nachricht bekommen, aber …", begann sie.

„Alles cool. Ich verstehe das."

„Ich wollte zuerst einige Fotos machen. Es ist so wunderschön hier."

„Ja, oder? Man braucht nicht mal irgendwelche Filter vor der Linse." Er lachte.

Imogen erinnerte sich an ihre letzte Nacht mit ihm. Sie waren nachts zusammen schwimmen gewesen, auf Koh Tao, und für einen kurzen Moment hatte es sich angefühlt, als gehörte die Insel ihnen. Obwohl die Beziehung nicht schön geendet hatte, hatte Imogen die Kette mit dem Haizahn behalten, die Luca ihr damals geschenkt hatte.

„Was hat dich hierher verschlagen?", fragte sie.

„Die Familie", antwortete Luca. „Ich bin den Sommer über bei meiner Tante und meinem Onkel und arbeite in einer Bar. Du bist mit deiner Schwester hier, stimmt's? Ich habe das Foto bei Facebook gesehen."

„Ja. Das heißt … Sie ist noch in Sorrent." Sie zeigte hinüber zum Festland. „Ich bin nur für eine Nacht hier."

„Allein?", fragte er. Er sah zu ihrer Hand, und schlagartig wurde sich Imogen ihres nackten Ringfingers bewusst.

Die Frage hing für wenige Sekunden in der Luft. Luca musste nicht gleich alles über sie wissen, dachte sie. Sie würde ihm von Finn erzählen, wenn ihr danach war.

„Sieht so aus."

Imogen ging mit Luca durch die gewundenen Kopfsteinpflasterstraßen. Ihr fiel ein, dass sie Finn versprochen hatte, ihn anzurufen, und sie bekam ein schlechtes Gewissen. Sie würde es später nachholen.

„Es tut mir übrigens sehr leid", sagte Luca. „Was passiert ist."

Imogen hatte nicht vergessen, wie sehr er sie verletzt hatte. Als sie ihm erzählt hatte, dass sie länger als geplant in England bleiben müsse, um Anna mit dem Eiscafé zu helfen, war er verständlicherweise gekränkt gewesen. Und dann hatte Imogen online die Fotos von Luca mit ihrer besten Freundin Santiana auf der Insel gesehen.

„Santiana", sagte er verlegen. „Das war eine Trostnummer. Ich hatte das Gefühl, dass du mich verlassen wolltest, und ich schätze mal, es war meine Art, mein Gesicht zu wahren."

„Ist schon okay", sagte Imogen. Sie dachte daran, wie viel Zeit vergangen und wie anders jetzt alles für sie beide war. „Mir ist klar, dass ich dir wenig Anreiz geboten habe, mit mir zusammenzubleiben. Ich konnte dir ja nicht mal sagen, wann oder wo du mich wiedersiehst. Ich meine, klar war ich damals wütend – das will ich gar nicht leugnen. Aber ich halte es für müßig, jetzt darüber nachzudenken."

„Gut." Er wirkte richtig erleichtert. „Es hielt nicht mal den Sommer, weißt du? Ich war auf der Suche nach einer zweiten Imogen, und die konnte sie natürlich nicht sein."

Imogen fühlte, wie ihr heiß wurde. Dieses Gespräch bewegte sich eindeutig in Richtung Nicht-okay-Zone. Ach was, sie waren schon mittendrin! Es wurde Zeit, ehrlich zu sein. Imogen öffnete den Mund, um zu gestehen.

„Du musst nichts sagen", kam Luca ihr zuvor. „Ich wollte dir bloß erzählen, wie es sich für mich anfühlte, weil ich damals vielleicht nicht offen genug war."

„Du … Luca. Hör zu …" Imogen strich sich mit der Hand durchs Haar. „Ich hätte das gleich sagen sollen."

„Du bist mit jemandem zusammen."

Sie sah verwirrt zu ihm auf. „Das hast du gewusst?"

Er zuckte mit den Schultern. „Etwas an dir ist anders."

„Tut mir leid. Ich hätte gleich ehrlich sein sollen."

„Nein, es muss dir nicht leidtun", erwiderte er. „Du bist mir nichts schuldig, Imogen. Das warst du damals nicht und bist es heute auch nicht."

Sie schwieg einen Moment. „Es ist wohl besser, wenn ich jetzt gehe", sagte sie dann.

Doch etwas hielt sie hier, zog sie zu Luca. Ein Gefühl, dass sie hier, auf Capri bei ihm die junge, sorglose Frau sein könnte, die sie gewesen war, als sie ihn kennenlernte.

„Das liegt ganz bei dir", sagte er. „Aber falls du meine Meinung hören willst: Ich würde mir wünschen, dass du bleibst."

Alles stimmte: das klare blaue Wasser, das im letzten Sonnenlicht funkelte, der gekühlte Prosecco in den langstieligen Gläsern, die Wärme des Abends, das leichte Sommerkleid und die traumhafte Terrasse oben auf den Klippen – alles, bis auf die Tatsache, dass sie mit dem falschen Mann hier saß. Finn war in Brighton, und sie war mit ihrem Ex hier.

„Glaubst du, sie haben es dir abgekauft?“, fragte Imogen, als Luca sein Telefon hinlegte.

„Ich habe mich noch nie krankgemeldet“, antwortete er achselzuckend. „Also bin ich ziemlich sicher, dass sie mir geglaubt haben. Und wenn ich nicht einmal an einem schönen Abend wie diesem freinehmen kann – nachdem ich gerade nach Jahren jemanden wiedergetroffen habe –, könnte ich genauso gut nicht hier sein.“

Imogen hatte mit sich gerungen, ob sie sich von Luca verabschieden und die Insel allein weiter erkunden sollte, doch war dann doch bei ihm geblieben. Er war ein Freund, sonst nichts, und jetzt, da er über Finn und sie Bescheid wusste, brauchte sie nicht mehr das Gefühl haben, ihm etwas zu verheimlichen. Während sie durch die Straßen und Gassen wanderten, erzählte er ihr Geschichten von Capri.

„Hast du vor, hierzubleiben?“, fragte Imogen ihn.

Er schüttelte den Kopf. „Ein oder zwei Monate vielleicht noch, dann gehe ich zurück nach San Francisco.“

„Lebst du jetzt dort?“

„Ja. Das Start-up, für das ich da gearbeitet hatte, ist gescheitert, aber ich stelle einen Businessplan für eine neue Technologie-Idee zusammen und will damit bald loslegen.“

„Verstehe. Und da drüben, lebst du mit …?“ Imogen bremste sich.

„Niemandem“, sagte er.

Als er sie so ansah, musste sie unweigerlich daran denken, wie es in Thailand gewesen war: sie beide abends in seiner Hängematte, während die Sonne unterging, sie Bier aus der Flasche tranken und in ihren Taschenbüchern lasen, bis es zu dunkel wurde. In den frühen Tagen ihrer Beziehung – oder was Imogen damals für die frühen Tage gehalten hatte – hatte es sich angefühlt, als könnte wirklich etwas aus ihnen werden. Sie hatten die Liebe zum Reisen und zur Freiheit geteilt. Genauso fühlte Imogen sich jetzt wieder mit ihm, und sie genoss es, dass es keinen Druck gab, die Zukunft zu planen.

„Du hast mir noch gar nichts von dir erzählt", sagte Luca. „Wie läuft es mit der Fotografie?"

„Die plätschert vor sich hin", antwortete sie und wünschte, sie könnte ihm etwas Besseres sagen. „Die letzten paar Jahre habe ich einige Unterwasseraufnahmen gemacht."

„Wow, das ist cool." Seine Augen wurden größer. „Ich meine, getaucht bist du ja schon immer. Und kannst du davon leben?" Er war sichtlich beeindruckt.

„Geht so …", begann sie. „Nein, offen gesagt nicht. Nicht richtig. Was meine Karriere angeht, bin ich derzeit an einer Art Weggabelung. Dabei sollte ich eigentlich schon weiter sein, gefestigter."

„Bist du sicher? Bist du nicht noch ziemlich jung dafür?", fragte Luca. „Du hast immer gesagt, dass du weiter mit dem Rucksack umherziehen willst, bis du mindestens dreißig bist, und das ist ja noch eine ganze Zeit hin. Du solltest dir treu bleiben. Den Dingen, die dir wichtig sind."

Seine Bemerkung traf einen Nerv. „Ja, kann sein."

„Gib nicht auf. Du bist talentiert, Imogen."

„Danke."

„Hör mal, mir tut leid, was zwischen uns passiert ist. Ich habe das Gefühl, dass wir gut zusammengepasst hätten. Aber ich habe zu schnell aufgegeben."

„Das Timing war schlecht. Nach dem Tod meiner Großmutter konnte ich nicht so schnell weg, und als mein Dad alles so schlecht verkraftet hat, erst recht nicht."

„Was beweist, wie fürsorglich du bist. Ein guter Mensch. Aber ich habe damals nur an mich gedacht. Ich dachte, wenn du mich genug magst, kommst du zurück auf die Insel. Ich habe es persönlich genommen, und das war blöd."

„Ich hätte sicher auch einige Dinge anders handhaben können."

„Aber was spielt es noch für eine Rolle?", fragte Luca. „Du bist jetzt mit jemandem zusammen. Wahrscheinlich wirst du bald heiraten."

„Kann sein", sagte sie benommen.

„Aber uns bleibt noch heute."

28. Kapitel

Jan gurrte in die Webcam, als sie Bella auf den Bildschirm zugelaufen kommen sah. „Ooh, sie ist ja soo gewachsen!“

„Ja, nicht?“, sagte Anna. „Ich fasse es selbst nicht. Mir kommt es wie gestern vor, dass sie ein kleines Baby war, und jetzt läuft sie hier rum und fängt richtig zu reden an. Ihr Italienisch ist jetzt schon besser als meines!“

„Was sind ihre Lieblingswörter?“, fragte Jan.

„*Nonna*“, antwortete Anna. Bella sagte das immerzu zu Elisa.

„Oh.“ Jan wirkte ein bisschen verletzt. „Ja, natürlich.“

„Keine Sorge, Mum. Sie hat ihre englische *Granny* nicht vergessen. Sie trägt dauernd das Foto von Dad und dir durch die Wohnung und küsst es.“

„Das ist schön“, sagte Jan.

„Hallo, Schatz!“, rief Tom und beugte sich zum Monitor. „Wie ist es mit Imogen? Habt ihr euch gegenseitig auf den neuesten Stand gebracht?“

„Es ist wunderbar, sie hierzuhaben! Wir hatten eine kleine Party im Café, und wir haben sogar ein bisschen Zeit zu zweit gehabt.“

„Wir haben eben versucht, sie anzurufen, aber wir können sie nicht erreichen. Ist sie nicht bei dir?“

„Nein, sie ist heute Morgen nach Capri gefahren. Vielleicht ist ihr Akku leer.“

„Habe ich dir doch gesagt, Tom. Du weißt ja, wie Imogen ist.“

„Sie kommt morgen zurück. Wir wollen noch ein paar Sachen zusammen machen, bevor sie nach Hause fliegt." Sie dachte an Luigi und was sie Imogen versprochen hatte. Falls sie mit ihrer Vermutung richtiglagen, würde es ihren Vater zutiefst erschüttern.

„Sicher erzählt sie uns alles über euch, wenn sie wieder zu Hause ist. Es ist schön, dich zu sehen, Anna", sagte Tom. „Bist du glücklich dort?"

„Oh ja", antwortete Anna, fragte sich aber, ob das wirklich stimmte. „Es ist super. Wir haben Matteos Mutter und Schwester in der Nähe. Die beiden kommen übrigens gleich zum Tee, also machen wir lieber Schluss."

„Natürlich", sagte Jan. „Grüße sie ganz herzlich von uns, ja?"

„Sicher." Sie hob Bella auf ihren Schoß, damit sie ihre Großeltern noch einmal sah. „Sag bye-bye."

Bella küsste den Bildschirm, und ihre Großeltern winkten. „Wir vermissen dich!"

Zehn Minuten später kamen Carolina und Elisa ins Eiscafé. Anna begrüßte die beiden, und sie setzten sich mit Matteo in eine der Sitznischen.

Carolina sah müde aus, und ihre Schultern waren eingefallen. Während ihre Mutter losplapperte, entging Anna nicht, wie still ihre Schwägerin war. Außer einem gelegentlichen „Mhm" oder „Ja" kam nichts – gerade nur so viel, dass Elisa nicht mitbekam, wie unaufmerksam sie war.

„Carolina", sagte Anna leise, denn sie spürte, dass es ihrer Schwägerin nicht gut ging. „Wollen wir vielleicht ein bisschen spazieren gehen? Sicher kommen Matteo und deine Mutter auch eine Stunde ohne uns aus."

Carolina lächelte verhalten und nickte.

„Elisa, könntest du vielleicht ein bisschen auf Bella aufpassen?", fragte Anna, und wie sie bereits vermutet hatte, stimmte ihre Schwiegermutter begeistert zu.

Die beiden Frauen traten hinaus auf den belebten Platz. „Irgendwohin, wo es ruhig ist“, bat Carolina.

„Der Klippenweg. Der ist nicht weit von hier“, sagte Anna, nahm die Hand ihrer Schwägerin und führte sie weg aus dem Gewimmel.

Zehn Minuten später gingen sie beide durch das hohe Gras oberhalb der Klippen von Sorrent. „Es ist seltsam, aber bis ich herkam, hatte ich mir immer lange weiße Strände vorgestellt“, sagte Anna. „Dabei ist es völlig anders, zumindest hier. Zu den Stränden muss man ein gutes Stück fahren.“

Carolina nickte. „Aber ihr habt stattdessen das hier: einen der fantastischsten Meerblicke des Landes. Das ist besser als Strand, oder?“

„Ich denke, ja, obwohl Bella wohl widersprechen würde. Hier kann man schlecht Sandburgen bauen.“

Während sie gingen, entspannte Carolina sich etwas. Ihre Schultern lockerten sich, und sie lachte sogar ein wenig.

„Wie geht es dir?“, fragte Anna.

„Nicht so toll“, sagte sie, und es lag eine tiefe Traurigkeit in ihren Augen. „Filippo bezahlt für das Sommerhaus, weil er ein schlechtes Gewissen hat, und das macht mich ganz krank. Mamma hält ihn natürlich immer noch für den Traummann.“

„Kannst du ihr nicht die Wahrheit sagen? Es ist doch keine Schande. Immerhin war er derjenige, der sich einen Fehltritt geleistet hat.“

„Ja, nur …“, begann Carolina, und ihr kamen die Tränen. „Es ist nicht ganz so einfach.“

„Was denn?“, fragte Anna, legte eine Hand auf Carolinas Arm und blieb stehen.

„Oh Gott, Anna, es ist so furchtbar!“

„Was ist los?“

„Du darfst meinem Bruder nichts sagen!“

Zögernd bejahte Anna.

„Ich bin schwanger."

Anna fiel nichts ein, was sie sagen könnte, und Carolina fuhr fort. „Es ist von Filippo. Es ist passiert, bevor ich herausgefunden habe, dass er mich betrügt. Wir hatten nicht aufgepasst."

„Wie weit bist du?", fragte Anna, deren Blick von selbst zur Taille ihrer Schwägerin wanderte. Das weite Kleid verriet nichts.

„In der zwölften Woche", sagte sie.

„Und wie geht es dir damit?"

„Ich bin verwirrt."

„Hast du es Filippo gesagt?"

Carolina schüttelte den Kopf. „Mir ist klar, dass ich es muss." Sie sah aus, als würde sie wieder zu weinen anfangen. „Aber ich weiß, dass es nichts ändern wird. Er wollte nie Kinder."

„Trotzdem muss er es wissen", sagte Anna.

„Ja, muss er wohl. Aber ich kann auf keinen Fall zu ihm zurück."

„Musst du auch nicht", beruhigte Anna sie. „Es ist deine Entscheidung."

„Das sagst du, aber warte mal, bis meine Mutter davon erfährt. Sie wird die Schande nicht hinnehmen, dass ihre Tochter eine ledige Mutter ist, Anna. Sie wird darauf bestehen, dass ich zu ihm zurückgehe. Und sie himmelt ihn an. In ihren Augen kann er gar nichts falsch machen."

„Dann muss sie es eben begreifen."

„Ach komm, Anna", sagte Carolina kopfschüttelnd. „Du kennst sie doch."

„Es ist dein Leben."

„Ich weiß nicht, wie ich das alleine schaffen soll", sagte Carolina, und nun kamen neue Tränen.

„Du bist nicht allein." Anna legte wieder eine Hand auf Carolinas Arm.

29. Kapitel

Beim Aufwachen hatten Imogens Beine sich in der leichten Baumwolldecke verfangen. Die ersten Sonnenstrahlen krochen gerade durch die Fensterläden. Ihr Kopf fühlte sich nicht gut an, sodass sie sich umdrehte und das Gesicht im Kissen vergrub. Da nahm sie einen Geruch wahr: Aftershave.

Finn.

Sie schnupperte wieder. Nein, dachte sie, und ihr Puls begann zu rasen. Das war nicht Finns Aftershave.

„Oh Mist", hauchte sie, als sie begann, sich an den gestrigen Abend zu erinnern. Sie hatte doch nicht, oder? Sie blickte sich im Zimmer um, aber hier war sonst niemand. Panisch versuchte sie, sich an mehr zu erinnern, und es tauchten neue Bilder in ihrem Kopf auf, nur blieben sie lückenhaft.

Luca und sie waren nach dem Abendessen lange auf der Terrasse geblieben und hatten sich über die alten Zeiten in Thailand unterhalten, als sie an nichts anderes denken mussten, als morgens Sonnenlotion aufzutragen und Tauchausflüge zu organisieren. Der Prosecco war erfrischend gewesen, und sie hatten mehr bestellt. Nach den ersten Gläsern wurden Imogens Erinnerungen verschwommen. Sie wusste noch, dass sie gedacht hatte, dass sie Finn anrufen sollte, aber dazu war es dann nicht mehr gekommen.

Die Tür ging auf, und Luca kam herein, der sich das dunkle Haar mit einem Handtuch trocken rubbelte. „Guten Morgen", sagte er.

Imogens Herz pochte wie wild. Sie wusste, dass sie einen Fehler begangen hatte. Das Schuldgefühl in ihrem Bauch war eindeutig. Allerdings konnte sie sich nicht richtig daran erinnern, was passiert und wie weit sie gegangen war.

„Alles in Ordnung?“, fragte Luca, dem ihr Gesichtsausdruck nicht entging.

Sie nickte, und ihr wurde schlecht vor Sorge und Reue.

Luca wurde ernst. „Du bist geschockt wegen letzter Nacht, oder?“

Jetzt erinnerte sie sich wieder: der Nachthimmel, der berauschende Duft der Bougainvillea, der ihre Sinne weckte, Lucas Berührung, warm und sanft auf ihren nackten Schultern, wie er sich zu ihr geneigt hatte …

„Wir haben uns geküsst“, meinte sie matt.

Sie hatte es getan und alles ruiniert. Was für ein Mensch war sie eigentlich? Wie konnte sie Finn betrügen, wenn sie ihn doch so sehr liebte?

Luca schüttelte den Kopf, und er wirkte enttäuscht. „Du hast nichts Schlimmes gemacht“, sagte er. „Keine Angst. Wir haben nur gequatscht.“

„Aber ich erinnere mich …“, begann sie und bemühte sich immer noch, die Fragmente zusammenzufügen.

„Du hast Nein gesagt. Und ich hätte es wahrscheinlich nicht versuchen dürfen. Ich dachte, da wäre etwas zwischen uns.“

„Und warum bist du noch hier?“

„Es war sehr spät, und du hast gesagt, dass es klargeht, wenn ich hier penne.“

Sie sah zu dem Laken, auf dem sie zusammen gelegen hatten.

„Es war nichts, versprochen.“

Hatte sie es gewollt? Wollte sie es jetzt? Luca setzte sich auf die Bettkante. Sein Gesicht war so schön und vertraut – eine Erinnerung an die Tage, als das Leben einfacher gewesen war. In ihr regten sich die widersprüchlichsten Gefühle.

Sie stieg aus dem Bett und ging auf Abstand zu ihm. „Das hätte nicht passieren dürfen“, sagte sie bestimmt.

„Dann wäre es leichter für dich zu vergessen, nicht wahr?“, fragte Luca. Er stand auf, nahm seine Sachen und ging.

Wenige Minuten später schaute Imogen auf ihr Handy. Zwei verpasste Anrufe, drei Textnachrichten, die sie nicht gelesen und nicht beantwortet hatte. Eine von Anna, zwei von Finn.

In ihr klaffte eine merkwürdige Leere. Sie ging ins Bad, spritzte sich kaltes Wasser ins Gesicht und blickte in den Hotelspiegel. Sie sah müde und eingefallen aus – wie ein schlechter Mensch.

Zwar hatte sie nichts getan, doch sie hatte daran gedacht, oder nicht?

30. Kapitel

Anna stellte gerade frisch zubereitete Sorbets in die Eisvitrine des Cafés, als die Tür aufging. Herein kam Imogen mit einem kleinen Rucksack. Anna ging zu ihr und begrüßte sie.

„Willkommen zurück!“ Als sie ihre Schwester umarmte, bemerkte sie die dunklen Ringe unter Imogens Augen und ihren ernsten Gesichtsausdruck.

„Ist alles gut, Imo?“, fragte sie besorgt. „Ich dachte, dass du erholt zurückkommst. Ist da drüben irgendwas passiert?“

Imogen schüttelte den Kopf und rang mit den Tränen. „Eigentlich nicht. Aber ich glaube, ich habe alles versaut.“

„Komm, wir gehen kurz nach draußen und setzen uns an den Brunnen“, sagte Anna und nahm ihre Schürze ab. „Matteo kommt hier auch eine Weile allein zurecht.“

Sie gingen hinaus auf den Platz.

Sobald sie saßen, nahm Anna die Hand ihrer Schwester und drückte sie. „Na los, raus damit. So schlimm kann es nicht sein.“

„Kann es nicht?“, fragte Imogen finster.

Anna wartete, dass sie mehr erzählte.

„Luca war auf Capri. Ich habe die Nacht mit ihm verbracht. Ich meine, es ist nichts passiert, gar nichts, aber ich glaube nicht, dass es das besser macht. Vor allem nicht, weil vielleicht ein Teil von mir mehr wollte.“

„Oh mein Gott!“, sagte Anna.

„Danke. Da fühle ich mich gleich besser.“

„Entschuldige.“ Anna verarbeitete noch, was Imogen gesagt hatte. „Ich bin bloß überrascht. Luca? Ernsthaft? Ich dachte, du warst schon längst über ihn hinweg gewesen, bevor Finn auftauchte."

„War ich", sagte Imogen. „Bin ich. Ich weiß nicht ..."

„Was würde Finn denken, wenn er das erfahren würde?"

„Er wäre verletzt. Genervt. Genau wie ich es an seiner Stelle wäre."

„Aber wenn du es ihm erklärst, würde er es verstehen, oder? Er ist ein toller Mann, Imogen, und er liebt dich wirklich."

„Ich weiß", sagte sie und vergoss heiße Tränen. „Ich bin so bescheuert!"

„Du hast doch im Grunde gar nichts getan – und darauf kommt es an. Doch was ist hier tatsächlich los? Liegt dir etwas an Luca?"

„Weiß ich nicht. Kann sein. Ihn zu sehen war, als würde ich einen Teil von mir zurückbekommen. Ich fühlte mich lebendig."

„Du fühltest dich lebendig", wiederholte Anna.

„Ja, deshalb glaube ich, dass mir noch an ihm liegt."

„Du hast eben von *dir* gesprochen, nicht von ihm."

„Du hast recht", sagte Imogen kopfschüttelnd. „Es ging wohl mehr darum. Wir haben viel geredet."

„Kannst du dir vorstellen, mit ihm zusammen zu sein, fest, meine ich?"

Imogen überlegte, dann schüttelte sie wieder den Kopf. „Nein. Die Zeit ist vorbei."

Anna wartete geduldig.

„Es würde nicht funktionieren."

„Hast du das von Anfang an gewusst?"

„Nein", antwortete Imogen. „Vermutlich gab es ständig ein Was-wäre-wenn. Er war mein Was-wäre-wenn."

„Und jetzt?"

„Jetzt fühle ich mich furchtbar, Anna. Ich kann nicht rechtfertigen, was ich getan habe. Ich hätte es besser wissen müssen."

„Ist da immer noch ein Was-wäre-wenn?“

„Nein, nicht mehr. Ich will nur noch zurück zu Finn.“

„Dann sag ihm die Wahrheit. Er ist ein vernünftiger Mensch, Imo. Er wird es verstehen.“

„Okay. Das mach ich. Ich erzähle es ihm, und mit ein bisschen Glück wird er erkennen, wie viel sicherer ich jetzt bin, dass er der ist, mit dem ich zusammen sein will.“

„Tu das. Alles wird gut, Schwesterherz.“ Anna legte einen Arm um sie.

Imogen wischte sich die Tränen weg und nickte.

„Und bis es so weit ist, gibt es noch etwas anderes, was wir tun müssen, bevor du nach Hause fliegst.“

Luigi arbeitete in der Küche, als Anna und Imogen am nächsten Tag in sein Restaurant kamen.

„Vielleicht sollten wir das nicht“, flüsterte Imogen ihrer Schwester zu. „Wo wollen wir überhaupt anfangen?“

„Erzähl ihm einfach, was du mir erzählt hast. Was du gefunden hast.“

„Hallo, ihr zwei!“, sagte Luigi und wischte sich die mehligen Hände an seiner Schürze ab. „Was für eine Freude, euch so bald wiederzusehen. Das war eine herrliche Party neulich.“

„Danke, dass Sie gekommen sind“, entgegnete Anna.

„Also, wie kann ich euch helfen? Fürs Mittagessen ist es noch zu früh, aber ich könnte Espresso anbieten.“

„Nein, nur keine Umstände“, antwortete Imogen. „Ich hatte eigentlich gehofft …“ Sie verstummte, und Anna versetzte ihr einen Knuff.

„Können wir uns vielleicht hinsetzen?“, fragte Anna. Er setzte sich mit ihnen hin und sah die beiden verwundert an.

„Es gibt etwas, das ich Sie fragen möchte“, sagte Imogen. „Ich hatte es auf der Party versucht, aber nicht die richtigen Worte gefunden. Sie müssen wissen, dass unsere Großmutter vor vielen Jahren hier war. Und vor Kurzem habe ich einige Dinge gefunden – einen Brief von Ihnen und ein Foto … Unsere Großmutter ist vor drei Jahren gestorben, also konnte ich sie nicht mehr fragen."

„Sie ist tot?", fragte Luigi, merklich stockend.

„Ja, und sie fehlt uns sehr. Wir hatten ehrlich keine Ahnung, dass sie in Sie verliebt war, aber das geht deutlich aus ihren Briefen hervor. Wir hoffen daher, dass Sie uns vielleicht die ganze Geschichte erzählen können."

„Haben Sie ein Foto von ihr?", fragte er traurig.

„Ja", antwortete Imogen. „Irgendwo hier habe ich eines." Sie blätterte die Fotos durch, die sie zusammen mit dem Brief eingesteckt hatte, und zog eines heraus, das ihre Großmutter und Evie am Meer zeigte, wie sie gerade ein Eis aßen.

Luigi lächelte. „Das ist sie."

Anna und Imogen wechselten einen Blick. Die Liebe in seinen Augen rührte sie beide, und es bestand kein Zweifel, dass das Band immer noch stark war.

Traurig sah er zu ihnen auf. „Sie war ein wunderbarer Mensch."

„Ja, war sie."

Wieder sah er das Foto an. „Meine wunderschöne Evie."

Imogen und Anna gingen über den Platz zum Eiscafé zurück.

„Ich hätte es wissen müssen", sagte Imogen. „Granny war nicht der Typ für eine Affäre. Aber ihre Freundin verkuppeln zu wollen? Das passt hundertprozentig zu ihr."

„Sie wollte immer, dass alle glücklich waren", stimmte Anna ihr zu.

„Sie muss erkannt haben, dass das hier für Evie eine verpasste Chance war."

„Sein Gesichtsausdruck, als er begriff, dass sie doch noch lebt", sagte Anna. „Ich dachte schon, er fängt an zu weinen."

„Dir ist klar, dass wir etwas unternehmen müssen, oder?“, fragte Imogen.

„Imo.“ Anna war ein bisschen skeptisch. „Bist du sicher?“

„Granny fand es offensichtlich wichtig.“

„Ich weiß nicht, ob wir uns da einmischen dürfen. Und findest du nicht, dass du dich lieber erst mal auf dein eigenes Leben konzentrieren solltest?“

„Nein“, erwiderte Imogen prompt. „Ich habe nichts dagegen, wenn das fürs Erste nicht in den Mittelpunkt rückt. Wenn Granny V fand, dass dieser Mann der Richtige für Evie war, hatte sie wahrscheinlich recht gehabt.“

„Du lässt nicht locker, was?“

„Da hast du verdammt recht!“

31. Kapitel

Auf dem Rückflug nach England fühlte Imogen sich wie in einem Nebel. An der Gepäckausgabe schrieb sie einen Text an Finn, um ihm Bescheid zu geben, dass sie fast zu Hause war. Er antwortete mit einem Kuss. Das kleine „x“, so unbekümmert hingeschrieben, machte ihre Schuldgefühle kein bisschen besser.

Sie nahm den Zug nach Brighton und beobachtete durchs Fenster die grünen Felder und dann schließlich die pastellfarbenen georgianischen Häuser ihrer Heimatstadt. Fast da. Sie beschloss, Finn gleich heute Abend zu erzählen, was mit Luca auf Capri gewesen war.

Als sie ins Haus kam, duftete es herrlich aus der Küche. Finn sang laut einen Song aus dem Radio mit, während er Gemüse schnippelte. „Hey!“, rief er und kam strahlend auf sie zu. Imogen küsste ihn und hielt ihn fest.

„Hi, Finn.“ In seinen Armen war sofort alles wieder gut.

„Du hast mir richtig gefehlt“, sagte er.

„Du mir auch.“ Ihre Schuldgefühle waren wie ein Stich zwischen die Rippen, doch Imogen zwang sich, sie auszublenden.

Sie setzten sich zusammen an den Tisch zum Essen, und Imogen erzählte von Annas neuem Leben und dem Eiscafé. Als sie die Teller abräumte, berührte Finn ihre Schulter.

„Lass das erst mal. Ich habe eine Überraschung für dich“, verkündete er.

„Eine Überraschung?“

„Ja, komm mit nach draußen.“

Finn führte sie seitlich um das Haus herum zum Garten.

„Schließ die Augen." Er stand hinter ihr und legte eine Hand über ihr Gesicht, sodass Imogen nichts mehr sehen konnte.

„Hey!", beschwerte sie sich lachend. Mit Finns starken Armen um sich fühlte sie sich sicher, obwohl sie nichts mehr sehen konnte. Dieser temporäre Kontrollverlust war für sie Kribbeln und Erleichterung zugleich. Mit Finn zu gehen und nichts als Dunkelheit sowie das zarte Sonnenlicht zu sehen, das zwischen seinen Fingern hindurchdrang, war, als hätte es die Zeit auf Capri nie gegeben. Als müsste sie an nichts außer ihn und sie denken.

„Ich hoffe, es ist eine gute Überraschung", sagte sie. Sie spürte, dass sie auf den Pflastersteinen ging, die sie im vorigen Sommer verlegt hatten, als alles noch neu gewesen war mit Finn. Als sie zum ersten Mal begriffen hatte, dass sie sich am entspanntesten fühlte, wenn sie in Finns Armen war und nicht mehr in den Tiefen eines fernen Ozeans nach sich selbst und nach ihrer Mitte suchen musste.

„Ja, es ist eine gute Überraschung, versprochen." Er küsste sie sanft auf die Schulter.

Imogen ging weiter, erkannte die Gerüche des Gartens, den Finn und sie gemeinsam angelegt hatten – die duftenden Lavendelbüsche, in denen es im Sommer von Bienen wimmelte, der kleine Kräutergarten mit Minze und Thymian und die Rosenbüsche nahe dem Schuppen – ein Geschenk ihrer Eltern, als Imogen bei Finn eingezogen war. Ihr Vater war hergekommen und hatte sie gepflanzt. All die Dinge um sie herum, die Teile von Finns und ihrem Leben, erschienen ihr jetzt so viel kostbarer als vor ihrer Italienreise.

Metallklappern und das Klimpern von Schlüsseln. „Warte mal", sagte Imogen. „Sperrst du mich in den Schuppen?" Der kleine Holzbau hatte kaum die Bezeichnung „Schuppen" verdient; es handelte sich eher um einen baufälligen Unterstand, der ihre Harke, den Besen für draußen und ein paar Gartengeräte beherbergte.

„Nur Geduld." Als Finn mit Imogen weiterging, spürte sie, wie sich die Atmosphäre um sie herum veränderte. Sie erkannte, dass sie in einem Innenraum war, doch fühlte der sich überhaupt nicht wie der feuchte, spinnenverseuchte Schuppen an, den Imogen kannte.

„Jetzt darfst du hinsehen." Finns Hände verschwanden von ihrem Gesicht und ihrer Schulter.

Imogen öffnete die Augen, um es sich anzusehen, aber es war stockduster hier drinnen. Sie hob eine Hand vor ihr Gesicht, konnte jedoch gerade mal schemenhaft die Umrisse ihrer Finger ausmachen. „Ich glaube, ich bin erblindet", sagte sie.

Dann klickte ein Schalter, und der Raum wurde in mattrotes Licht getaucht. Jetzt konnte sie erkennen, wo sie war – vor ihr standen flache Schalen nebst Flaschen mit Chemikalien, und darüber waren Leinen mit winzigen Klammern gespannt.

„Finn", sagte sie und blickte sich um. „Eine Dunkelkammer? Meine eigene Dunkelkammer?"

Im roten Licht zog er sie näher zu sich. „Geht es dir gut?"

„Ja!" Sie war unsagbar gerührt und fühlte sich gleichzeitig entsetzlich schuldig.

„Jetzt kannst du im Pyjama arbeiten. Oder in diesem Leo-Einteiler, den du so magst. Was immer du willst", erklärte er lächelnd.

„Es ist fantastisch!", sagte sie.

„Freut mich, dass es dir gefällt. Lauren hat mir geholfen, einige Sachen zu bestellen, damit du alles hast, was du brauchst."

„Wie hast du das alles geschafft?", fragte Imogen.

„Ich hatte ein bisschen Hilfe von deinem Vater."

„Aber der Surfladen …"

„Tja, der hat mich auf den Geschmack gebracht, was Umbauten angeht."

Sie drehte sich zu ihm, hob eine Hand an seine stoppelige Wange und zog ihn zu sich, um ihn zu küssen. Zunächst war es ein zarter Kuss, der aber bald leidenschaftlicher wurde, während sie Finns Duft nach salziger Meeresluft und die Wärme seiner Haut genoss. „Ich danke dir."

Das ist es, was ich habe – und es ist gut, dachte Imogen. Ich werde nicht riskieren, all das kaputt zu machen. Manche Dinge blieben besser ungesagt, und die Zeit, die sie mit Luca auf der Insel verbracht hatte, war eines von ihnen. Sie hatte ihre Lektion gelernt. Allein darauf kam es an.

Am nächsten Morgen wartete Imogen, dass das Wasser im Kocher zu brodeln begann. Vor ihr standen zwei Becher für Tee bereit sowie zwei frisch gebutterte Zimt-Bagels. Sie wollte Finn das Frühstück ans Bett bringen, getreu dem Eid, den sie sich selbst geschworen hatte, mehr aus ihrer gemeinsamen Zeit zu machen.

Während sie am Küchentresen stand, sah sie auf ihr Telefon – und sah mit klopfendem Herzen, dass sie eine Nachricht von Luca hatte: „Du musst inzwischen wieder zu Hause sein. Fiel es dir so leicht zu vergessen? Mir nicht."

Panisch schloss sie die Nachricht. Sie dachte an Finn, der noch schlief, und ihr wurde wieder sehr bewusst, was sie ihm nicht erzählt hatte. Sie musste es regeln. Aber jetzt, nachdem sie die Gelegenheit verpasst hatte, reinen Tisch zu machen, wusste sie nicht recht, wie sie es anstellen sollte.

Später am Morgen war Imogen allein im Haus. Finn war so begeistert gewesen von ihrem gemeinsamen Frühstück, dass Imogen sich noch mieser fühlte. Er hatte sich fertig gemacht für die Arbeit und sie geküsst. Sie spürte es noch auf ihren

Lippen. Dann war er gegangen, und alles, was sie hatte, war ihr bohrendes schlechtes Gewissen.

Nachdem Finn zur Arbeit gefahren war, war Imogen nach draußen in ihre neue Dunkelkammer gegangen. Langsam, aber entschlossen hatte sie die Fotos entwickelt, die sie auf der Reise gemacht hatte: Bilder von Gelato, Bäumen und glitzerndem Wasser. Sie entwickelte auch ein Foto von Luigi, das sie kurz vor ihrer Abreise aufgenommen hatte. Wenn der Zeitpunkt richtig war, Evie gegenüber etwas zu sagen, dann wollte sie es ihr zeigen.

Als sie fertig war, ging sie wieder ins Haus und blickte in ihren Kalender: vormittags Tee mit Mum in Kemp Town, dann zwei Fotosessions am Nachmittag. Zurück an die Arbeit. Eine Portion Normalität nach dem Wirbelwind ihrer Italienreise. Das war es, was sie brauchte.

Sie radelte in die Stadt und traf sich mit ihrer Mutter in ihrer Lieblingsteestube, einem Retro-Café in Kemp Town. Sie umarmten sich zur Begrüßung, und die Anspannung, die Imogen oft in Gegenwart ihrer Mutter empfand, blieb aus. So vieles in ihrem Leben war im Moment ungewiss, sodass die Familie genau das war, was sie im Moment wollte.

„Es ist schön, dich wieder hierzuhaben, Imogen. Also, erzähl mir alles."

Imogen berichtete von Sorrent, den Leuten dort, der Situation mit Anna und ihren Schwiegereltern. Und von Luigi und Evie. Sie konnte schlicht nicht widerstehen, diesen Teil zu erwähnen.

„Oh, wie romantisch!", sagte Jan. „Nach all den Jahren denkt er immer noch an sie. Du musst es ihr sagen."

„Werde ich", antwortete Imogen. „Ich möchte nur den richtigen Zeitpunkt erwischen."

Jans Augen leuchteten vor Aufregung, seit sie das von Luigi gehört hatte.

„Du sagst doch nichts, oder?“, fragte Imogen. „Bitte, Mum!“

„Nein, mach ich nicht. Versprochen.“

„Okay.“ Imogen hatte ihr natürlich nur die sorgsam editierte Version ihres Urlaubsberichts gegeben. Auf keinen Fall würde sie ihrer Mutter gegenüber Luca auch bloß mit einem Wort erwähnen. Und ehe ihre Mutter ihr unangenehme Fragen stellen konnte, wechselte Imogen das Thema.

„Gibt es Neuigkeiten aus dem Gästehaus?“

„Diese Woche hatte eine Gruppe japanischer Touristen praktisch das ganze Haus gebucht“, antwortete Jan. „Alles außer Clarissas Zimmer, versteht sich.“

„Also ist sie immer noch da?“

„Ja. Sie wird allmählich zum Inventar. Auf mich wirkt sie ein wenig glücklicher, und dein Onkel sagt, dass sie in letzter Zeit nicht mehr nachts herumwandert.“

„Das ist gut.“

„Anscheinend will sie einfach nur dort sein. Um irgendwas an dem Haus besser zu verstehen. Ich finde es natürlich auch seltsam. Aber wenn es deinen Onkel nicht stört, finde ich nichts dabei.“

„Nein, natürlich nicht.“

„Das Witzige ist übrigens, dass dein Vater richtig erschrocken ist, als er sie sah. Er meinte, dass er sie nicht zuordnen kann, aber dass ihm etwas an ihr bekannt vorkommt. Er glaubt, dass ihre Mutter mal dort gewohnt haben könnte, als Martin und er noch klein waren. Aber dann fragte ich nach, und er … Tja, du weißt ja, wie er manchmal ist. Auf einmal war dann alles nur noch vage.“

Nach dem Tee mit ihrer Mutter fuhr Imogen mit dem Rad zu Laurens Studio und öffnete sich selbst mit dem Ersatzschlüssel, den ihre Freundin ihr gegeben hatte. Lauren hatte ihr Notizen zu den heutigen Fotosessions hingelegt – Zwillingsmädchen und ein Hund, Trixie.

Um vier Uhr begann Imogen sich zu fragen, ob sie dabei war, jedes Gespür für den Job zu verlieren. Die erste Session mit den mauligen Sechzehnjährigen war schon einer Ausdauerübung gleichgekommen, bei der Imogen nichts unversucht ließ, den Mädchen auch bloß einen Anflug von Freude zu entlocken. Und jetzt hatte sie Trixie vor sich, den mürrischsten Vierbeiner aller Zeiten.

„Werfen Sie Trixie jetzt den Ball zu." Trixie, ein von ihrem Besitzer Samuel heiß geliebter Bobtail, hockte vollkommen regungslos mitten im Studio und neigte bestenfalls leicht den Kopf, egal welches Kommando kam.

Samuel warf den Ball, und Trixies Augen bewegten sich ein klein wenig, um dem Ballflug zu folgen, doch ansonsten rührte die Hündin sich nicht. Sie war zweifellos gutmütig, aber fototechnisch ein Albtraum. Imogen hatte mit einem anspruchslosen Nachmittag gerechnet, doch es war alles andere als das.

„Normalerweise ist sie nicht so", sagte Samuel verblüfft. „Sie ist eigentlich sehr lebhaft."

Imogen hob ein Quietschetier über ihren Kopf und drückte es, um Trixies Aufmerksamkeit zu gewinnen. Die Hündin zuckte nicht mal.

„Hier, hier!", rief Imogen, ging auf die Knie und warf Trixie einige knochenförmige Leckerlis zu. Träge trottete das Tier darauf zu, sodass Imogen immerhin ein paar Aufnahmen machen konnte.

„Vielleicht komme ich lieber ein anderes Mal mit ihr wieder", sagte Samuel.

Es war noch eine halbe Stunde übrig: nicht ideal, aber lange genug, um vielleicht doch etwas Brauchbares zu bekommen. „Lassen Sie es mich noch einmal versuchen", sagte Imogen.

Doch es klappte nicht. Imogen beendete die Session und wusste, dass sie bestenfalls eine Handvoll brauchbare Aufnahmen hatte. Lauren war davon sicher nicht begeistert, auch wenn Imogen getan hatte, was sie konnte.

Später am Abend, als Imogen allein zu Hause war, weil Finn noch arbeitete, wurde ihr bewusst, dass sich die Dinge nicht bessern würden. Sie würde nicht klarer sehen, sofern sie nicht entschieden aktiv wurde. Lucas E-Mail hatte ihr den ganzen Tag im Kopf herumgespukt, und allein die Tatsache, dass sie in ihrem Postfach war, fühlte sich wie ein Beweis für ihre Schuld an. Sie musste einen Schlussstrich ziehen, damit sie endlich nach vorn blicken konnte.

Sie nahm ihr Telefon hervor und antwortete auf seine Nachricht:

Luca, nichts ist zwischen uns passiert. Und nichts wird jemals passieren. Ich liebe meinen Freund und will mit ihm zusammen sein. Es war blöd genug von mir, das für wenige Tage zu vergessen, sonst nichts. Kontaktiere mich bitte nie wieder.
Imogen

Sie schickte die Nachricht ab. Dann löschte sie seine und ihre Antwort. Das war es, und jetzt könnte sie es hoffentlich ganz vergessen.

32. Kapitel

„Imo!“, sagte Bella und rannte ins Wohnzimmer von Annas Wohnung. „Imo?“ Ihr Haar war zerdrückt, weil sie geschlafen hatte, aber ihre Augen leuchteten.

Anna nahm ihre Tochter in die Arme und drückte sie. „Tut mir leid, Süße, aber Imogen ist weg. Weißt du nicht mehr, wie wir ihr ‚bye‘ gesagt haben?“

„Bab-bye“, plapperte Bella ihr nach und blickte etwas bedruckst drein.

„Anscheinend bist du nicht die Einzige, die wegen der Abreise deiner Schwester traurig ist“, sagte Matteo zu Anna.

„Es war klasse, sie zu sehen, oder?“, fragte Anna und lächelte bei der Erinnerung an die Tage mit Imogen.

„Ja, war es. Es ist richtig still geworden hier, oder?“

„Ja, stimmt.“

„Dann geht es für uns wohl wieder zurück zum normalen Alltag“, sagte Matteo.

„Ja, und ich möchte ab heute alles besser machen. Ich treffe mich nachher mit deiner Mutter.“

Auf der Cocktail-Party hatte Anna ein klein wenig Hoffnung geschöpft, dass Elisa und sie sich doch noch vertragen könnten. Und nach dem, was Carolina ihr erzählt hatte, fand sie, dass sie es der Familie schuldig war, sich wenigstens um ein besseres Verhältnis zu bemühen.

„Ach ja?“, fragte Matteo.

„Ich hatte vorgeschlagen, dass wir einen Kaffee trinken, nur wir beide. Und reden.“

Matteo wurde unsicher. „Das ist sehr nett von dir. Danke, Anna.“

Am Nachmittag ging Anna über den Platz und die Straße hinunter zum Sommerhaus. Sie hatte einen Kuchen dabei, den sie in der Bäckerei gekauft hatte.

„Anna! Komm rein“, begrüßte Elisa sie an der Haustür.

Wenige Minuten später saßen sie beide am Küchentisch, den Kuchen und Kaffee zwischen sich.

„Ich bin froh, dass du das hier vorgeschlagen hast, Anna“, sagte Elisa strahlend.

„Na ja, ich dachte nur, dass so viel los war und wir nicht oft Gelegenheit haben, uns richtig zu unterhalten, nur wir beide. Das möchte ich ändern.“

„Ja, wie schön!“

„Ich weiß, dass wir einige Meinungsverschiedenheiten haben, was das Café betrifft, aber du hast hoffentlich gesehen, dass wir einige deiner Vorschläge übernommen haben.“

„Ja, die werden euch sicher helfen.“

„Und ich weiß es zu schätzen, dass du uns helfen möchtest.“

„Und ich verstehe, dass es manche Dinge gibt, die ihr allein machen müsst“, sagte Elisa, und Anna hatte das Gefühl, dass sie endlich einen Ansatz gefunden hatten.

„Natürlich werdet ihr bald einige große Entscheidungen treffen müssen“, fuhr Elisa fort. „Und bei denen möchte ich euch auch helfen.“

„Entscheidungen?“, fragte Anna.

Elisa schürzte die Lippen. „Wir beide wollen doch das Beste für Matteo und Bella, oder nicht?“

„Selbstverständlich“, antwortete Anna.

„Und ich denke, dass wir beide sehen, wie glücklich sie hier in Italien sind.“

Anna rutschte unsicher auf ihrem Stuhl hin und her. „Ja, es scheint gut zu laufen."

„Also müsst ihr überlegen, dauerhaft herzuziehen."

„Da bin ich mir nicht sicher", sagte Anna. „Es kommt mir verfrüht vor, und wir müssen erst mal abwarten, wie sich das Geschäft entwickelt ..."

„Ihr hört einfach auf meinen Rat, dann gibt es keine Probleme."

„Ich muss auch an meine Familie denken, Elisa. Ich bin nicht sicher, ob ich bereit bin ..."

„Aber du hast kein Problem damit, Matteo von seiner Familie fernzuhalten?"

„Das stimmt nicht", widersprach Anna und merkte, dass ihre Stimme schärfer klang.

Elisa zog die dunklen Brauen zusammen. „Tja, so sieht es aber aus."

„Du hast Carolina hier ..."

„Genau, und sieh sie dir an, Anna! Sie hat keine Angst, für ihren Mann Kompromisse einzugehen, zum Wohle der Familie. Für mich war es nie anders. Warum kannst du nicht so denken?"

Anna dachte an ihr Gespräch mit Carolina und wie wenig Elisa von dem wusste, was in der Familie vorging. „Du bist unfair", sagte sie.

„Mir geht es um das Glück meines Sohnes", sagte Elisa. „Das sollte dir auch das Wichtigste sein."

Am Abend saßen Anna und Matteo auf dem Balkon und aßen bei Kerzenlicht zu Abend. Unten auf dem Platz waren die Leute zum Essen aus oder gingen spazieren, und von ihren Gesprächen wehten Fetzen nach oben.

„Ich war doch heute bei deiner Mutter", begann Anna und bemühte sich um eine ruhige Stimme.

„Wie war's?“, fragte er.

„Nicht so gut, wie ich gehofft hatte.“

„Was ist passiert?“

„Zuerst dachte ich, dass wir uns richtig unterhalten könnten, aber dann fing sie an, ziemlich energisch zu werden. Sie will, dass wir langfristig hierbleiben.“

„Oh Mann, das tut mir leid.“

„Hast du mit ihr darüber geredet?“

Matteo runzelte die Stirn. „Ich habe ihr gesagt, dass ich froh bin, hier zu sein. Sonst nichts.“

„Und jetzt denkt sie, dass ich dich davon abhalte, so zu leben, wie du es willst.“

„Sie glaubt, dass sie uns hilft.“

„Tja, tut sie aber nicht – kein bisschen“, sagte Anna bestimmt. „Wo wir leben, ist eine riesige Entscheidung. Und die trifft nicht sie, sondern wir treffen sie.“

Matteo sah gekränkt aus. „Und du denkst, dass ich das nicht weiß? Ich bin kein Kind, Anna.“

„Mir kommt es aber so vor. Wann immer sie etwas von dir verlangt, machst du es einfach mit.“

„Ich versuche bloß, den Frieden zu wahren. Bei dir hört es sich so einfach an, dass wir machen, was wir wollen. So ist es aber nicht. Ich kann ihre Wünsche nicht kurz mal ignorieren. Sie ist meine Familie!“

„Und wir sind nicht deine Familie? Bella und ich?“

Matteos Züge verhärteten sich. „Verlangst du, dass ich mich von meiner Mutter, meinen Eltern abwende?“

„Selbstverständlich nicht“, erwiderte Anna und wurde zusehends wütend, weil sich dieses Gespräch in eine absurde Richtung bewegte. „Das meine ich doch gar nicht.“

„Ich möchte, dass du glücklich bist, Anna. Ganz ehrlich. Aber irgendwie hänge ich hier zwischen allen Stühlen.“

„Mir kommt es nicht so vor“, sagte Anna.

„Was soll das heißen?“

„Ich habe eher den Eindruck, dass du auf ihrer Seite bist“, erklärte Anna, die ihre Gefühle nicht länger zurückhalten konnte.

„Es gibt keine Seiten“, entgegnete Matteo kopfschüttelnd. „So ist es gar nicht.“

Nachts im Bett hätte Anna sich gern an Matteo geschmiegt, um die Sicherheit seines Körpers an ihrem zu fühlen. Doch als sie es versuchte, reagierte er nicht. Sie hatte das Gefühl, dass sie etwas zwischen ihnen kaputt gemacht hatte, indem sie ihn vor die Wahl gestellt hatte.

Um ein Uhr morgens wachte sie auf, zog sich ihren Morgenmantel an und ging hinaus auf den Balkon. Hoch über dem Kopfsteinpflaster des Platzes war der Himmel voller Sterne, die hier, wo es nicht wie in Brighton Straßenlaternen, Hausbeleuchtungen und Autoscheinwerfer gab, besonders hell leuchteten. Ein Albtraum hatte Anna geweckt, und es lief ihr immer noch kalt über den Rücken. Normalerweise beruhigte sie der Blick vom Balkon, doch jetzt kam er ihr kalt und fremd vor. Sie sah nur Gebäude und eine Landschaft, die so anders war als die, in der sie aufgewachsen war. Und der weite Himmel machte ihr lediglich die Entfernung bewusst, die ihr in diesem Moment unendlich weit vorkam – weit weg sie von ihrer Schwester, ihrer Familie, ihrer Wohnung und allem, was sich heimisch anfühlte.

Die Tür hinter ihr öffnete sich, und Anna drehte sich um. Matteo kam zu ihr auf den Balkon. „Hey“, sagte er leise. Sein dunkles Haar war vom Schlaf zerwühlt, und er rieb sich die Augen. „Was machst du hier draußen?“

„Ich konnte nicht schlafen.“

Er legte einen Arm um sie und sah ebenfalls über die Stadt. „Wunderschön, oder?“

„Ist es das?“, fragte sie. Beim Sprechen kippte ihre Stimme, und ihre Gefühle drohten sich Bahn zu brechen. Für einen Moment schwiegen sie. „Ich kann es nicht mehr sehen“, sagte sie dann.

„Ist es wegen heute? Wegen meiner Mutter?“

„Ja, natürlich ist es das. Ich habe nicht das Gefühl, dass du zu mir stehst. Und ich habe das Gefühl, dass deine Mutter mich nicht so akzeptiert, wie ich bin.“

„Das stimmt nicht“, sagte Matteo. „Selbstverständlich mag sie dich. Es ist nur ihre Art. Na komm, ich rede mal mit ihr.“

Anna konnte die Tränen nicht mehr zurückhalten. „Ich möchte nach Hause. Ich will wieder zurück nach Hause mit Bella, zu meiner Familie. Hier fühle ich mich wie eine Außenseiterin.“

Matteos Stimme nahm einen strengeren Ton an. „Denkst du etwa, mir ging es nie so? Du weißt, dass ich gerne in Brighton lebe, das bestreite ich gar nicht. Aber wenn du dich mit deinen Freunden unterhältst, wenn ihr eure privaten Witze reißt oder du mit deiner Familie über Orte sprichst, an denen ich nie war, oder über Fernsehsendungen, die ich nie gesehen habe, denkst du, dann fühle ich mich nicht genauso?“

„Meine Familie hat dich immer akzeptiert“, konterte Anna.

„Ich weiß. Trotzdem heißt es nicht, dass sich England für mich immer heimisch angefühlt hat.“

„Mir war nicht klar, dass du so empfunden hast.“

„Nicht die ganze Zeit“, sagte Matteo achselzuckend.

„Was machen wir jetzt?“, fragte sie. „Denn egal wo wir leben, einer von uns wird immer unglücklich sein.“

„Ich schätze, du hast recht.“

„Und was jetzt? Leben wir getrennt?“, fragte Anna. Kaum hatte sie es ausgesprochen, wollte sie es am liebsten zurücknehmen.

Matteo schüttelte den Kopf. „Nein.“ Er stockte. „Das können wir Bella nicht antun“, flüsterte er sehr leise.

Anna stellte sich ihre kleine Tochter vor, die in ihrem Kinderzimmer schlief, das Gesicht an den Stoffhasen geschmiegt, den sie immer mit ins Bett nahm, und die Wangen rosig vom Schlaf. Bellas Zuhause war kein Land. Es waren ihre Eltern, die Wärme ihrer gemeinsamen Umarmung.

Existierte dieses Zuhause noch?

33. Kapitel

Imogen kam nach Hause und trug ihre Einkaufstaschen zur Haustür. Auf dem Rückweg war sie beim Bauernmarkt gewesen und hatte frische Zutaten fürs Abendessen gekauft: Rotzunge mit Gemüse und Süßkartoffeln, weil sie wusste, dass Finn das gern mochte. Sie freute sich darauf, seinen Gesichtsausdruck zu sehen und ihn zu küssen. Alles fühlte sich leichter an, seit sie den Kontakt zu Luca endgültig abgebrochen hatte, und sie spürte sogar, wie ihre Inspiration zurückkehrte.

Sie öffnete die Haustür und rief nach Finn, doch im Haus war es still. Imogen blickte sich um und entdeckte Finn am Frühstückstresen. Ihre Blicke begegneten sich, und Finn schüttelte kaum merklich den Kopf. Seine traurige Miene erschreckte Imogen. Etwas stimmte nicht.

„Was ist los?“, fragte sie und ging zu ihm. Da erst bemerkte sie die Fotos, die vor ihm auf dem Tresen lagen. Imogen erkannte sie sofort, weil sie die Aufnahmen gemacht hatte.

„Die habe ich gefunden“, sagte Finn. „In deiner Dunkelkammer.“

Imogens Brustkorb fühlte sich zu eng an. Als sie Finn ansah, seine gerunzelte Stirn und das zerzauste mittelblonde Haar, empfand sie eine tiefe Reue, konnte jedoch nichts sagen.

„Da war ein Geräusch, als wäre etwas umgefallen. Deshalb habe ich nachgesehen. Und dann fand ich die hier an der Leine.“

Imogens Kehle war wie ausgetrocknet.

„Die hast du in Italien gemacht, stimmt’s?“ Er zeigte auf die leuchtend rosa Blüten und das abbröckelnde Mauerwerk.

„Ja, auf Capri", antwortete Imogen.

„Und dieser Typ?" Finn zog die Brauen hoch. Zwischen den Landschaftsbildern waren Aufnahmen von Luca, der sie mit seinen dunklen Augen anzublicken schien.

Imogen hätte sich ohrfeigen können, weil sie so nachlässig gewesen war.

„Wer ist das?"

„Luca", antwortete Imogen.

„Luca? Dein Ex Luca?", fragte er ungläubig.

„Ja. Ich habe ihn zufällig auf Capri getroffen."

Finn sah eines der Fotos an, das Imogen mit Selbstauslöser gemacht hatte. Es zeigte sie beide, fast Wange an Wange und strahlend lächelnd. Imogen wollte sich nicht mal vorstellen, wie das auf Finn wirkte.

„Es ist nichts passiert", erklärte sie hastig.

„Klar ist nichts passiert", sagte Finn matt. „Und warum hast du dann diese Fotos von dem gemacht, was nicht passiert ist?"

„Weiß ich nicht. Ich erinnere mich nicht mal dran, sie aufgenommen zu haben."

„Und das soll es besser machen?"

„Nein … Ich wollte es dir gleich nach meiner Rückkehr erklären. Ich weiß selbst nicht, warum ich es nicht getan habe. Luca und ich waren zusammen etwas trinken und zum Abendessen. Hör mal, mir ist bewusst, dass es nicht gut aussieht, aber es war ehrlich nichts. Wir haben nur geredet."

„Mir was erklären, Imogen? Dass du, während ich hier saß und auf deinen Anruf wartete, dich mit deinem Ex auf Capri vergnügt hast?"

„Es war nichts, wirklich", sagte Imogen. „Finn, ich würde niemals gefährden, was wir haben." Sie wollte das unbedingt richtigstellen, und ihre Worte überschlugen sich beinahe. „Ich schätze, dass ich mich von der Aufmerksamkeit geschmeichelt fühlte. Und es kam mir so unbeschwert vor, Zeit mit ihm zu verbringen und nicht über die Zukunft nachdenken zu müssen. Wir beide haben in letzter Zeit so viel darüber gesprochen …"

„Darum geht es hier?", fragte Finn und riss die Augen weit auf.

„Nein", sagte Imogen. „Und ja." Sie zögerte. „Na ja, kann sein."

„Was soll das heißen? Ich verstehe nämlich nichts mehr. Mache ich dich überhaupt glücklich?"

„Natürlich tust du das", beteuerte sie und spürte selbst, wie verzweifelt sie sich anhörte.

„Ich erinnere mich wieder, dass du den Abend nicht an dein Telefon gegangen bist …" Er schüttelte den Kopf. „Hast du dich da für ihn und gegen mich entschieden?"

„Es ging nie um ihn oder dich, und das wird es auch nie. Ich hatte damals einen Grund, mit Luca Schluss zu machen, und ich habe mich aus Hunderten Gründen in dich verliebt und bin mit dir zusammen. Ich war bloß …" Sie wusste, dass sie ehrlicher zu ihm sein musste, als sie es bisher gewesen war. Nur so hatten sie als Paar eine Zukunft. „Ich dachte, dass du mir einen Antrag machen willst."

Finn zuckte zusammen. „Und wenn es so wäre?"

„Es ist nicht so, dass ich nicht mit dir zusammen sein will, aber heiraten …"

„Verstehe", sagte er. „Tja, autsch. Das tut irgendwie weh."

„Es tut mir leid." Sie war sich nicht sicher, wie sie das alles wiedergutmachen sollte und sich aus dieser Sackgasse holen, in die sie sich manövriert hatten.

„Dir graut vor der Idee zu heiraten, und so gehst du damit um? Statt mit mir zu reden, läufst du zu diesem Typen und amüsierst dich mit ihm?"

„So war es nicht."

„Ich glaube, ich muss jetzt ein bisschen alleine sein", sagte Finn.

„Okay." Sie stand wie angewurzelt da, obwohl ihr klar war, dass sie gehen musste. Sosehr dieses Haus auch zu ihrem gemeinsamen Zuhause geworden war, gehörte es immer noch Finn, und Imogen war schuld an dieser Situation. „Dann hole ich meine Sachen."

Er nickte und zuckte zögernd mit den Schultern.

Imogen ging ins Schlafzimmer und zog ihren Rucksack unterm Bett heraus. Sie blickte sich im Zimmer um. Die weißen Bettdecken waren noch unordentlich von letzter Nacht, und auf der Kommode stand ein gerahmtes Foto von ihnen beiden mit ihren Surfbrettern am Sandstrand von Devon.

Ihre Wangen begannen zu glühen, und Tränen liefen ihr übers Gesicht. Sie stopfte einige Sachen in den Rucksack und versuchte, nicht daran zu denken, wann und unter welchen Umständen sie wieder herkommen würde.

34. Kapitel

„Bananen-Pancakes?“, fragte Anna ihre Tochter und hielt eine Banane aus der Obstschale in die Höhe. Sie brauchte heute Morgen etwas, das sie aufheiterte, und für gewöhnlich halfen Pancakes.

„Jaa!“, rief Bella und klatschte in die Hände.

„Okay, super.“ Anna holte die Zutaten aus dem Schrank.

Matteo erschien in der Küchentür, frisch geduscht, und rubbelte sich das Haar mit einem Handtuch.

„Pancakes?“, fragte Anna leise.

„Ja, gerne“, sagte er.

Seit letzter Nacht hatten sie nicht mehr miteinander geredet, und die Anspannung zwischen ihnen war mit Händen zu greifen. Bei ihrem nächtlichen Gespräch hatte Anna sich bis an die Grenzen ihrer Belastbarkeit gedrängt gefühlt, und jetzt im hellen Tageslicht war das ganze Thema viel zu aufwühlend, um es erneut anzusprechen. Nicht dass sie irgendwas beschönigen oder so tun wollte, als hätte es die Unterhaltung nie gegeben – und als würden Elisas Forderungen sie nicht verletzen –, aber dies war ihre und Matteos Art, dachte sie, während sie den Teig in die Pfanne gab und zuhörte, wie Matteo mit seiner Tochter redete und spielte. Gutes Essen war ihre Grundlage und half ihnen durch die Tage, auch schwierige wie den heutigen.

Matteo nahm dankend den Teller und schnitt einige Pancakes für seine Tochter klein. „Hast du in letzter Zeit von Imogen gehört?“

„Nein.“ Anna schüttelte den Kopf. „Das ist komisch. Sie

hatte geschrieben, dass sie heil gelandet ist, aber danach nichts mehr." Es war ihr schon aufgefallen. „Ich rufe sie später an."

„Heute kommen diese Food-Blogger her", sagte Matteo. „Wir sollten etwas Besonderes für sie zusammenstellen. Du erinnerst dich doch an den Termin, den du mit ihnen gemacht hast, oder?"

„Ja, natürlich. Ich habe einige Sachen für sie im Tiefkühler zur Seite gestellt. Es ist alles bereit."

„Und Bella?", fragte Matteo.

Unweigerlich fragte Anna sich, ob Bella das Einzige war, was sie noch zusammenhielt. „Carolina kann bestimmt auf sie aufpassen, solange die Blogger hier sind."

„Klar. Oder ich kann Mamma fragen."

„Das möchte ich im Moment lieber nicht", sagte Anna.

„Wie bitte? Ihr habt eine Meinungsverschiedenheit, und jetzt willst du sie aus unserem Leben ausschließen?"

„Selbstverständlich nicht", entgegnete Anna. „Nur nach gestern … Ich möchte einfach lieber Carolina fragen, das ist alles."

„Sie wird sich schon wieder einkriegen", sagte Matteo.

„Das hoffe ich. Denn es ist *unsere* Beziehung, Matteo, und in der will ich keine drei Leute."

Anna nahm sich einen Moment, bevor die Food-Blogger kamen, und rief bei ihrer Schwester an.

„Tja, die Dinge haben eine unerwartete Wendung genommen", sagte Imogen. „Oder vielleicht hätte ich von Anfang an sehen müssen, dass es nur so ausgehen kann."

„Was ist passiert?"

„Willst du das wirklich wissen?", fragte Imogen. Anna konnte Tränen in ihrer Stimme hören. „Ich bin im Van, und der ist vollgeladen mit meinem Kram. Ich bin ausgezogen, Anna."

„Du bist was?“ Anna war erschrocken. Sie setzte sich auf einen der Stühle vor dem Café, weit weg von den Gästen. „Habt ihr beide …“

„Er hat einige Fotos von Luca und mir auf Capri gefunden. Ich weiß nicht, wie ich so blöd sein konnte zu glauben, dass er es nicht herausfinden würde, dass ich einfach den Mund halte und es wäre, als sei nie etwas gewesen. Und nachdem er die Fotos gefunden hat, kann ich ihm nicht mal verübeln, dass er das Gefühl hat, ich hätte ihm etwas Ernsteres verschwiegen.“

„Oh, Imogen, das tut mir so leid“, sagte Anna. „Kannst du irgendwohin? Zu Lauren? Oder zu Mum und Dad?“

„Lauren hat gerade ihren Bruder zu Besuch, und ich will auf keinen Fall zurück zu Mum und Dad ziehen. Es ist übel, aber nicht so übel.“ Sie lachte verbittert. „Ich habe Onkel Martin angerufen, und bei ihm ist ein Zimmer frei, also fahre ich jetzt zum Gästehaus.“

„Es wird sich sicher bald wieder einrenken“, sagte Anna zuversichtlich. „Gib ihm nur etwas Zeit.“

„Ich wollte ihn nicht verletzen, Anna.“ Imogens Stimme wurde weicher. „Und ich finde es ganz schrecklich, dass es doch passiert ist. Könnte ich doch bloß die Zeit zurückdrehen und alles anders machen.“

Um zwei Uhr schlossen Anna und Matteo das Eiscafé für eine Stunde, um mit den Food-Bloggern zu sprechen – ein Dutzend Gastro-Blogger waren gekommen, und sie unterhielten sich mit ihnen bei Smoothies darüber, wie sie angefangen hatten.

„Wir haben unser eigenes Café in Brighton“, erklärte Anna, „aber dann zog es uns hierher nach Italien, wo Matteo aufgewachsen ist, und es schien die ideale Gelegenheit, unsere Rezepte einem breiteren Publikum bekannt zu machen.“

Anna fand, dass es half, einen guten Eindruck auf Fremde machen zu müssen und eine geschlossene Front mit Matteo zu präsentieren. Als sie über glücklichere Zeiten sprachen, konnte Anna fast das schreckliche Gespräch von letzter Nacht vergessen. Fast.

„Die englischen Rezepte kommen hier richtig gut an", sagte Matteo. „Der Gin-Tonic-Zitronen-Lolly ist ein großer Hit, genauso wie unser klassisches Wimbledon-Eis, Erdbeeren und Sahne."

Die Food-Blogger machten sich Notizen und probierten die Eissorten, die Anna ihnen hingestellt hatte. Dabei sahen sie sich fasziniert in dem Café um.

„Das Café hat sich wirklich sehr verändert", stellte eine Bloggerin namens Lucy fest. „Ich bin vor zehn Jahren von England hergezogen, und seitdem sehne ich mich nach einem Ort, an dem ich mich heimisch fühlen kann. Nachdem ihr den Laden hier übernommen hattet, wusste ich, dass ich ihn gefunden habe."

„Vielen Dank", sagte Anna. „Das freut mich zu hören."

„Mehrere Leute haben mir schon erzählt, dass sie die Mischung unterschiedlicher Stile auf eurer Karte erfrischend finden. Italien ist ja für sein Eis berühmt, aber hier gibt es schon reichlich Läden, die traditionelle Sorten anbieten. Ich denke, dass ihr aus der Masse heraussticht, weil ihr keine Scheu habt, Neues auszuprobieren."

Matteo hörte zu und nickte. Anna freute sich über Lucys Bemerkungen – auch wenn es eigentlich keine große Rolle mehr spielte. Über diesen Punkt waren sie längst hinaus.

„Sie gehören zur Bonomi-Familie, oder?", fragte Lucy.

„Ich sehe, Sie haben Ihre Hausaufgaben gemacht", antwortete Matteo.

„Gab es Probleme, weil Sie sich vom Familiengeschäft gelöst haben?"

Matteo und Anna sahen einander flüchtig an.

Dann antwortete Anna: „In jeder Branche gibt es gewisse Herausforderungen – was zählt, ist, dass man sie zu meistern versucht."

Lucy lächelte und notierte etwas auf ihrem Block.

Als Matteo hinter dem Tresen Annas Hand berührte, strömte die Wärme in sie hinein, und sie umschloss seine Finger.

Nachdem die Blogger um kurz nach drei gegangen waren und es wieder ruhiger wurde, kam Carolina mit Bella zurück. Die Kleine hatte einen neuen Ball bekommen – blau mit silbernen Sternen –, und Carolina und sie prellten im Gehen damit auf dem Boden.

„Wie es aussieht, habt ihr zwei euren Spaß gehabt", sagte Anna.

„Ja, hatten wir. Wir waren in einigen Läden, und Bella hat gelernt, wie man ‚*grazie*' sagt. Stimmt's, Süße?"

Bella sah verwirrt zu ihnen auf.

„Okay, dann müsst ihr mir eben einfach glauben." Carolina lachte. „Und wie lief es hier?"

„Richtig gut eigentlich", sagte Anna. „Wir scheinen eine Menge Interesse zu wecken."

„Es lohnt sich immer, solche Sachen zu machen – dafür zu sorgen, dass die Leute über einen reden. Obwohl ihr sowieso schon ziemlich bekannt seid."

„Ja. Wie geht es dir eigentlich?", flüsterte Anna. Obwohl sie ziemlich sicher war, dass Matteo nicht in Hörweite war, wollte sie lieber nichts riskieren.

„Furchtbar", antwortete Carolina leise. „Ich dachte, die Übelkeit hört irgendwann auf, aber meine wird eher schlimmer. Allerdings hat Bella mich wunderbar abgelenkt."

„Immerhin. Aber du musst mir sagen, wenn es zu viel für dich wird."

„Mach ich. Weißt du noch, dass Mamma gar nicht aufhörte zu fragen, wann Filippo herkommt? Neuerdings redet sie nur noch davon, ob ihr hierbleibt, und hat Filippo anscheinend völlig vergessen. Ich bin ehrlich gesagt ganz froh, dass ich im Moment vom Haken bin ..."

„Hat sie mit dir darüber gesprochen?", fragte Anna.

„Ja. Es tut mir leid, Anna. Du weißt ja, wie sie ist, wenn sie sich etwas in den Kopf gesetzt hat. Mit der Zeit wird sie sich wieder beruhigen."

„Das hoffe ich. Ich respektiere deine Mutter, ehrlich, doch das muss unsere Entscheidung sein."

„Selbstverständlich. Mamma kann nur nicht anders, als sich in alles einzumischen. Verstehst du jetzt, warum ich mein Privatleben lieber für mich behalte? Was glaubst du wohl, wie sie reagieren würde, wenn sie erfährt, dass ich mich von einem der reichsten Männer in unserer Gegend trenne – und auch noch im Begriff bin, eine ledige Mutter zu werden?"

„Wenn ich dir doch irgendwie helfen könnte!", sagte Anna.

„Das tust du bereits, indem du mir zuhörst. Der Rest ist mein Problem."

„Eines kann ich dir trotzdem anbieten. Es wird nichts ändern, aber vielleicht fühlst du dich dann besser. Meine erprobte Lösung gegen Morgenübelkeit war Zitronen-Ingwer-Sorbet. Luftig leicht, und die Heilwirkung ist praktisch garantiert."

Ein kleines Lächeln erschien auf Carolinas Gesicht. „Ich dachte, dass ich überhaupt nichts essen kann, aber das klingt unwiderstehlich gut."

35. Kapitel

Im Elderberry Guesthouse packte Imogen ihre Sachen aus und hängte sie in den kleinen Schrank in einem der Gästezimmer. Bei ihrer Ankunft am frühen Abend hatte ihr Onkel Martin sie herzlich begrüßt und keine Fragen gestellt. Offenbar verstand er, dass sie erst mal ihre Ruhe brauchte.

Auf der Fahrt hatten ihre Nerven blank gelegen nach dem Gespräch mit Finn, doch hier zog sie einiges an Kraft und Trost aus der Umgebung – das Haus ihrer Großmutter war noch immer ein Zufluchtsort für sie. Es besaß die Macht, Imogen zurück in eine Zeit zu transportieren, in der sie das Gefühl hatte, es könnte nie etwas Schlimmes geschehen, in eine Kindheit, in der sie größtenteils mit ihrer Schwester und ihren Eltern gelacht, Höhlen gebaut und Zaubertränke gerührt hatte – als Kinder hatten sie Süßes und eklig Chemisches zusammengemischt, das sie im Haus fanden, und vorgegeben, Zauberinnen zu sein. Wie einfach das Leben damals gewesen war.

Ein Klopfen an der Tür riss sie aus ihren Erinnerungen. Onkel Martin lächelte verlegen. „Deine Eltern sind hier“, sagte er.

„Was? Warum?“

„Sie sind nur vorbeigekommen. Doch als ich erwähnte, dass du hier bist, bestand deine Mum darauf, dich zu sehen.“

„Okay, schon gut. Ich komme.“

Schweren Herzens folgte Imogen ihrem Onkel die Treppe hinunter. Eigentlich wollte sie mit niemandem reden, am wenigsten mit ihrer Mutter.

„Oh, Imogen“, sagte Jan. Sie saß mit einer Teetasse in der Hand auf dem Sofa im Wohnzimmer. „Hast du Finn verlassen?“

„Etwas in der Art“, antwortete Imogen und setzte sich.

„Wie entsetzlich!“

„Danke, Mum, jetzt fühle ich mich schon viel besser.“

„Na, ich meine nur, dass ihr beide so gut zusammengepasst habt. Ich verstehe überhaupt nicht, wie das passieren konnte. Erst vor Kurzem hat dein Dad ihm geholfen, die Dunkelkammer für dich zu bauen.“

„Tut mir leid“, sagte Imogen zu ihrem Vater. Bei dem Gedanken an die viele Arbeit, die er in die Dunkelkammer gesteckt hatte, fühlte sie sich noch mieser als ohnehin schon.

„Ach, mach dir deshalb keine Gedanken“, winkte Tom ab. „Es spielt keine Rolle. Wir möchten nur wissen, ob es dir einigermaßen gut geht.“

„Das ist nett“, sagte Imogen. „Ich glaube, ja.“

„Bist du sicher, dass du nicht nach Hause kommen willst? Nur für einige Zeit?“, fragte ihre Mum.

„Nein, auf keinen Fall. Entschuldige, aber das halte ich für keine gute Idee.“

Imogen ging nach oben auf ihr Zimmer. Sie liebte ihre Eltern und war sehr glücklich, dass sie in der Nähe waren, doch in Zeiten wie diesen hatte sie lieber ihre Ruhe.

Im Flur oben fiel ihr auf, dass Clarissas Tür offen stand und Clarissa mit einem Buch auf ihrem Bett saß.

Spontan ging Imogen in ihr eigenes Zimmer, griff nach der Flasche Limoncello, die sie am Flughafen gekauft hatte, und nahm zwei kleine Gläser mit. Damit ging sie zu Clarissas Zimmer und klopfte leise an die offene Tür. „Entschuldigen Sie die Störung“, sagte sie. „Haben Sie zufällig Lust, mir hiermit zu helfen?“

Halb rechnete sie mit einem höflichen Nein, sodass sie allein ihren Kummer hätte ertränken müssen. Doch Clarissa lächelte sie erfreut an. „Ja, sehr gerne. Kommen Sie rein."

Imogen setzte sich auf den roten Sessel neben dem Bett, öffnete die Flasche und schenkte zwei Gläser ein. Eines reichte sie Clarissa, das andere stürzte sie selbst herunter.

„So übel, ja?", fragte Clarissa freundlich.

„Ich glaube, mein Freund und ich haben uns gerade getrennt."

„Das tut mir leid", sagte Clarissa. „Es muss hart sein."

„Es ist meine Schuld. Ich war bescheuert."

„Lieben Sie ihn noch?"

„Ja." Die Gefühle, die sie bis jetzt unterdrückt hatte, drängten an die Oberfläche zurück, und ihre Unterlippe begann zu beben.

„Na, dann besteht noch Hoffnung, oder?" Clarissas grüne Augen wirkten sanft. „Was sich zu haben lohnt, dafür lohnt es sich auch zu kämpfen."

„Ja", sagte Imogen. „Aber ich weiß nicht, ob er mir verzeihen kann. Ich glaube nicht mal, dass ich mir selbst verzeihen kann. Und meine Mum macht mich jetzt schon wahnsinnig, weil sie alles wissen will ..." Sie brach ab. „Entschuldigung, das war taktlos. Ich weiß, dass ich mich glücklich schätzen kann, sie zu haben."

Clarissa legte das Buch, das sie in der Hand gehalten hatte, auf ihren Schoß. Imogen bemerkte, dass es ein leinengebundenes Tagebuch mit einem Lesebändchen war. „Es ist Jahre her, dass meine Mutter starb", sagte Clarissa. „Und mir kommt es vor, als würde ich sie jetzt erst kennenlernen."

Sie schwieg, und Imogen widerstand der Versuchung, die Stille zu füllen. Sie wartete, bis Clarissa bereit war, mehr zu sagen.

Tränen schwammen in Clarissas Augen. „Mein Stiefvater hatte das hier all die Jahre und hat es mir erst kurz vor seinem

Tod gegeben. Es ist das Tagebuch meiner Mutter“, erklärte sie. „Aus der Zeit vor meiner Geburt und danach.“

„Wow“, sagte Imogen und hatte das Gefühl, dass ihre eigenen Probleme im Vergleich vielleicht doch nicht so schlimm waren.

„Ich bin nicht wütend auf ihn. Sicher hat er viel darüber nachgedacht, was das Richtige wäre. Mum hat das Tagebuch nicht weggeworfen, aber sie ließ es auch nicht irgendwo liegen, wo ich es finden könnte. Vielmehr bewahrte sie es an einer Stelle auf, wo *er* es finden würde.“

„Das muss eine schwierige Entscheidung für ihn gewesen sein.“

„War es. Ich weiß, dass Sie mich für verrückt halten. Ich bin immer noch hier und gehe kaum aus dem Haus. Aber in gewisser Weise fühle ich mich meiner Mutter hier näher, weil ich einen Teil ihres Lebens sehe, über den sie nie mit jemandem gesprochen hat.“

Imogen sah sie verwirrt an.

„Und jetzt hocke ich hier und spreche in Rätseln“, sagte Clarissa mit einem kurzen Lachen. „Entschuldigung.“

„Was steht da drin?“, fragte Imogen und zeigte zum Tagebuch.

„Eine Menge Dinge, von denen ich nichts wusste. Natürlich habe ich es schon gelesen. Aber ich muss es stückweise lesen, sonst wird es mir zu viel. Also nehme ich es mir immer wieder vor und versuche nach und nach, dem Ganzen einen Sinn abzugewinnen.“

„Sie war hier, oder?“, fragte Imogen.

„Ja. Meine Mutter – Emma hieß sie – wuchs in Brighton auf, bei ihren Eltern und ihrem Bruder. Als Teenager ging sie mit Freundinnen nach der Schule ins Sunset 99s, um etwas zu trinken oder einen Eis-Lolly zu essen. Den Teil hat sie mir immer erzählt. Aber hier drin“ – sanft berührte sie das Buch – „steht der andere Teil." Clarissa holte tief Luft. „Dann fing Mum an, während der Schulzeit allein hinzugehen", fuhr sie fort. „Sie war erst dreizehn, deshalb fragte Ihre Großmutter sie, was los war, warum sie nicht in der Schule war. Mum erzählte ihr, dass sie die Schule verlassen hatte. Sie war schwanger, mit mir."

„Ach du Schreck", sagte Imogen. „Das war ganz gewiss nicht leicht."

„Nein, war es nicht. Sie war mit einem Nachbarn in London gewesen, einem verheirateten Mann. Ihren Eltern hatte sie erzählt, dass sie bei einer Freundin übernachten würde. Er hatte ihr versprochen, mit ihr in ein Musical zu gehen – sie liebte Musicals –, und sie konnte nicht widerstehen. Aber als sie dort waren, nahm er sie stattdessen mit in ein Hotel. Sie wollte das nicht, überhaupt nicht, so wie es sich anhört. Doch als sie wieder zu Hause war, konnte sie keinem sagen, was passiert war, weil sie gelogen hatte. Doch irgendwann ließ sich die Schwangerschaft nicht mehr verbergen, und ihre Eltern entlockten ihr den Namen des Mannes. Sie hatten überhaupt kein Verständnis für sie und warfen ihr vor, seine Familie zerstört zu haben. Sie hatte das Gefühl, dass ihr keine andere Wahl blieb, als zu gehen."

„Wo ist sie hin?"

„Ihre Eltern gaben ihr ein bisschen Geld, und sie wohnte zuerst in einer Jugendherberge in Hove. Doch die war ziemlich schäbig, und je näher der Geburtstermin rückte, desto mehr Angst hatte sie. Dann sah Ihre Großmutter sie eines Abends, wie sie in die Jugendherberge ging. Sie bestand darauf, dass Emma mit ihr nach Hause kam. So landete Emma hier in der Elderberry Avenue. Obwohl Ihre Großeltern ihre eigene kleine Familie hatten – Ihren Vater und Ihren Onkel –, machten sie Platz für Emma. Vierzehn Tage später wurde ich geboren."

Imogen hörte aufmerksam zu. Sie konnte sich gut vorstellen, dass ihre Großmutter die junge Emma unter ihre Fittiche genommen hatte.

„Meine Mum blieb drei Monate hier, bis wir beide bei Kräften waren."

„Darum hat mein Vater …", sagte Imogen.

„Ich glaube, dass er Züge meiner Mutter an mir erkannte, als er herkam. Ich sehe ihr sehr ähnlich. Er muss damals noch ein Junge gewesen sein, aber hat wohl vage Erinnerungen an unseren Aufenthalt hier. Jedenfalls wurde es Zeit, dass meine Mum weiterzog, also half Vivien ihr, sich eine kleine Wohnung in Hastings zu suchen, und legte bei ein paar Ladenbesitzern dort ein gutes Wort für sie ein. In einem der Geschäfte bekam sie Arbeit. Doch sie hat das hier nie vergessen – dieses Haus und die Freundlichkeit Ihrer Großmutter."

„Ich verstehe, warum Sie herkommen wollten."

„Ja. Und vielleicht verstehen Sie jetzt auch, wie leid es mir tut, dass ich zu spät war. Aber die Reise ist nicht umsonst. Es ist wunderbar, einfach nur hier zu sein, in diesen vier Wänden, wo sie damals war."

„Trotzdem ist es traurig, dass Sie sie nicht mehr kennenlernen konnten. Sie hätte sich sehr gefreut, Sie zu sehen." Die Geschichte, die Imogen eben gehört hatte, machte ihr das Herz schwer.

„Manchmal führt uns das Leben in eine Sackgasse", sagte Clarissa. „Dann muss man umkehren. Ich bleibe bloß noch ein wenig hier, bevor ich umkehre."

Imogen schenkte Clarissa und sich nach. Während sie an dem süßlichen gelben Getränk nippte, anstatt es herunterzustürzen, fielen ihr Annas Tagebücher ein, die sie früher geführt hatte. Imogen hatte hin und wieder heimlich hineingesehen und war jedes Mal enttäuscht gewesen, darin nur Rezepte oder Bruchstücke von Unterhaltungen mit Freundinnen oder Lehrern zu finden, und so gut wie keinen romantischen Klatsch. Sie erinnerte sich, dass auf dem Innendeckel mit schwarzem Kugelschreiber der Name des Cottages in Hove stand, wo sie gelebt hatten.

„Darf ich mal hineinsehen?“, fragte Imogen und zeigte auf das Buch. „Ich lese es auch nicht, sondern will bloß etwas nachsehen.“

Zögerlich gab Clarissa ihr das Tagebuch.

Imogen öffnete den Buchdeckel, und dort, auf dem marmorierten Inneneinband war ein weißes Feld, in das etwas geschrieben wurde. Es war so oft durchgestrichen, dass die Buchstaben kaum noch zu erkennen waren. Dennoch konnte Imogen sie entziffern: 61 Washington Street. Die Straße kannte sie – eine Freundin von ihr hatte früher dort gewohnt. Es war eine gewöhnliche Straße mit kleinen alten Reihenhäusern in einer Wohngegend unweit des Brighton Pavillon.

„Vielleicht ist es keine Sackgasse“, sagte Imogen.

Clarissa blickte sie fragend an.

„Vielleicht sind Sie, ohne dass es Ihnen bewusst war, hergekommen, um jemand anderen kennenzulernen.“

„Nicht ihn. Nicht diesen Mann, wer er auch gewesen sein mag“, sagte Clarissa entschieden.

„Nein“, antwortete Imogen kopfschüttelnd. „An ihn hatte ich auch nicht gedacht.“

Am nächsten Tag hatte Imogen keine Fototermine im Kalender, also ging sie zum Eiscafé, um Evie zu besuchen. Von der Tür aus hatte sie gesehen, dass Finns Surfladen nebenan offen war. Die Männer waren offensichtlich am Arbeiten, denn es war Baulärm zu hören. Sie verspürte einen überwältigenden Wunsch, Finn zu sehen, und sei es nur für einen Moment. Zu gern hätte sie kurz in den Laden geschaut, um zu sehen, wie das Projekt in ihrer Abwesenheit vorangekommen war, und um sich ihm wieder ein bisschen näher zu fühlen. Nachdem sie am Tag zuvor bei ihm ausgezogen war, war ihre Furcht davor, sesshaft zu werden und Wurzeln zu schlagen, in sich zusammengefallen; inzwischen war sie praktisch nicht mehr da.

Imogen sehnte sich nun nach Dauerhaftem, nach Verlässlichem, denn alles um sie herum schien so flüchtig geworden zu sein.

„Hallo, Imogen", begrüßte Evie sie. „Das ist ja eine nette Überraschung. Wie war deine Reise?"

„Schön", antwortete Imogen. „Gut und nicht so gut. Ist eine lange Geschichte."

„Dein Dad erwähnte, dass du im Gästehaus wohnst."

„Ja. Finn und ich haben uns zerstritten."

„Ach du meine Güte. Tut mir leid, das zu hören." Evie stockte. „Übrigens habe ich ihn eben gesehen", sagte sie leise.

„Ach ja?", fragte Imogen und bemühte sich, gleichgültig zu klingen.

„Er sah genauso elend aus wie du, falls das ein Trost ist."

„Eher nicht." Wieder überkamen Imogen schreckliche Schuldgefühle, weil sie ihm solchen Schmerz zugefügt hatte. Sie vermisste ihn. Ihr fehlte sein Körper, sein Lachen, die Art, wie er sie in allem unterstützte, was sie tat, und das auf so unaufdringliche Weise, dass sie es gar nicht richtig wahrgenommen hatte – bis es nicht mehr da war.

„Geh schon", drängte Evie. „Geh rüber zu ihm. Er arbeitet mit Andy im Laden. Was schadet es schon, kurz Hallo zu sagen?"

Sosehr es sie auch zu ihm zog – Imogen war unentschlossen. „Okay, ganz kurz", sagte sie schließlich.

„Nimm dir so viel Zeit, wie du willst", entgegnete Evie.

Imogen verließ das Eiscafé. Ihr Herz pochte sehr schnell. Schon jetzt konnte sie Finn sehen, nur wenige Meter entfernt in dem großen leeren Raum, der einst Evies Laden gewesen war. Er trug Jeans und T-Shirt und stand mit dem Rücken zu ihr, während er Schutt aufkehrte. Imogen blieb wie versteinert stehen. Sie wollte ja weitergehen, doch ihr Körper weigerte sich trotzig.

Finn war in seine Arbeit vertieft, vollkommen auf den Bau von etwas konzentriert, das ihm wirklich etwas bedeutete. Als sie noch ein Paar waren, hatte es für ihn das Fundament ihrer Zukunft dargestellt. Das war Teil seiner Motivation gewesen. Warum hatte es sie so abgeschreckt? Inzwischen konnte sie es nicht einmal mehr erklären, sie wusste nur, dass sie falschgelegen hatte. Luca mochte für sie die Freiheit verkörpern, doch mit seinem unsteten Lebensstil und seinen hochtrabenden Ambitionen hatte er ihr nie so viel bedeutet wie Finn, das wusste sie jetzt.

Finn drehte sich um, als hätte er ihre Anwesenheit gefühlt, und sah sie dort stehen. Sein Blick begegnete ihrem, und Imogens Herz setzte kurz aus.

„Hi", sagte er kühl.

„Hi", antwortete sie. „Ich war gerade im Viviens und dachte, ich komme mal rüber und …" Jetzt wusste sie nicht mehr, warum sie hier war, wie sie überhaupt darauf kam, dass sie es durfte. Falls diese Trennung dauerhaft war, und der fehlende Kontakt legte es nahe, bedeutete sie ihm nichts mehr.

Er schwieg.

„Ich hätte nicht kommen sollen", sagte Imogen und spürte, wie sich ein Kloß in ihrem Hals bildete.

Finn zuckte mit den Schultern.

Tränen schossen ihr in die Augen, und sie drehte sich um und ging. Sie hatte kein Recht mehr, hier zu sein, mit ihm zu reden. Und das schmerzte heftiger, als sie es sich jemals hätte vorstellen können.

Auf dem Küchentisch im Gästehaus lag einige Post an Imogen. Eine Postkarte von Bella mit gelbem Wachsmaler-Gekritzel, aus dem Anna eine Sonne gemacht hatte. Auf der Rückseite stand: „Wir vermissen dich, Tante Imo! Alles Liebe, Bella x."

Sofort bekam Imogen Sehnsucht nach ihnen.

Unter der Postkarte war ein dünner weißer Umschlag, beschriftet in einer eleganten Handschrift. Imogen drehte ihn um. Die Absenderadresse war in Sorrent.

Neugierig riss Imogen den Umschlag auf und zog den Brief heraus.

„Liebe Miss Imogen“, begann der Brief. „Verzeihen Sie mein Englisch. Es ist lange her, seit ich einen Brief geschrieben.“

Sie wusste sofort, von wem er kam, und sein Gesicht erschien vor ihrem geistigen Auge.

Wären Sie bitte so freundlich, diesen Brief Evie zu geben? Denn seit ich mit Ihnen und Ihrer Schwester sprach, kann ich nicht aufhören, an sie zu denken.

Imogen mochte ihr eigenes Leben vermasselt haben, war jedoch entschlossener denn je, Evies zu einer glücklichen Wendung zu führen.

Sie rief sie an. „Evie, ich weiß, es ist spät, aber das ist wichtig. Kann ich vorbeikommen und mit dir über etwas reden?“

36. Kapitel

Sirenen heulten auf dem Platz in Sorrent, und Anna eilte zum Fenster des Eiscafés, um nachzusehen, was dort los war. Ihr Puls beschleunigte.

„Was ist da draußen los?“, fragte sie Matteo. Ein Polizei-Van brauste vorbei, dicht gefolgt von einem Krankenwagen. In der Nähe bildete sich eine Menge von Schaulustigen.

„Ich gehe mal hin“, sagte Matteo und lief hinaus. Anna beobachtete, wie er einige Einheimische ansprach, doch die zuckten nur mit den Schultern und sahen ihn ratlos an. Schließlich ging er zu einem Mann, der bei einem blauen Nissan stand, und redete mit ihm.

In der ganzen Zeit, die sie in Italien waren, hatte Anna nicht einmal Polizei- oder Krankenwagensirenen gehört. Sie war sozusagen abgeschirmt gewesen von den finsteren Seiten des Lebens.

Bella zupfte an Annas Rock, und Anna nahm sie auf den Arm. „*Lü-laaa*“, machte Bella und zeigte verwirrt zu den blinkenden Lichtern.

„Ja“, sagte Anna und überlegte hastig, wie sie das Kind beruhigen konnte. „Sicher sitzt irgendwo eine Katze in einem Baum fest. Das muss es sein.“ Doch ihr Herz klopfte schnell, sie hatte Angst, und Matteo war in der Menge verschwunden.

Ein einheimischer Mann mit einer flachen Schirmmütze kam ins Café und bat um einen Espresso. Gedankenverloren ging Anna hinter den Tresen, um ihm seinen Kaffee zu machen.

„*Incidente*“, sagte er.

„Was ist passiert?“, fragte Anna auf Italienisch.

„Auf der Schnellstraße. Ein Moped. Diese verrückten Touristen", antwortete er kopfschüttelnd.

Anna lief ein eisiger Schauer über den Leib. „Wissen sie schon, wer es war, was passiert ist?"

„Ich habe gesehen, wie sie in den Krankenwagen geschoben wurde. Eine Frau."

„War sie jung oder alt?", fragte Anna.

Der Mann zuckte nur mit den Schultern. Anna dachte an die Food-Blogger, die kürzlich hier gewesen waren. Ein paar von ihnen waren auf Mopeds weggefahren. Und Anna hatte sich nichts dabei gedacht.

Sie ging zurück ans Fenster, Bella neben sich. Inzwischen war es ruhig auf dem Platz. Die Notarztwagen waren fort, doch immer noch waren viele Leute draußen. Anna blickte sich nach Matteo um, konnte ihn aber nicht entdecken. Da klingelte ihr Mobiltelefon in der Schürzentasche. Matteos Name erschien auf dem Display, und Anna ging ran.

„Anna!", sagte Matteo über den Verkehrslärm hinweg. „Ich bin im Auto eines Bekannten, auf dem Weg ins Krankenhaus."

„Was ist passiert?", fragte Anna. Sie bemerkte, dass sie Bellas Hand zu fest drückte, und die Kleine zog sie weg. „Geht es dir gut?"

„Nein", antwortete Matteo, und seine Stimme wurde brüchig. „Tut es nicht."

„Was ist los? Was ist geschehen?", fragte Anna panisch, weil sie ihm seine Verzweiflung anhörte.

„Die Frau – es war ein Mopedunfall auf der Schnellstraße. Sie wurde von einem Van gerammt, der zu schnell fuhr." Seine Stimme versagte.

„Oh nein", sagte Anna, die bereits ahnte, was kommen würde. Sie hielt sich eine Hand vor den Mund. „Oh Gott, nein!"

„Es war Carolina."

37. Kapitel

Imogen stieg die stählerne Wendeltreppe zu Evies Wohnung im ersten Stock hinauf. Unter ihr war ein sattgrüner, sehr gepflegter Garten. Nach all den Höhen und Tiefen, die sie durchgemacht hatte, schien Evie ein Leben für sich gefunden zu haben, das sie glücklich machte. Imogen läutete oben und hoffte, dass es richtig von ihr war, herzukommen.

„Hi, Imogen“, sagte Evie, die sie durchs Küchenfenster gesehen hatte und direkt öffnete. „Komm rein.“

„Danke.“ Imogen putzte sich die Schuhe an der Fußmatte ab.

Sie sah, wie sich Evies Miene veränderte, denn sie erkannte offenbar gleich, dass Imogen etwas Ernstes mit ihr zu besprechen hatte.

„Stecke ich in Schwierigkeiten?“, fragte Evie, während sie die Teesachen zusammensuchte. „Ich habe so das Gefühl, als wenn.“

„Nein“, erwiderte Imogen lachend. „Ich hatte nur gehofft, dass ich dir einige Fragen stellen kann, sonst nichts.“

„Na gut. Wie es sich anhört, sollten wir uns lieber setzen.“ Evie holte einige Kekse aus dem Schrank.

Beide Frauen setzten sich, und Imogen sah Evie an. „In den letzten paar Jahren hast du mehr als genug über mein Liebesleben gehört. Aber du hast mir nie irgendwas über deines erzählt.“

„Ach, Imogen, dafür gibt es einen guten Grund. Ich bin in den Siebzigern, da gibt es nicht viel zu erzählen.“

„Muss das denn so sein?“

„Ich komme allein besser zurecht“, sagte Evie. „Ich bin eine sture alte Kuh, glaub mir, und schon lange daran gewöhnt, alles auf meine Weise zu machen. Ich weiß, was ich will.“

„Könnte das nicht auch zu deinem Vorteil sein?“, fragte Imogen vorsichtig. „Nicht zu wissen, was ich will, hat mich immer wieder ins Stolpern gebracht. Du hingegen weißt so gut, was du willst, und dennoch findest du dich damit ab, allein zu sein.“

„Du willst mich jetzt hoffentlich nicht zum Internet-Dating überreden, oder? Ich habe schon gehört, dass das heutzutage jeder macht, aber vertrau mir, es gibt einige Dinge, für die ich definitiv zu alt bin.“

Imogen schüttelte lachend den Kopf. „Nein, keine Bange! Auch wenn ich sicher bin, dass du sie alle im Sturm nehmen würdest.“

„Tja, und was dann?“

„Du sagst oft, dass dich keiner so gut kannte wie meine Grandma, nicht? Dass sie beinahe für dich sprechen konnte, so gut kannte sie dich.“

„Ja, das stimmt. Wir haben alles zusammen durchgestanden.“

„Hast du hiervon gewusst?“

Imogen gab ihr den Brief, den Vivien bekommen hatte, zusammen mit Luigis Foto.

„Vivien ...“, sagte Evie gleichermaßen gerührt wie verärgert. „Deine Grandma führte dauernd irgendwas im Schilde.“

„Erzähl mir von ihm“, bat Imogen sie.

„Luigi?“ Sie betrachtete das Foto. „Er war der einzige Mann, den ich jemals richtig geliebt habe.“ Evies Züge wurden weicher, als sie sprach, und die feinen Linien in ihren Augenwinkeln verschwanden. „Er sieht übrigens noch genauso aus wie damals. Sein Haar ist grauer, aber es sind dieselben Augen – unverwechselbar.“

„Wie hast du ihn kennengelernt?“, fragte Imogen.

„Ich bin allein die Amalfi-Küste abgefahren, nur ich und mein Moped, ein Jahr nachdem ich zum ersten Mal mit Vivien dort gewesen war. Ich war fünfundvierzig, alt genug, um es besser zu wissen, würden manche sagen. Doch ich hatte das ganze Jahr für diese Reise gespart, und nichts hielt mich davon ab. Dein Großvater wurde damals krank, deshalb konnte Vivien nicht weg – und sie wollte auch nicht, denn sie hatte ja hier alles, was sie sich wünschte. Ich bin schon immer leidenschaftlich gern gereist. Die Winter in Brighton sind lang, und es half mir, dass ich mich auf meine Reisen freuen konnte.“

Imogen nickte, damit sie weitererzählte.

„Er war nicht der Typ Mann, den ich früher reizvoll fand, doch als ich Luigi begegnete, wusste ich gleich, dass es gut war, mich nie an jemand anderen gebunden zu haben. Ich hatte zwar Anträge bekommen, nur wollte ich mit keinem der Männer mein Leben teilen und die Opfer bringen, die mit einer Heirat Hand in Hand gehen. Bei Luigi fühlte es sich anders an. Zwischen uns funkte es sofort. Ich hatte das Gefühl, dass er alles verstand, was ich sagte. Wir mussten einander nichts erklären. Wir lernten uns schnell kennen, dort in Italien, und ich verlängerte meinen Aufenthalt, bat eine Freundin, meinen Laden zu Hause zu übernehmen. Deine Großmutter war anfangs erstaunt, glaube ich, aber sie freute sich auch für mich. Ich sagte ihr, dass ich ihr später alles erklären würde.“

„Hast du dich verliebt?“, fragte Imogen.

„Ja. Und ich schwebte auf Wolke sieben. Allerdings nur zu Anfang, bis uns klar wurde, dass wir, um zusammen sein zu können, die Menschen verletzen müssten, die Luigi am meisten liebte.“

„Warum das?“

„Hast du noch Tee?“, fragte Evie und linste in Imogens Tasse.

„Ja, ein bisschen."

„Dann schenke ich dir lieber nach, denn das ist eine lange Geschichte."

Nachdem sie ihre Tassen nachgefüllt hatte, lehnte Evie sich zurück und begann zu erzählen. „Luigis Leben war kompliziert, und das wusste ich von Anfang an. Er war mit seiner Sandkastenliebe verheiratet gewesen, der Tochter einer sehr beliebten Familie am Ort. Sie hatten zwei kleine Kinder. Dann starb seine Frau mit nur vierunddreißig. Er war vollkommen verzweifelt – genau wie seine ganze Familie, alle hatten sie geliebt."

„Hört sich an, als wäre es schwer geworden, mit dem Andenken zu konkurrieren."

„Genau, und deshalb beschlossen wir, es geheim zu halten. Ich wusste, wer seine Angehörigen waren – die Stadt ist ja nicht groß, und ich sah sie dort –, aber sie hatten keine Ahnung, dass ich Teil von Luigis Leben war."

„Das muss hart gewesen sein."

„Wenn man in den Vierzigern, Fünfzigern oder älter ist, findet man sich damit ab, dass die meisten Beziehungen einigen Ballast mit sich bringen, etwas, womit man klarkommen muss, und ich konnte verstehen, warum er welche Entscheidungen traf. Wir kamen überein, dass wir, wenn es gut ging, es irgendwann den anderen sagen würden. Doch Luigi hatte ein sehr enges Verhältnis zu seiner Tochter, und er wollte nicht, dass sie dachte, er würde das Andenken ihrer Mutter beschädigen."

„Und was war dann? Als du wieder zu Hause warst?"

„Ich kehrte in dieses regnerische Land zurück, vermisste ihn schrecklich, hoffte jedoch, dass die Erinnerungen nach einigen Wochen verblassen würden und ich mein Leben weiterleben könnte. Aber ich konnte nicht aufhören, an ihn zu denken."

„Seid ihr in Kontakt geblieben?“

„Ja. Wir haben uns geschrieben. Und den nächsten Sommer habe ich es riskiert und bin wieder hingefahren.“

„Wie war es, ihn wiederzusehen?“

„Es war wundervoll“, sagte Evie. „Nach einer Woche allerdings fing seine Tochter an, Fragen über mich zu stellen. Wir entschieden gemeinsam, dass seine Familie Vorrang haben und er seine Kinder großziehen musste. Also bin ich danach nie wieder hingereist.“

„Und hast du dich nie gefragt, wie es hätte sein können?“

„Oh doch, jeden Tag“, sagte Evie. „Deine arme Großmutter musste sich das alles anhören. Ich nehme an, deshalb hat sie sich eingemischt.“

38. Kapitel

Matteo und Anna hatten abgemacht, dass sie bei Bella zu Hause blieb, während er auf Nachrichten über den Zustand seiner Schwester wartete. Doch Anna ging nicht aus dem Kopf, wie seine Stimme am Telefon geklungen hatte – so voller Verzweiflung und Schmerz. Um kurz nach neun Uhr abends hielt sie es nicht mehr aus. Sie musste bei ihm sein. Anna rief bei Maria an und bat sie, auf Bella aufzupassen. Dann fuhr sie in einem Taxi zum Krankenhaus.

Sie lief durch die sterilen Korridore auf der Suche nach Matteo. Schließlich entdeckte sie Elisa in Matteos Armen. Die beiden saßen auf Plastikstühlen in einem Wartebereich. Elisas sonst so strenges Gesicht war von Angst gezeichnet, und Matteo hielt sie so fest, dass nicht gleich zu erkennen war, wer wen stützte.

„Anna“, sagte ihre Schwiegermutter. „Du bist hier.“

Anna bückte sich, küsste sie auf die Wange und umarmte Matteo. „Ich hab’s zu Hause nicht mehr ausgehalten“, erkärte sie. „Es tut mir so leid.“

Elisa schüttelte den Kopf. „Ich hatte sie vor der Straße gewarnt. Ich habe zu ihr gesagt, ‚Hetz dich nicht so, nimm die längere Strecke …‘ Aber sie ist ja immer ungeduldig. So ist sie einfach.“

„Es ist eine gefährliche Strecke, berüchtigt in dieser Gegend“, erklärte Matteo. „Aber ich schätze, dass sie dachte, sie könnte damit umgehen. Sie haben gesagt, dass sie ein Van in der Kurve erwischt hat. Das Moped kam von der Straße ab, und sie ist gestürzt.“

„Das klingt furchtbar", meinte Anna. „Wie ernst ist es?"

„Schlimm, glaube ich", antwortete er. „Schlimm genug, dass sie auf der Intensivstation liegt. Es wurden innere Organe verletzt." Ihm kamen die Tränen, und er wischte sie eilig weg. „Das Personal hier ist völlig unfähig. Wir warten jetzt seit drei Stunden, und nicht eine Information, nicht ein Wort von irgendjemandem."

Diese Wut und Enttäuschung hatte Anna noch nie zuvor bei ihm erlebt. Sie umklammerte seine Hand und wünschte, sie könnte seinen Kummer lindern.

„Hast du es gewusst?", fragte Elisa und sah zu Anna auf.

„Nein … ich hatte keine Ahnung, dass es …"

„Das meine ich nicht", unterbrach sie Anna. „Hast du von dem Baby gewusst?"

Für einen kurzen Moment war Anna sprachlos vor Schreck. Aber natürlich hatten die Ärzte es gleich festgestellt und ihnen erzählt. „Ja, habe ich."

Elisa nickte. „Dachte ich mir." Sie wirkte müde und gekränkt.

„Sie wollte es euch sagen. Sie brauchte nur Zeit, um sich erst mal selbst mit der Vorstellung vertraut zu machen."

Matteo sah seine Frau an. „Das hast du für dich behalten?"

„Ich musste", flüsterte Anna. „Ich musste ihr schwören, dass ich es keinem sage."

„Tja, ich bin froh, dass sie damit nicht allein war", sagte Elisa hörbar angespannt vor Emotionen. „Und nach dem, was Matteo mir eben über Filippo erzählt hat … nun. Ich frage mich, was ich überhaupt von meiner Tochter weiß. Aber vielleicht ist das auch nicht mehr wichtig." Sie fing an zu weinen.

Matteo legte seinen Arm um sie. Anna hatte jetzt nicht mehr das Gefühl, sie stünden auf zwei verschiedenen Seiten wie sonst, sondern spürte, dass sie hier alle vereint waren in der Angst um Carolina, die all ihre Gedanken beherrschte.

„Ich hole uns mal Kaffee", sagte Anna und sah in ihrem Portemonnaie nach Kleingeld.

Als sie aufblickte, begegnete ihr Blick dem von Matteo. „Ich bin froh, dass du gekommen bist, Anna. Ich brauche dich hier."

Anna machte sich einen Espresso und alles für die frühen Kunden bereit. Sie putzte den Tresen und stellte die Eissorten in die Glasvitrine: Himbeere, Erdbeere, Zitrone ... Die leuchtenden Farben und frischen Fruchtaromen hatten etwas Tröstliches in ihrer Vertrautheit. Matteo hatte angerufen und gesagt, dass Carolina in den OP gebracht worden sei und er im Krankenhaus bleibe, bis sie wieder draußen sei. Bei der Vorstellung, dass ihre Schwägerin bewusstlos und allein im Operationssaal lag, wurde Anna schlecht. Aber sie waren sich einig gewesen, dass es das Beste war, das Café heute zu öffnen. Sie brauchten ein wenig Normalität, wo schon so vieles außer Kontrolle war.

Doch am frühen Nachmittag schloss Anna doch und fuhr mit Bella ins Krankenhaus. Das Taxi hielt vor dem Haupteingang.

Matteo war draußen am Parkplatz, rauchte eine Zigarette und starrte in die Ferne. In all der Zeit, die Anna ihn kannte, hatte sie ihn nie rauchen gesehen. Er hatte ihr erzählt, dass er es mit dreißig aufgegeben hatte. Er war sichtlich gealtert, und Anna konnte ihm ansehen, wie angespannt er war.

Sie küsste ihn flüchtig, und Matteo bückte sich, um Bella hochzunehmen. Sie gluckste, als er die Arme um sie schlang und sie drückte. „Papi!", rief sie, begeistert, ihn wiederzusehen.

„Ich habe dich vermisst, Süße", meinte er und stellte sie behutsam wieder hin.

„Hast du Carolina gesehen?", erkundigte sich Anna.

„Ja, vor einer Stunde. Oh Gott, Anna, sie sieht schrecklich aus. Ihr Gesicht ist grün und blau, und die vielen Schläuche." Er wies auf seine Hände und Unterarme.

„Aber ...?"

Er biss sich auf die Unterlippe. „Sie ist bei Bewusstsein. Es ist verblüffend. Ich habe mit ihr geredet, und sie hat reagiert." Tränen schossen ihm in die Augen.

„Traurig", sagte Bella und zeigte auf die Augen ihres Vaters.

Er schüttelte den Kopf. „Nein, Schatz, glücklich."

Anna nahm seine Hand.

„Sie ist von der Intensivstation runter. Sie denken, dass sie wieder ganz gesund wird." Seine Worte klangen erstickt.

„Das sind wunderbare Neuigkeiten", sagte Anna enorm erleichtert.

„Und da ist noch mehr."

„Das Baby?", fragte Anna leise.

Er nickte. „Der Arzt hat mir erzählt, dass sie es nicht verloren hat."

„Haben sie ihr das auch gesagt?"

„Ja."

Anna und Matteo gingen mit ihrer Tochter zu der Station, auf der Carolina lag. In dem Zimmer erkannte Anna sofort, was Matteo gemeint hatte. Carolina sah unglaublich zerbrech lich aus, ein Schatten ihrer selbst. Elisa saß neben ihr.

„Komm, Bella, wir gehen nach draußen spielen", sagte Elisa zu ihrer Enkelin.

„Meinst du nicht, es ist zu viel für sie, wenn ich sie besuche?", flüsterte Anna ihrem Mann zu.

„Nein", sagte er entschieden. „Du gehörst zur Familie. Geh rein und sprich mit ihr. Sie wird dich sehen wollen."

Die anderen schlossen die Tür und ließen die beiden Frauen allein.

Einen Moment lang stand Anna da und betrachtete alles.

Carolina, die normalerweise immer wie aus dem Ei gepellt aussah, war kaum wiederzuerkennen. Dunkle Blutergüsse bedeckten ihr Gesicht und ihre Brust oben.

„Ich sehe gruselig aus, oder?“, fragte Carolina, und da war eine Andeutung ihres warmherzigen Lächelns, auch wenn um ihren Mund alles geschwollen war.

„Die Schwellungen gehen sicher schnell zurück“, versuchte Anna, sie zu trösten.

„Wie es sich anhört, hatten die ganz schön zu tun mit mir. Meine Lunge war kollabiert. Uärgs! Wenn ich daran denke … Wäre mein Sturz nicht von diesem Baum gebremst worden …“ Sie schüttelte den Kopf kaum merklich, und selbst das schien ihr wehzutun.

„Jetzt bist du hier“, sagte Anna. „Das ist das Einzige, was zählt.“

„Und das Baby ist auch noch hier.“ Carolinas Züge wurden weicher.

Anna hielt sich zurück, damit Carolina weiterreden konnte, was sie nach einer Pause auch tat. „Wir haben beide eine zweite Chance bekommen.“

„Dann fühlst du dich bereiter?“

„Ja. Ich weiß, dass es schwierig wird. Und eigentlich ist es verrückt, aber ich war mir noch nie so sicher, dass es das Richtige ist. Ich werde das schaffen.“

Liebevoll sah Anna ihre Schwägerin an. Wie froh sie war, Carolina als Schwägerin zu haben!

„Du solltest dich jetzt ausruhen“, sagte Anna und berührte sanft Carolinas Arm. „Wir sind so froh, dass du wieder gesund wirst, und wir sind alle für dich da.“

„Danke. Und ich danke dir, Anna, fürs Zuhören.“

39. Kapitel

Es war ein heißer Augusttag, und Evie und Imogen aßen zusammen Zitronen-Sorbet im Eiscafé. Der Vormittagsansturm war überstanden, und es war nur noch ein Stammkunde da, ein alter Mann, der in seine Zeitung vertieft war.

„Was soll ich denn nur an Luigi schreiben?", fragte Evie leise. „Sein Brief war reizend, aber es ist so lange her."

Imogen fand das nicht so schwierig. „Erzähl ihm einfach, was du machst", sagte sie. „Erzähl ihm vom Café oder von dem letzten Buch, das du gelesen hast, vom Schwimmen heute Morgen. Es ist eigentlich egal, denn er wird sich auf jeden Fall freuen, von dir zu hören."

„Glaubst du wirklich?", fragte Evie, wobei ihr Lächeln ein bisschen schüchtern wirkte.

„Ich weiß es", sagte Imogen.

„Na ja, er schreibt, dass er das Restaurant noch hat, also erwartet er vielleicht nicht, dass sich meine Welt sehr verändert hat." Sie verstummte kurz. „Was hältst du von ihm, Imogen?"

„Ich mochte ihn. Er ist sympathisch, witzig, ehrlich."

„Genauso erinnere ich mich an ihn. Und dass er ganz in seiner Familie aufging."

„Lass uns ein paar Fotos mitschicken. Er fand es wunderbar, das von dir und Granny zu sehen."

„Das ist ja auch ein uraltes Bild! Jetzt bin ich eine alte Frau. Ich glaube nicht mal, dass ich irgendwelche Bilder von mir aus den letzten Jahren habe."

„Dann wird es wohl Zeit, das zu ändern."

Imogen richtete eine Locke von Evies Haar und verschob den Stuhl ganz leicht, auf dem sie saß, damit ihr Gesicht das Licht einfing.

„So ist gut“, sagte Imogen, trat zurück und stellte ihre Kamera auf. Es hatte nicht lange gedauert, ihre Ausrüstung zu holen, und die Ruhe am frühen Nachmittag war die ideale Gelegenheit, um ein paar Fotos zu machen.

„Denk an Italien“, sagte Imogen. „Versuchen wir mal, etwas von der Evie von damals zu bekommen.“

Evie lachte. „Ach, Imogen, da war ich so viel jünger!“

„Das ist – perfekt“, sagte Imogen und fotografierte los.

Hepburn, der immer sofort merkte, wenn etwas im Gange war, kam angeflitzt und hüpfte auf Evies Schoß.

„Hepburn!“, schalt Evie. Der Dackel machte es sich unbeirrt auf ihrem Schoß gemütlich.

„Nein, warte, das ist gut! Wir machen ein paar Aufnahmen mit dem Hund“, sagte Imogen und knipste weiter. Dann zoomte sie, um einige Porträtbilder zu machen.

„So, geschafft“, verkündete sie schließlich.

„Sind wir schon fertig?“

„Ja. Du bist ein ideales Modell. Komm, wir sehen uns mal an, was wir haben.“ Sie zog sich einen Stuhl neben Evie.

„Das ist ziemlich gut, oder?“ Evie zeigte auf ein Bild auf dem Display. „Ich denke, auf dem sehe ich am meisten wie ich aus.“

„Super. Ich bearbeite dies und ein paar andere heute Nachmittag und drucke sie dir aus.“

„Danke, Imogen. Es ist sehr nett, dass du das machst. Dann muss ich wohl eines zu meinem Brief an Luigi legen. Und beides abschicken.“ Evies natürliches Selbstvertrauen schien für einen Augenblick ins Wanken zu geraten. „Was ist, wenn er …“

„Er wird sich sehr freuen, deinen Brief zu bekommen – und dein Foto“, sagte Imogen. „Das weiß ich genau.“

Die Türglocke kündigte neue Kunden an, und Imogen sah hinüber zur Tür. Clarissa kam herein. Ihr dunkelrotes Haar war zu einem Knoten aufgesteckt, und sie trug ein knielanges Blümchenkleid zu Sandalen. Es war das erste Mal, dass Imogen sie außerhalb des Gästehauses sah. Clarissa wirkte energiegeladen, und ihre Wangen waren hübsch gerötet.

„Hallo!“, sagte Imogen. „Was für eine schöne Überraschung!“

Imogen machte sie mit Evie bekannt, und Clarissa begrüßte sie höflich, doch man merkte ihr deutlich an, wie aufgeregt sie war. „Tut mir leid, dass ich einfach so hereinplatze“, entschuldigte sie sich bei den beiden. „Aber ich musste herkommen und mit Ihnen reden, Imogen. Es ist etwas Sagenhaftes passiert, und ich kann das unmöglich für mich behalten.“

Evie ging ihnen Tee kochen, und Imogen führte Clarissa zu einem der Tische, damit sie sich setzen konnten. Bis Evie mit einer großen roten Teekanne und Tassen kam, war Clarissa wieder bei Atem.

„Washington Street“, begann Clarissa. „Ich habe darüber nachgedacht, seit Sie mir die Adresse gezeigt haben, Imogen.“

„Oh Gott, damit habe ich wohl die Büchse der Pandora geöffnet.“ Verlegen biss Imogen sich innen auf die Wange. Sie hatte nicht bedacht, was sie damit in Clarissa auslösen könnte.

„Ja, ich schätze, das haben Sie“, bestätigte Clarissa. „Ich musste immerzu daran denken, wer heute dort lebt – schließlich sind über vierzig Jahre vergangen, seit meine Mutter das Haus verlassen hat. Ich kam sogar bis zum Anfang der Straße, bin aber wieder umgekehrt.“

„Tut mir leid. Es war unsensibel von mir, das vorzuschlagen“, sagte Imogen.

„Oh nein“, widersprach Clarissa. „Sie haben mich ja zu nichts gedrängt, oder? Sie hatten mich lediglich auf die Idee gebracht, die Entscheidung lag ja ganz bei mir. Und dann merkte ich, dass mir der Mut fehlt. Ich fragte mich, ob sie – diese Fremden – überhaupt noch leben und, falls ja, ob sie bereit wären, mit mir zu reden."

Evie schenkte stumm Tee ein und hielt sich aus dem Gespräch heraus, ging aber auch nicht weg. Ihre Gegenwart hatte etwas Beruhigendes.

„Und was haben Sie entschieden?", fragte Imogen.

„Dass ich nicht nach London zurückfahren kann, ohne es zu wissen. Dass ich nicht ewig darüber nachdenken will, um dann festzustellen, dass ich zu lange gewartet habe, wie bei Ihrer Großmutter. Also bin ich hingegangen. Ich war heute dort. Bei dem Haus."

„Und?", fragte Imogen, die ihre Neugier kaum zügeln konnte.

„Sie leben noch, beide", sagte Clarissa. „Vincent und Catherine." Sie stockte, und als sie weitersprach, zitterte ihre Stimme. „Und sie wollten mich sehen. Unbedingt." Tränen stiegen ihr in die Augen.

Evie reichte ihr ein Taschentuch, und Clarissa tupfte sie ab. „Sie waren so dynamisch", sagte sie lachend, während ihr weiter Tränen über die Wangen kullerten. „Ich hatte erwartet, dass ich, wenn überhaupt, alte Leute antreffe, aber meine Mutter war ja sehr jung, als sie mich bekam, und meine Großeltern sind überhaupt noch nicht alt. Catherine ist ehrenamtlich in der Bücherei tätig, und Vincent ist ebenfalls fit und gesund. Sie beide stecken noch voller Energie. Nicht, dass es eine Rolle spielt, aber …" Wieder tupfte sie sich die Augen und unterbrach einen Moment, um sich zu fangen.

„Haben Sie mit Ihnen gesprochen?", fragte Imogen und legte eine Hand auf Clarissas Schulter. „Über früher?"

„Oh ja. Da gab es gar kein Halten mehr", sagte Clarissa.

„Hatten die beiden …?", begann Imogen.

„Je nach mir gesucht?“, fragte Clarissa. Sie nickte. „Ja, sie haben gesucht. Sie fühlen sich furchtbar wegen dem, was passiert war, was sie getan hatten. Und das so sehr, dass sie, als ich ihnen erklärte, wer ich bin, mich hereinbaten und zunächst gar nichts sagten. Wir saßen schweigend in ihrem Wohnzimmer. Bis mir klar wurde, dass sie darauf warteten, dass ich etwas sagte, vielleicht wütend wurde. Doch als ich ihre Gesichter sah – sie waren beide den Tränen nahe –, empfand ich keine Wut, überhaupt nicht. Sie erzählten mir, dass sie immer gedacht hätten, meine Mutter würde irgendwann zurückkommen. Ihnen war sehr schnell bewusst geworden, wie falsch sie sich verhalten hatten, schon kurz nachdem sie weg war. Ich glaube, ihnen war aufgegangen, dass, ganz gleich, was ihre Tochter getan hatte, sie sie auf keinen Fall verlieren wollten. Die Frau des Mannes – meines Vaters – hatte damals alles herausgefunden und war verzweifelt. Sie titulierte meine Mutter mit den wüstesten Schimpfwörtern, und meine Großeltern waren geschockt und beschämt. Es war ein Fehler, meine Mutter wegzuschicken.“

„Haben Sie ihnen erzählt, was wirklich geschehen war? Dass Ihre Mum dem nie zugestimmt hatte?“

Clarissa runzelte die Stirn, und in ihren Augen war ein tiefer Schmerz zu erkennen. „Nein“, sagte sie. „Nein, das konnte ich nicht. Es wäre schrecklich für sie, das zu erfahren. Ich finde es für mich schon schwer genug auszuhalten – aber sie haben all die Jahre neben dem Mann gewohnt. Irgendwann werde ich es ihnen wohl trotzdem erzählen müssen, denn es ist wichtig, dass sie die Wahrheit erfahren.“

Instinktiv legte Evie einen Arm um Clarissa, und sie schien es dankbar anzunehmen.

„Selbstverständlich. Es ist eine schreckliche Situation. Aber die beiden hatten nach Ihnen gesucht?“, fragte Imogen.

„Sie waren in der Elderberry Avenue und fragten nach

Mum, doch Vivien hat ihnen nicht verraten, wo wir waren, weil sie das meiner Mutter versprochen hatte. Das Einzige, was sie ihnen erzählt hat, war, dass das Baby – ich – ein Mädchen war. Wie es sich anhörte, hatte sie Mitleid mit ihnen und hat ihnen zumindest so viel gesagt."

„Aber sie haben Sie nie aufgespürt?"

„Meine Mutter hat ein Jahr später geheiratet, und ich nahm den Namen meines Stiefvaters an. Ich glaube, ein Teil von ihr war froh, ihren Namen los zu sein, aber in ihrem Tagebuch klang es, als hätte es ihr damals das Herz gebrochen. Und dann starb sie viel zu jung. Irgendwie wussten sie davon. Vielleicht hätten meine Großeltern – wie seltsam es ist, das auszusprechen – gründlicher suchen können. Ich weiß es nicht. Aber vielleicht haben sie auch akzeptiert, dass sie nicht gefunden werden wollte."

„Und jetzt, da Sie sich gefunden haben, wollen Sie sich wiedersehen?", fragte Imogen hoffnungsvoll.

„Oh ja", sagte Clarissa strahlend. „Es ist schon abgemacht. Ich treffe sie nächste Woche zum Tee. Und Anfang September kommen sie mich in London besuchen. Und für mich wird es Zeit, nach Hause zu fahren, nicht wahr?"

Imogen lächelte.

„Ich kann Ihnen gar nicht genug danken, Imogen", sagte Clarissa. „Sie haben geholfen, das möglich zu machen!"

40. Kapitel

„*Buon giorno*“, sagte Maria strahlend, als sie ins Eiscafé kam.

„*Buon giorno*“, antwortete Anna. Sie freute sich, ihre Italienisch-Lehrerin zu sehen. „Darf ich Ihnen etwas zu trinken anbieten?“

„Ich kann nicht lange bleiben. Eigentlich wollte ich mich nur erkundigen, wie es Carolina geht. Haben Sie etwas Neues gehört?“

„Ihr geht es viel besser, danke. Und tatsächlich gab es gestern sehr gute Neuigkeiten. Carolina darf nach Hause.“

„Das freut mich sehr“, sagte Maria. Sie stellte eine Pralinenschachtel auf den Tresen. „Die sind für Carolina. Bloß eine Kleinigkeit, aber ich finde, dass Schokolade oft hilft.“

„Danke, das ist wirklich nett von Ihnen.“ Anna nahm die Pralinenschachtel und legte sie zu den Karten, die Stammkunden aus der kleinen Stadt für Carolina abgegeben hatten.

Im Eiscafé hatten sich die Dinge seit dem Unfall wieder etwas normalisiert. Matteo, der so blass und eingefallen gewirkt hatte, war wieder mehr er selbst. Die Mittagszeiten und Abende hatte er seine Schwester besucht, hatte ihr frisches Obst und ihre Lieblingsrätselhefte gebracht. Er sagte, dass es ihr bei jedem Besuch besser zu gehen schien.

„Es muss eine sehr schwere Zeit für Sie alle gewesen sein“, sagte Maria mitfühlend.

„Die war es, ja, aber sie sind eine starke Familie.“

„Keine Widerrede, du wohnst bei uns“, sagte Matteo, als er Carolinas Sachen hinten ins Taxi lud. „Stimmt's, Anna?“

„Und ob!“, bestätigte Anna. „Und ein Nein lassen wir nicht gelten. Du brauchst Zeit, um richtig gesund zu werden. Bald darfst du wieder ins Sommerhaus – ich weiß, dass du dringend da hinwillst. Aber die nächsten Tage musst du umsorgt werden, und dafür ist deine Familie da.“

„Ihr zwei fahrt im Taxi“, sagte Elisa. „Ich möchte gerne kurz mit Anna reden.“

Matteo sah Anna fragend an. „Fahr ruhig“, sagte sie stumm zu ihm. Elisa zog sie weg vom Krankenhausgebäude in den Park. Dort setzten sie sich auf eine Bank. Annas Herz schlug sehr schnell.

Elisa nahm ihre Hand. „Es tut mir leid, Anna“, sagte sie leise. Die tiefen Falten um ihre Augen verrieten, wie gestresst sie war, aber ihre braunen Augen, die Matteos so ähnlich waren, wirkten offener, vertrauensvoller als zuvor.

„Was?“, fragte Anna.

„Du weißt, was ich meine“, sagte sie kopfschüttelnd. „Du musst nicht höflich sein. Ich habe dir das Leben nicht leicht gemacht.“

„Ich weiß, dass du Bella liebst, und das hast du immer gezeigt.“

„Ja, tue ich – und habe ich. Aber was ich nicht genügend gezeigt habe, meine Liebe, ist, dass mir auch an dir viel liegt.“

Anna merkte, wie in ihr die Gefühle aufwallten. Sie war inzwischen so an die unterschwellige Verachtung gewöhnt, die Elisa ihr immer entgegengebracht hatte, dass sie überrascht war, wie anders sich das jetzt anfühlte.

„Wir werden uns sicher nicht immer in allem einig sein“, sagte Elisa. „Und ich verstehe immer noch nicht, wie du deine Wünsche über …“ Anna kniff die Lippen zusammen, und Elisa reagierte, indem sie eine Hand hob. „Entschuldige, das meinte ich nicht. Was ich sagen will, ist, dass diese Dinge vielleicht nicht ganz so wichtig sind, wie ich dachte. Denn du hast gezeigt, dass du zur Familie gehörst, Anna."

Sie blickte Anna direkt in die Augen. „Du warst für Carolina da, hast ihr zugehört, als sie jemanden zum Reden brauchte."

„Ich bin froh, dass sie mir so sehr vertraute", sagte Anna ehrlich.

„Die Zeiten haben sich geändert, und das ist manchmal schwierig für mich. Carolina hat sich entschieden, ihre Ehe zu beenden, und Matteo sagt mir, dass ich das akzeptieren muss. Ich hatte mich in Filippo getäuscht, das erkenne ich jetzt. Dennoch, wäre sie zu mir gekommen und hätte mir erzählt, dass sie schwanger ist, ich hätte darauf bestanden, dass sie zu ihm zurückgeht."

Anna nickte und hörte zu.

„Deshalb hat sie mir nichts gesagt", fuhr Elisa fort und senkte den Blick. „Ich dachte, ich würde meine Tochter kennen. Ich hatte geglaubt, ihr nahe zu sein, doch sie hielt etwas so Wichtiges geheim. Das tut weh, aber ich bin unendlich dankbar, dass sie noch hier ist. Dass es ihr gut geht. Und dass sie eine Freundin hatte, mit der sie reden konnte und die ihr guten Rat gab. Und das warst du."

„Sie liebt dich", sagte Anna. „Sie hatte nur Angst, dass du sie verurteilst."

„Und zu Recht. Ich wünschte, es wäre anders, aber das ist es nicht. Und ich erkenne, dass nicht sie sich ändern muss, sondern ich."

In der Zeit seit Carolinas Unfall, den langen, koffeingestärkten Stunden des Wartens im Krankenhaus, vereint in dem verzweifelten Wunsch, positive Neuigkeiten von den Ärzten über die Person zu hören, die sie alle von Herzen liebten, hatte sich etwas in Anna verändert. Matteos Familie war nicht mehr nur seine, sondern jetzt auch wirklich *ihre* Familie geworden.

Und irgendwo auf dem Weg war die Distanz, von der Anna gedacht hatte, sie könnte Matteo und sie auseinanderreißen, verschwunden.

In der Wohnung klappte Anna die Schlafcouch im Wohnzimmer für Matteo und sie aus.

„Deine Mutter hat sich eben bei mir entschuldigt", erklärte sie ihm.

„Hat sie?"

„Ja, und sie war eigentlich sehr freundlich." Seit dem Gespräch mit Elisa hatte Anna das Gefühl, dass ihr ein Gewicht von den Schultern genommen worden war und sie jetzt endlich ein Teil der Bonomi-Familie sein konnte.

„Da bin ich wirklich sehr froh", sagte Matteo und nahm ihre Hand. „Ich weiß, dass du sehr viel Geduld aufbringen musstest, Anna. Und das war auch meine Schuld. Du bist so gut zu uns allen."

„Weil ich dich liebe, deshalb", entgegnete Anna lächelnd. „Und ich bin von mir selbst genervt, dass ich daran gezweifelt habe."

Er drückte ihre Hand, und für einen Moment gab es nur sie beide.

„Ich muss Carolinas Zimmer bereit machen", sagte Anna schließlich und löste sich widerwillig von ihm.

„Ja. Danke."

Sie ging, um das Bett im Schlafzimmer frisch zu beziehen, wo Carolina erst mal schlafen sollte. Während sie die Kissen aufschüttelte, saß Carolina im Sessel am Fenster und hielt ein Glas mit frischem Zitronenwasser in den Händen, das ihr Bruder ihr gebracht hatte.

„Danke hierfür, Anna", sagte sie leise. Sie täuschte keine Stärke mehr vor, sondern zeigte ihre Verwundbarkeit. „Ich habe übrigens mit ihm geredet. Filippo rief an, als ich im Krankenhaus war. Er hat es nicht mal geschafft, persönlich zu kommen.“ Sie lächelte verbittert und schüttelte den Kopf. „Natürlich nicht. Das wäre viel zu weit für ihn gewesen ... Keine Sorge, ich fange nicht davon an. Wenn mich die letzte Woche eines gelehrt hat, dann ist es, dass ich nach vorn blicken muss, nicht zurück. Ich darf nicht mehr wütend sein und meine Energie verschwenden. Ach was, ich hätte die Kraft nicht mal, wenn ich wollte.“ Trotz ihrer offensichtlichen Verzweiflung lachte sie.

„Für Verbitterung ist keine Zeit“, fuhr sie fort. „Ich habe jetzt begriffen, wie kurz das Leben ist – kann es fühlen. Ich bilde mir ein, sogar das weiße Licht gesehen zu haben. Kannst du dir das vorstellen, Anna? Es war völlig irre. Zu wissen, dass ich dem Tod so nahe war. So kurz davor, dass ich mich beinahe für ihn entschieden hätte. Ich hätte zugreifen und mich von dem hier verabschieden können. Und, glaub mir, es gab Zeiten in meiner Ehe, die so finster waren, dass ich es lieber getan hätte, als weiterzuleben. Schon vor dem Unfall war mir bewusst, dass ich die Macht habe, mich für das Leben oder dagegen zu entscheiden. Was ich sagen will – und viel umständlicher hätte ich es wohl kaum anstellen können –, ist, dass ich dem Tod sehr nahe war. Eigentlich hätte ich mich einsam fühlen müssen, aber das tat ich nicht. Keine Sekunde.“ Sie legte eine Hand auf ihren Bauch und sah Anna an. „Also habe ich Filippo gesagt, was los ist.“

„Hast du? Und wie hat er reagiert?“

„Ich glaube, er ist geschockt. Er sagt, dass er Zeit braucht, um damit klarzukommen. Aber er wollte nie Kinder, und sicher wird er seine Meinung jetzt nicht ändern.“

„Bist du damit einverstanden?“, fragte Anna.

„Ich denke, ja. Von jetzt an heißt es, ich und das Baby. Und es mag nicht ideal sein, aber es ist in Ordnung. Es war nicht gut für mich, ihn in meinem Leben zu haben, Anna. Und ich glaube, für das Baby wäre es das auch nicht.“

Anna setzte sich auf die Bettkante und sah ihre Schwägerin an. „Du wirst nicht allein sein", sagte sie. Einerseits hatte sie das Gefühl, es sagen zu müssen, andererseits wurde ihr, noch während sie die Worte sagte, bewusst, dass sie stimmten. Nach wie vor war sie innerlich gespalten, nur ging es hier nicht um sie. Matteo würde für seine Schwester da sein wollen und dafür sorgen, dass sie alles hatte, was sie brauchte. „Ich weiß nicht, wo wir langfristig leben werden, ob hier oder in England, aber wir werden für dich da sein."

„Danke." Carolina legte ihre Hand auf Annas. Ihre Haut war so viel dunkler als Annas, und der türkise Stein in ihrem Silberring leuchtete selbst im gedämpften Schlafzimmerlicht. „Das weiß ich wirklich sehr zu schätzen. Und selbstverständlich werde ich in Siena auch meine Eltern haben. Meine Mutter ist ein bisschen schwierig", ergänzte sie mit einem viel sagenden Lächeln, „doch sie ist ohne Frage eine hingebungsvolle Großmutter. Zwar hätte sie es lieber, die Umstände wären andere, aber ich weiß, dass sie und Dad für uns da sein werden."

„Ich rede mit Matteo. Gewiss wird er ...", begann Anna und brach ab. Sie konnte nichts versprechen. Dafür war es zu früh.

„Ihr müsst tun, was für euch beide das Richtige ist, und dürft eure Pläne nicht von meiner Situation beeinflussen lassen." Anna nickte. Sie sah, dass Carolina müde wurde.

„So, jetzt lasse ich dich mal schlafen", sagte Anna und strich Carolina übers Haar. „Falls du etwas brauchst, sag einfach Bescheid."

Anna und Matteo saßen auf dem Balkon. Es war früher Abend und noch reichlich Leben auf dem Platz, doch in ihrer Wohnung war endlich Ruhe eingekehrt. Bella schlief, und Carolina las in ihrem Zimmer.

„Es fühlt sich gut an, sie hierzuhaben“, sagte Matteo. „Auf sie aufpassen zu können und sie in Sicherheit zu wissen.“

„Sie ist sehr stark. Die Ärzte sagten, dass sie mit einer schnellen Genesung rechnen. Aber mit dem Baby muss sie es natürlich ruhig angehen.“

„Das Baby, ja. An den Gedanken muss ich mich noch gewöhnen. Carolina wird Mutter! Doch ich weiß, dass sie eine wunderbare Mutter sein wird.“

„Das glaube ich auch!“, stimmte Anna ihm zu.

„Sie war immer schon fürsorglich. Und sie wird prima zurechtkommen – ohne Filippo erst recht. Ich habe keine Ahnung, was er vorhat, und Carolina meinte, dass ich mich raushalten soll, was wahrscheinlich auch gut so ist. Ginge es allerdings nach mir, tja …“ Seine Züge verhärteten sich, als er an den Mann dachte, der seiner Schwester das Herz gebrochen hatte.

„Sie ist durchaus in der Lage, ihr Leben selbst auf die Reihe zu bringen. Das weißt du doch, oder?“, fragte Anna.

„Ja“, antwortete er. „Es ist nur schwer, mit alten Gewohnheiten zu brechen. Sie mag älter sein als ich, trotzdem ist es mein Job, sie zu beschützen.“

„Wir sind alle hier, um sie zu unterstützen. Das Baby wird sehr viel Liebe bekommen.“

41. Kapitel

Die Füße auf dem Sofa, tippte Imogen eine E-Mail an ihre Schwester.

An: annaliebtamaretto@gmail.com
Re: Vergiss mich jaaaa nicht

Hi, Anna
Ich bin SO froh zu hören, dass Carolina sich gut erholt und mit der Schwangerschaft alles gut läuft. Ihr müsst schreckliche Angst gehabt haben. Hoffentlich bringt Bella euch weiterhin zum Lächeln und knuddelt euch alle gebührend. Oh, wie ich das vermisse!

Ich habe B. ein kleines Päckchen geschickt – ein Spielzeug für den Strand. Erinnerst du dich, wie wir früher mit Granny V am Wasser Drachen steigen ließen? Ich fand, das sollte sie auch mal probieren – immerhin ist es McAvoy-Tradition.

Du hast gefragt, wie es hier läuft. Mit einem kleinen Stups konnte ich Evie dazu bringen, an Luigi zu schreiben … und ihm einige Fotos von ihr zu schicken, die ich gemacht habe und auf denen sie RICHTIG TOLL aussieht. Jetzt liegt es also bei dir, die weiteren Fortschritte dort zu beobachten.

Das Gästehaus ist immer noch ausgebucht. Fantastisch, was? Onkel Martin ist selig. Und übrigens ist auch Clarissas Zimmer wieder anderweitig belegt. Sie ist nach London zurück, kommt aber oft an den Wochenenden, um ihre Großeltern zu besuchen. Letzte Woche waren sie zusammen im Gästehaus zu Besuch, denn Clarissa wollte, dass sie sich ansehen, wie es heute aussieht, und Martin und mich kennenlernen. Da ging es mächtig sentimental zu! Sogar Martin bekam feuchte Augen. Vincent und Catherine sind warmherzige, liebenswerte Menschen, und Clarissa wirkt so viel glücklicher, seit sie die beiden kennengelernt hat.

Und ich? Tja, ich bin auch aus dem Gästehaus ausgezogen. Es hatte sich etwas anderes ergeben, sodass ich allmählich wieder auf die Füße komme.

Imo xx

„Unser Tee ist alle", sagte Lauren zu Imogen und schwenkte die leere Packung.

„Okay, ich gehe welchen besorgen." Imogen schwang die Beine vom Sofa und schlüpfte in ihre Flip-Flops.

„So?"

Lauren beäugte Imogens Pyjamahose und das Kapuzenshirt.

Imogen zuckte mit den Schultern. „Wieso nicht? Ich gehe doch bloß quer über die Straße."

Sie waren in der Wohnung über dem Fotostudio, die Imogen sich seit Kurzem mit Lauren teilte. Imogen hatte das Gästezimmer gemietet, das Lauren bis dahin nur als Abstellraum genutzt hatte, und sich dort ein Schlafsofa aufgestellt. Lauren konnte die Mieteinnahme gut gebrauchen, und Imogen wollte aus dem Gästehaus raus, wo ihre Eltern alle paar Tage reinschneiten, um nach ihr zu sehen.

„Kannst du auch gleich die Zeitung mitbringen?", fragte Lauren. „Dann wäre auch ein Bacon-Sandwich für dich drin."

„Klar", sagte Imogen. Sie beide waren am Abend zuvor in einer Bar gewesen und heute Morgen ein bisschen angeschlagen.

Draußen herrschte strahlender Sonnenschein. Imogen fädelte sich zwischen den frühen Einkäufern hindurch zum Zeitungsladen gegenüber, wo sie eine Zeitung und eine große Packung Teebeutel kaufte. Sicherheitshalber nahm sie auch noch eine Packung Kekse mit Marmeladenfüllung mit.

Als sie aus dem Laden trat, ging Finn draußen vorbei. Er sah zu ihr, und ihre Blicke begegneten sich. Dann kam er herüber. Imogens Herz raste, und sie hoffte inständig, dass er nicht nach unten zu ihrer Pyjamahose sah.

„Kekse zum Frühstück?", fragte er.

„Laurens Lieblingssorte", sagte sie und zeigte zur Wohnung hinauf. „Wir müssen heute noch jede Menge Bilder bearbeiten, da dachte ich mir, dass wir ein bisschen Nervennahrung brauchen."

„Wohnst du jetzt da?", fragte Finn.

„Ja, in Laurens Gästezimmer. Es ist in Ordnung." Sie zuckte mit den Schultern.

Finns Augen glänzten, und er senkte den Blick. „Es sind noch einige Sachen von dir bei mir – Klamotten, DVDs, Küchenkram. Soll ich sie dir vorbeibringen, wo du jetzt etwas Dauerhaftes hast?"

Sie war unsicher, ob das Trauer war, die sie in seiner Stimme wahrnahm, oder eher der Anflug von Endgültigkeit. Solange sie seine Augen nicht sah, konnte sie es nicht einschätzen.

„Ist gut", sagte sie, und ihre Stimme kippte ein wenig. „Danke, das ist sehr nett. Wie geht es in der Surfschule?"

„Sehr gut. Es ist alles fertig. Der Laden hat letzte Woche eröffnet."

„Wirklich? Dann ging es zum Schluss ja richtig schnell."

„Weniger Ablenkung, schätze ich", sagte er achselzuckend.

Obwohl sein Tonfall sehr ruhig war, trafen seine Worte sie wie ein Hammer. Er fing schon an, die Vorzüge des Lebens ohne sie zu erkennen, frei von dem Auf und Ab, dem ständigen Drama, das sie mit sich herumschleppte.

„Hör mal, ich …“

Er schüttelte den Kopf. „Lass uns nicht davon anfangen“, fiel er ihr ins Wort.

„Nein, okay. Tja, falls du heute Abend zu Hause bist, komme ich vorbei und hole meine Sachen.“

„Ich bin da“, sagte Finn.

Als Imogen die Wohnungstür oben aufschloss, liefen ihr heiße Tränen über die Wangen. Das war's also. Zwischen Finn und ihr war es wirklich aus.

„Kommen Sie hier rüber, zu dem Rosenbäumchen“, sagte Imogen und führte das Brautpaar hin. Es war Samstag und eine Woche vergangen, seit sie ihre Sachen bei Finn abgeholt hatte.

Sarah, die Braut, stolperte über etwas und ihr frisch angetrauter Mann half ihr, das Gleichgewicht wiederzufinden, indem er sanft ihre Taille umfing. Dabei sahen sie einander an, und Imogen erkannte das Vertrauen und die Zuneigung zwischen den beiden.

„So bleiben! Das ist gut“, sagte sie und fotografierte die beiden.

Das Paar lachte gemeinsam, während Imogen eine Aufnahme nach der anderen machte. Weg von den Hochzeitsgästen, war ihre Liebe zueinander deutlich zu erkennen. Es war, als sei Imogen gar nicht da, und genauso wollte sie es. Als sie die Fotos im Kasten hatte, ging sie mit dem Paar zurück zur Hochzeitsgruppe.

„Darf ich fragen, wie Sie beide sich kennengelernt haben?“

Sie wechselten einen Blick, und wortlos schienen sie sich zu einigen, dass sie ihr ihre Geschichte erzählen wollten.

„Im Brighton General Hospital.“

„Arbeiten Sie da?“, fragte Imogen.

„Ich ja, ich bin Pfleger", sagte Joe. „Sarah war nur zu Besuch dort."

„So kann man es auch sagen." Sarah lächelte, wandte sich zu Imogen und erklärte: „Ich hatte gerade erfahren, dass ich schwer erkrankt war."

Imogen wurde rot. „Tut mir leid. Ich hätte nicht fragen dürfen."

„Sie müssen sich nicht entschuldigen", sagte Sarah und ergriff die Hand ihres Mannes. „Ich lernte Joe kennen, als ich am Boden war, und er hat mich wieder aufgerichtet."

„Wir haben sie wieder glücklich gemacht."

„Und zwei Jahre später bin ich immer noch hier, und wir sind verheiratet."

Imogen sah die beiden an, die so zufrieden und froh miteinander waren. „Da haben Sie eine Menge zu feiern", sagte sie leise.

„Ja, das finden wir auch", pflichtete Sarah ihr bei.

Am Nachmittag fotografierte Imogen die Verwandten und Freunde des Brautpaars im Garten des Brighton Pavillon. Sie hatten die Chance auf Glück genutzt und sich darauf eingelassen. Eine Heirat ist nicht nur eine Show, dachte Imogen. Sie ist so viel mehr als das.

42. Kapitel

„Hier kommen die Mandarinen-Sorbets“, sagte Matteo und schob die Eise über den Tresen den wartenden Kunden hin.

„Die sehen köstlich aus“, schwärmte die Frau, schob ihre Sonnenbrille nach oben in ihr Haar und kostete. „Wissen Sie eigentlich, dass man an der ganzen Amalfi-Küste über Sie spricht? Wir haben in einem Hotel oben in Positano gewohnt, und alle anderen Gäste sagten uns, dass wir unbedingt herkommen sollen.“

„Vielen Dank, das hören wir gern“, sagte Anna. „Wir sind hier noch ganz neu, und es ist immer schön, Feedback zu bekommen.“

„Wir haben nur Lobendes gehört.“

Sie setzte sich mit ihrem Freund an einen der Tische draußen, und im Café wurde es wieder still. Anna drehte sich zu Matteo um. „Denkst du, dass wir es geschafft haben?“

„Beschrei es nicht!“ Matteo legte die Arme um sie und küsste ihren Hals. „Warten wir lieber, bis der Tag vorbei ist.“

„Es ist nett, dass deine Mum heute Bella mit auf den Markt genommen hat. So ist es hier einfacher.“

„Du weißt doch, dass es sie überglücklich macht.“

„Ja, trotzdem bin ich ihr dankbar. Und ich habe das Gefühl, dass es zwischen uns sehr viel entspannter ist.“

„Sie hat großen Respekt vor dir. Ich wünschte, das hätte sie von Anfang an deutlicher gezeigt, aber wenigstens habt ihr am Ende einiges geklärt.“

„Gut Ding braucht Weile, heißt es doch so schön“, sagte Anna. „Ich musste Carolina übrigens ausreden, mit ihnen zu gehen. Deine Schwester versteht irgendwie nicht, was mit ‚Ruhe halten' gemeint ist."

„Dann muss sie es wohl oder übel lernen. Die Ärzte haben gesagt, dass sie es noch mindestens einen Monat ruhig angehen muss, eventuell noch länger, je nachdem, wie sich die Schwangerschaft weiterentwickelt."

„Ich besorge ihr ein paar Bücher. Sie sagt immer, dass sie alles von Jane Austen lesen will, und jetzt hat sie keine Ausrede mehr."

Matteo zog Anna dicht an sich und strich ihr das Haar aus dem Gesicht. „Ich bin froh, dass ich dir begegnet bin, Anna McAvoy."

„Ich auch, und nicht zuletzt, weil du das beste Cappuccino-Eis machst, das ich kenne. Aber natürlich auch wegen einiger anderer Sachen." Sie küsste ihn, und das Drama der letzten Wochen, das sie so vollständig eingenommen hatte, schien davonzuschweben.

„Und wie sieht es bei euch aus?", fragte Anna. „Ich weiß ja nicht, was ihr ausgeheckt habt, aber Luigi strahlt seit Tagen von einem Ohr zum anderen."

„Hervorragend!", sagte Imogen. „Und ich habe nichts ausgeheckt, sondern unterstütze Evie bloß bei der Kommunikation."

„Auf jeden Fall hat es einiges bewirkt. Luigi hat Matteo und mir gestern zum Abendessen eine Karaffe von seinem besten Wein spendiert."

„Zuerst wollte sie nicht so recht. Ich schätze, sie hat sich mit den Jahren sehr an das Alleinsein gewöhnt und auch Angst, alte Wunden aufzureißen, wieder verletzt zu werden. Aber nach der ersten Antwort von Luigi kam sie strahlend ins Café, völlig verzückt. Ach ja, und ich habe sie bei Skype angemeldet und dann …"

„Durch den Türspalt spioniert?“, fragte Anna.

„Nein! Also bitte, Anna, ich habe mich taktvoll in die Küche zurückgezogen. Von da habe ich rein zufällig das eine oder andere gehört.“

„Ha! Raus damit!“

„Nun, sagen wir, ich denke, dass da noch sehr viele Gefühle sind. Und noch nie habe ich Evie so lachen gehört.“

„Das ist klasse. Und wie geht es jetzt weiter?“, fragte Anna.

„Jetzt müssen wir sie natürlich nach Italien kriegen.“

„Stimmt, ja. Ich glaube nicht, dass Luigi noch überredet werden muss. Mein Eindruck ist eher, dass er es nicht erwarten kann, sie zu sehen.“

„Ich bin per Zufall über einige bezahlbare Flüge nach Neapel gestolpert“, sagte Imogen, „und habe ihr alles ausgedruckt. Also solltest du Luigi vielleicht Bescheid geben, dass er sich seinen Kalender freihält.“

43. Kapitel

Einige Zeit später saßen Imogen und ihre Eltern an einem Sonntagnachmittag im Wohnzimmer des Gästehauses, wo durchs Fenster Sonnenstrahlen auf den Perserteppich und Viviens geliebten grünen Sessel fielen. Hepburn lag zusammengerollt neben Imogen auf dem Sofa, und sie kraulte ihn sanft hinter den Ohren.

„Also ist es wirklich wahr, was ich gehört habe? Evie ist unterwegs nach Italien?“, fragte Jan, die große Augen machte.

„Geradewegs nach Sorrent, erster Klasse“, erzählte Imogen. „Sie meinte erst, dass sie im Laden gebraucht würde, aber so leicht habe ich sie nicht vom Haken gelassen. Ich übernehme ein paar Tage und Laurens Freund Callum den Rest.“

„Na, ich hoffe für sie, dass alles gut geht“, sagte Jan. „Wie aufregend, findest du nicht auch, Tom?“

„Ich hatte schon immer das Gefühl, dass wir bei ihr noch mit einigen Abenteuern rechnen dürfen. Vielleicht ist dies das nächste“, antwortete er.

„Ich bin optimistisch“, sagte Imogen. „Und im Moment liegt anscheinend einiges an Liebe in der Luft.“ Sie nickte hinüber zur Küche, wo Clarissa und Martin miteinander lachten, als sie Tee für die Familie zubereiteten. „Sie ist übrigens wieder ausgezogen – zurück nach London“, flüsterte Imogen. „Wovon man allerdings nicht viel merkt, denn sie verbringt jede freie Minute hier. Ich bin ziemlich sicher, dass sie nicht nur wegen ihrer Großeltern so oft herkommt.“

„Sie macht einen netten Eindruck“, bemerkte Jan und sah hinüber zu Clarissa.

„Sie ist reizend“, sagte Imogen. „Da hat er eine gute Wahl getroffen. Und sieh ihn dir an – er kann gar nicht aufhören zu lächeln. Vor allem ist sie eine enorme Verbesserung gegenüber Françoise.“

„Aber Imogen, nicht so bissig“, schalt Tom sie.

„Na, stimmt doch“, sagte Jan schmunzelnd.

„Ihr seid beide unmöglich“, stellte Tom kopfschüttelnd fest.

„Er hat es aber nicht geleugnet“, sagte Imogen, und ihre Mutter lachte. „Also, was habt ihr zwei vor? Womit wollt ihr euch jetzt beschäftigen, wo hier alles getan ist?“

Jan überlegte kurz, ehe sie antwortete. „Tja, dein Dad hat seine Skulpturen, ich mache ein bisschen wohltätige Arbeit …“

„Ach, jetzt komm schon!“, spottete Imogen. „Das kann ja wohl alles noch warten. Evie ist von jetzt auf gleich weggeflogen, und Anna hat alles stehen und liegen gelassen, um nach Italien zu ziehen. Wann wollt ihr beide euer großes Abenteuer starten? Oder habt ihr etwa die ganzen Jahre für nichts gearbeitet?“

„Da hat sie nicht ganz unrecht“, sagte Tom.

„Es war nicht für nichts, sondern für unsere Familie“, widersprach Jan.

„Weiß ich doch“, sagte Imogen. „Und wir sind euch auch sehr dankbar und alles. Aber Anna und ich sind jetzt beide erwachsen. Ihr verdient eine richtige Auszeit.“

Tom und Jan sahen einander an. „Na ja, darüber habe ich eigentlich nie nachgedacht“, gestand Jan. „Ich bin von jeher ein häuslicher Typ, wie du weißt, Imogen.“

„Das Leben ist kurz, Mum. Doch es ist nie zu spät, sich zu verändern.“

In Sommerkleid und Sandalen betrat Evie das Eiscafé, einen Rollkoffer hinter sich herziehend. Ihre Wangen waren rosig, und sie sah jünger aus als bei ihrem Abflug.

„Da bist du ja wieder!", rief Imogen begeistert und legte den Eisportionierer ab, den sie in der Hand gehabt hatte.

„Hier bin ich", sagte Evie. „Und was für eine Reise das war!"

„Komm her und erzähl mir *alles* sofort!" Imogen rückte ihr einen Stuhl hin.

Seit Evie nach Italien abgereist war, hatte Imogen fast ununterbrochen an sie gedacht. „Ich habe versucht, irgendwas aus Anna herauszuquetschen, aber sie meinte beharrlich, ich solle warten, bis du es mir selbst erzählst."

„Es war wunderbar, deine Schwester dort zu sehen", sagte Evie. „Sie und Matteo waren so freundlich, und das Eis in ihrem neuen Café war köstlich. Die kleine Bella hat sich offenbar auch schon richtig gut eingelebt."

„Ja, das ist ja alles nett, aber …"

Evie lachte, weil Imogen ihre Neugier nicht bändigen konnte. „Ich habe das Gefühl, dass es noch etwas anderes gibt, was du wissen willst."

„Na, selbstverständlich! Meine Fantasie dreht schon völlig durch."

„Tja, dann erlöse ich dich mal aus deinem Elend. Ich habe Luigi getroffen, und es ging gut. Sehr gut, um genau zu sein."

„Klasse!" Imogen musste sehr breit grinsen.

„Ich denke, Luigi war sogar noch nervöser als ich, sofern das möglich war. Aber in dem Moment, in dem wir uns sahen – nun ja, es war alles wieder da." Evies Augen funkelten vor Freude. „Plötzlich war es, als wäre alles erst gestern gewesen. Und dass wir vorher schon am Computer reden konnten – dank dir –, machte es alles viel leichter."

„War er so, wie du ihn in Erinnerung hattest?", fragte Imogen.

„Er ist älter und grauer, versteht sich, aber es steht ihm. Ich muss zugeben, dass ich mich gefragt hatte, was er von mir hält, so wie ich jetzt bin – aber, na ja …“ Sie wurde ein bisschen rot. „Meine Sorge war unbegründet.“

„Das ist fantastisch!“, sagte Imogen aufgeregt. „Ich bin so stolz auf dich, dass du hingereist bist.“

„Ich kann mich nicht entscheiden, ob es das Verrückteste oder Vernünftigste war, was ich je gemacht habe, aber eines von beidem. Jedenfalls war es das wert.“

„Warst du nicht versucht, länger zu bleiben?“

„Doch, war ich“, sagte Evie.

„Und warum bist du nicht?“

„Ich wollte nach Hause und sehen, wie ich mich fühle. Nach so einem Wiedersehen hat man eine Menge zu verarbeiten. Es fühlte sich ein bisschen zu gut an, um wahr zu sein. Jetzt haben wir eine reelle Chance, zusammen zu sein, und die hatten wir nicht, als wir jünger waren.“

„Du willst dir sicherer sein.“

„Genau. Es ist so schön dort an der Amalfi-Küste, da lässt man sich leicht von der Romantik, der Landschaft, dem köstlichen Essen und dem Wein hinreißen.“

Imogen dachte daran, wie es mit Luca gewesen war, wie leicht man sich in Italien von der Atmosphäre allein verführen lassen konnte. Doch Evies Situation war eine völlig andere.

„Ich überstürze die Dinge ungern. Und ich will keine alte Närrin sein, Imogen.“

„Das halte ich auch für sehr unwahrscheinlich“, versicherte Imogen ihr. „Und er scheint es vollkommen ehrlich zu meinen.“

„Ja, tut er, nicht? Er ist aufrichtig, freundlich und charmant. Und wir hatten Spaß zusammen. Sehr viel Spaß. Mein Verstand sagt mir, dass wir uns mehr Zeit nehmen sollten, um uns kennenzulernen …“

„Aber dein Herz sagt, dass du so bald wie möglich wieder hinwillst.“

Evie nickte lachend. „Sag mir bitte noch mal, dass ich keine alte Närrin bin."

„Du *liebst* ihn", sagte Imogen vollkommen überzeugt. „Das ist wunderbar!"

Da war ein neues Leuchten in Evies Augen. „Jetzt mal ganz ruhig, Imogen", sagte sie. „Du wirst deiner Großmutter dieser Tage immer ähnlicher."

44. Kapitel

„Hier“, sagte Matteo und gab Anna eine Eiswaffel mit Schokoladen-Eis und Himbeer-Sorbet. „Deine Lieblingssorten.“

„Danke“, sagte sie und nahm das Eis. Sie hatten einen langen Abend hinter sich, das Café aufgeräumt, geputzt und für die kommende Woche geplant. Einzig der Gedanke an ein Eis hinterher hatte Anna bei der Stange gehalten.

Matteo nahm seinen Drink, einen Gin-Cocktail mit einer Kugel Zitronen-Sorbet. „Es ist so ein schöner Abend. Lass uns nach draußen gehen.“

Sie gingen hinaus auf den Platz und hockten sich auf die Kante des Springbrunnens. Es war fast Mitternacht, und so spät an einem Montag war es ruhig hier. Aus den hinteren Räumen des Luigi's drang noch mattes Licht, doch sonst waren alle Bars und Restaurants geschlossen.

Eine Weile aß Anna stumm ihr Eis und genoss die Stille auf dem Platz, genoss es, hier zu sein, neben Matteo, seine Nähe und seine Ruhe zu spüren.

„Es war kein leichter Sommer, was?“, fragte Matteo leise.

„Nein.“ Sie schüttelte den Kopf. „Nicht ganz der Urlaub, den wir uns beide vorgestellt hatten.“

„Aber es war auch fantastisch.“

Sie nickte und folgte seinem Blick zu dem Eiscafé, bis sie feststellte, dass er nicht zum Café, sondern hinauf zu dem Fenster sah, hinter dem ihre gemeinsame Tochter tief und fest schlief.

„Jeder Augenblick“, sagte sie.

„Ich habe eine Menge gelernt.“

„Was zum Beispiel?"

„Dass, was immer wir im Leben durchmachen, ich dich an meiner Seite will. Natürlich wusste ich das schon vorher, doch jetzt empfinde ich es viel tiefer." Er nahm ihre Hand. „Ich habe dich zum Weinen gebracht." Er wischte eine Träne von ihrer Wange.

„Aber vor Glück", sagte sie.

„Versprochen?"

„Ja. Und wie könnte ich unglücklich sein, wenn ich gerade das beste Eis der Welt esse?", ergänzte sie und leckte an ihrem Schokoladen-Eis.

„Ich liebe dich, Anna", sagte er und küsste sie.

Sie lehnte sich ein wenig zurück, blickte in seine braunen Augen und strich mit der Hand über die Bartstoppeln an seinem Kinn. „Und ich liebe dich."

Dann biss sie ein Stück von ihrer Eiswaffel ab.

„Übrigens solltest du die nicht ganz bis unten aufessen", warnte er.

Verwirrt sah Anna in die Waffel. Etwas glitzerte zart im schwachen Licht.

„Du verrückter Kerl!" Sie lachte und kippte die Waffel in ihrer Hand um. Ein Platinring mit einem Solitär-Diamanten funkelte im Mondschein, und Anna stockte der Atem. „Matteo!", flüsterte sie.

„Wollen wir es offiziell machen?", fragte er. „Sag mir, dass du mich zum glücklichsten Mann in Italien machst."

„Das hat nicht …", begann Anna zögernd.

„Es hat nichts mit meiner Mutter zu tun, falls du das denkst." Er lachte leise. „Es geht um dich und mich, unsere Familie, keinen sonst. Nichts sonst."

Bilder der letzten Jahre tauchten in Annas Kopf auf. Die Tage in Florenz, die E-Mails, der Moment, in dem Matteo im Viviens auftauchte und ihr Leben mit Glück füllte. Ja, sie hatten auch schwierige Zeiten gehabt, doch jetzt sah sie nur, dass er der Richtige für sie war und sie für immer mit ihm zusammen sein wollte.

„Ja“, sagte sie. „*Sì, sì* und *sì*!“

Er lachte. „Bist du sicher?“

„Absolut“, sagte sie.

Er steckte ihr den Ring an und küsste sie. „Danke.“

Am nächsten Tag riefen sie Annas Familie über den Laptop an.

„Habt ihr schon Pläne für Oktober?“, fragte Anna sie verlegen.

Imogen rümpfte die Nase. „Ich habe noch nicht mal Pläne für die nächste Woche“, antwortete sie finster.

Jan und Tom zuckten mit den Schultern. „Nichts, was sich nicht verschieben ließe“, sagte Jan. „Warum fragst du?“

„Ich denke, dann müsst ihr Flüge buchen“, sagte Anna strahlend.

„Anna hat eingewilligt, mich zu heiraten“, erklärte Matteo mit einem strahlenden Lächeln. „Und wir möchten euch sehr gerne alle dabeihaben.“

„Wow!“ Imogens Laune besserte sich sofort. „Das ist super! Gratuliere!“

„Danke. Ich hätte den Ring fast gegessen“, sagte Anna und hielt lachend ihre Hand vor die Kamera. „Er hatte ihn in meine Eiswaffel gesteckt.“

„Sehr romantisch!“ Jan lachte ebenfalls. „Wir freuen uns sehr für euch beide. Wird Bella das Blumenkind?“

„Ja“, antwortete Anna. „Und Imogen …“ Sie zögerte. Diesen Moment hatte sie sich schon unzählige Male vorgestellt, und sie wollte ihn auskosten. „Du wirst hoffentlich meine Brautjungfer.“

„Versuch mal, mich davon abzuhalten!“, sagte Imogen.

„Ich verspreche auch, dass ich mich mit dem pfirsichfarbenen Taft zurückhalte", versicherte Anna.

„Das geht alles ziemlich schnell, nicht?", fragte Jan. „Seid ihr sicher, dass ihr euch nicht ein bisschen mehr Zeit für die Planung nehmen wollt?"

Anna schüttelte den Kopf und sah Matteo an. „Wir sind sicher, dass wir es so wollen", antwortete er lächelnd. „Und wir möchten so bald wie möglich verheiratet sein."

„Ich finde das großartig", sagte Tom. „Und diese langen Verlobungszeiten habe ich sowieso noch nie verstanden. Außerdem habt ihr euch ja quasi schon verpflichtet, als ihr Bella bekommen habt, nicht wahr?"

„Ja, so sehen wir es auch", stimmte Anna ihm zu.

„Na, dann rechnet fest mit uns", sagte Tom.

„Und es macht euch auch nichts aus, dass wir hier heiraten und nicht zu Hause?", fragte Anna unsicher.

„Selbstverständlich nicht", sagte Jan. „Wir würden zum Mond reisen, wenn es sein müsste, um bei eurer Hochzeit dabei zu sein."

„Wir haben auch ein wunderschönes Hotel für euch", erklärte Matteo. „Nur wenige Minuten vom Veranstaltungsort entfernt, mit Swimmingpool, Spa und allem Drum und Dran. Ich schicke euch noch die Einzelheiten."

„Dir auch, Imogen", ergänzte Anna. „Sag mir nur Bescheid …" Sie verstummte.

„Ein Einzelzimmer reicht", sagte Imogen matt. „Und danke, das hört sich klasse an."

„Sie haben sich immer noch nicht versöhnt", flüsterte Jan dem Monitor zu.

„Mum!", fuhr Imogen sie an.

„Na, sie muss es doch wissen", verteidigte Jan sich. „Sie müssen schließlich planen."

„Das ist alles flexibel", sagte Anna, die Imogens Scham

ob der Reaktion ihrer Mutter mitfühlte. „Keine Sorge."

„Dann buchen wir lieber unsere Tickets", entschied Jan.

„Nochmals herzlichen Glückwunsch", sagte Tom. „Hoffentlich stoßt ihr heute Abend mit Schampus an."

„Und ob!", versicherte Matteo.

„Bye", sagte Imogen und winkte.

Anna und Matteo klappten den Laptop zu und sahen sich an. „Das ging doch gut", sagte Matteo, und sie küssten sich aufgeregt.

„Jetzt fühlt es sich noch realer an."

„Eine Familie geschafft, jetzt kommt die andere dran", entgegnete Matteo.

45. Kapitel

Imogen saß bei ihren Eltern in der Küche. Drei Wochen waren vergangen, seit Anna und Matteo ihre Verlobung bekannt gegeben hatten – und an die Hochzeit zu denken, war genau die Ablenkung, die Imogen derzeit brauchte. Ja, sie fotografierte immer noch Babys, und mit dem festen Einkommen hatte sie mittlerweile genügend für das Flugticket nach Italien angespart.

„Dein Dad und ich haben uns überlegt, dass wir mit dem Motorrad nach Sorrent fahren werden."

Jans Gesicht leuchtete vor Freude.

„Ist nicht dein Ernst", sagte Imogen. „Mum, du hast praktisch noch nie auf dem Ding gesessen."

„Na, dann wird es allmählich mal Zeit, finde ich", entgegnete Jan voller Stolz. „Es kommt nicht oft vor, dass wir solch einen guten Vorwand haben, nach Italien zu reisen. Das Motorrad deines Dads steht schon viel zu lange ungenutzt im Schuppen. Und so viel, wie er in den Sechzigern durch Asien gefahren ist, dürfte Europa ein Klacks für ihn sein. Am Wochenende fährt er mit mir Motorradkleidung kaufen."

„Sie will einen silbernen Helm!", ergänzte Tom. „Also müssen wir den auf jeden Fall noch kaufen."

„Mein Gott, ich hätte nie gedacht, dass ich das erleben würde!" Imogen lachte.

„Wir werden natürlich viele Zwischenstopps auf dem Weg durch Frankreich einlegen", sagte Jan. „Sodass es ein richtiger Urlaub wird. Immerhin haben wir lange auf den Ruhestand gewartet."

„Eine geniale Idee“, befand Imogen.

„Es wird spaßig, nicht wahr, Tom?“, fragte Jan und drückte seine Hand. Er nickte glücklich.

Imogen freute sich für die zwei. Und sie konnte nicht umhin, ein bisschen Wehmut und Bedauern zu empfinden. Ihr fiel wieder ein, wie es sich angefühlt hatte, mit Finn nach Thailand zu fliegen: ein Abenteuer, das ihre Beziehung gefestigt und an das Imogen noch Dutzende wunderschöner Erinnerungen hatte. Doch leider hatte ihnen gefehlt, was ihre Eltern ein ums andere Mal bewiesen hatten, nämlich eine Beziehung, die stark und widerstandsfähig war.

„Seid vorsichtig“, sagte Imogen zu ihrer Mutter.

Ihre Blicke begegneten sich, und Jan lächelte. „So rum kommt es einem komisch vor, nicht? Dass du dich mal um mich sorgst.“

„Tut es. Aber wahrscheinlich muss ich mich daran gewöhnen …“

Imogen saß im Wohnzimmer von Laurens Wohnung, als ihr Handy klingelte. Sie nahm lächelnd ab, als sie Annas Namen sah. „Hallo!“

„Du hörst dich ja munter an“, sagte Anna.

„Tue ich das nicht immer? Ich freue mich, von dir zu hören, das ist alles. Was machen die Hochzeitsvorbereitungen?“

„Es läuft alles richtig gut. Ich habe ein paar Brautjungfernkleider gefunden und schicke dir die Modelle gerade per E-Mail … okay, erledigt. Es ist witzig, etwas finden zu wollen, das sowohl zu dir als auch zu Bella passt, aber ich hoffe, sie gefallen dir.“

„Farbe?“

„Pistazie.“

„Sommerlich *und* eine meiner Lieblingseissorten. Ist sicher toll. Hast du gehört, was Mum und Dad vorhaben?“

„Ja, Mum hat mich angerufen. Sie klang ganz begeistert, und wir finden, dass es eine tolle Idee ist."

„Ich schätze, nach all den Jahren ist sie endlich neugierig geworden, was Dad mit seiner vielen Schwärmerei meinte."

Anna lachte, dann wurde es für eine Weile still. „Hör mal, Imo, ich rufe noch aus einem anderen Grund an."

„Okay, und der wäre?"

„Du weißt, dass du bei mir absoluten Vorrang hast, und wenn du nicht einverstanden bist, vergessen wir es einfach." Imogen entging nicht, dass ihre Schwester nervös war. „Aber Matteo hatte gefragt, ob wir Finn zur Hochzeit einladen können. Wenn das komisch für dich ist, wie gesagt, vergiss einfach, dass ich es erwähnt habe. Aber er ist einer von Matteos besten Freunden in England, und wir hätten ihn gerne dabei."

Imogens Brustkorb war wie zugeschnürt. Sie stellte sich Finn vor – seine breiten Schultern, sein Lächeln, das sie einst täglich gesehen hatte. Und jetzt? Jetzt verdiente sie dieses Lächeln nicht mehr. Es war richtig, dass sie endlich einen Schlussstrich zog.

„Natürlich", sagte sie so unbekümmert, wie sie irgend konnte. „Solange es ihm nichts ausmacht, mich zu sehen, ist das in Ordnung."

„Bist du sicher?"

„Hundertprozentig", sagte Imogen und versuchte, den Stich in ihrem Herzen zu ignorieren.

46. Kapitel

Anna strich über die hellgrüne Seide von Bellas Kleid. Bella drehte sich vor dem Spiegel hin und her. „Es ist wunderschön, Elisa. Das hast du hervorragend gemacht. Danke."

„Ist mir ein Vergnügen", sagte Elisa. „Es passt doch richtig, oder? Sie wächst im Moment so schnell, dass ich nicht sicher war."

„Es passt perfekt."

Herbstlaub segelte von den Bäumen draußen auf das Kopfsteinpflaster des Platzes, und der Jahreszeitenwechsel, gepaart mit Bellas Wachstumsschub, erinnerte Anna daran, dass sie schon fast ein halbes Jahr in Italien waren. Nur noch ein paar Wochen bis zur Hochzeit.

„Was macht das Brautkleid?", fragte Elisa.

„Das wird schön, denke ich", antwortete Anna. „Die Schneiderin, die Carolina mir empfohlen hat, will diese Woche noch eine letzte Anprobe."

Elisa klatschte vor Aufregung in die Hände. „Mein Matteo – und du. Endlich verheiratet. Es wird ein traumhafter Tag."

Anna erlaubte sich, den Moment zu genießen. Elisas Begeisterung war ansteckend, und sosehr ihre Schwiegermutter auch versucht gewesen war, hatte sie sich bisher nicht ein einziges Mal in die Hochzeitsvorbereitungen eingemischt.

Bella versuchte, das Kleid wieder auszuziehen, und Anna bückte sich schnell, um vorsichtig den Reißverschluss zu öffnen. „Jetzt bewahren wir das gut auf bis nächste Woche."

Carolina steckte den Kopf zur Tür herein. „Irgendjemand

Kuchen?", fragte sie. „Ich habe Zitronenkuchen frisch aus dem Ofen."

„Super", sagte Anna.

Sie gingen in die Küche, und Bella kletterte auf ihren Hochstuhl, um mit ihnen am Tisch zu sitzen.

Die drei Frauen murmelten zustimmend, als sie den Kuchen kosteten, und Bella knallte verzückt ihren Löffel auf den Tisch.

„Einen Vorteil hat es, schwanger und ruhiggestellt zu sein", sagte Carolina. „Ich kann neue Kuchenrezepte ausprobieren."

Carolina lehnte sich auf ihrem Stuhl zurück und legte eine Hand auf ihren kleinen Babybauch. In dem dunklen, geblümten Kleid fiel er kaum auf, doch sie hatte ein besonderes Leuchten in ihrem Gesicht. „Eine Woche noch, dann geben mir die Ärzte hoffentlich grünes Licht, dass ich endlich wieder Sport machen darf. Ich kann es gar nicht erwarten."

„Geh es langsam an, Caro", warnte Elisa sie. „Wir sind froh, dass ihr beide gesund und munter seid, und so soll es auch bleiben."

„Alles ist gut, Mamma. Ich möchte nur wenigstens vor der Hochzeit mal schwimmen gehen, damit ich mich wieder wie ein normaler Mensch fühle. Ich bin schon viel zu lange hier eingesperrt und eine Last für das junge Paar."

„Bist du überhaupt nicht", widersprach Anna. „Wir haben dich sehr gerne hier, und ihr beide habt uns so viel geholfen – mit der Kleinen und dem Café."

„Und jetzt läuft es so gut", sagte Elisa. „Sogar ich muss gestehen, dass das Pfefferminz-Orangen-Sorbet köstlich ist. Eine meiner Lieblingssorten, um genau zu sein. Natürlich werdet ihr Matteos Vater erst noch überzeugen müssen, und das wird nicht leicht. Aber er kommt am Wochenende her. Dann kann er selbst einige der Sorten probieren."

„Die Hochzeit ist schon so bald", sagte Anna. „Und ich kann es nicht erwarten, alle hier zusammenzuhaben. Imogen kommt morgen an, und am Abend vor der Hochzeit sind alle zu Drinks hier im Café geladen, damit sie sich schon mal treffen und bekannt machen können."

„Kommt sie mit ihrem Freund?", fragte Elisa. „Diesem gut aussehenden jungen Mann, den wir zu Weihnachten kennengelernt haben?"

„Nein, leider nicht, obwohl er auch kommt. Sie haben sich getrennt."

„Das tut mir sehr leid", sagte Elisa.

„Ich tanze mit ihr", verkündete Carolina munter. „Das Leben ohne Männer ist besser, als bei dem Falschen festzuhängen. Ich habe das Gefühl, dass Filippo zu verlassen das Klügste war, was ich jemals getan habe."

„Das ist gut. Und ich wette, er möchte sich in den Hintern treten", sagte Anna.

„Eher nicht. Er hat keine Zeit verschwendet, die Scheidung einzureichen, damit er die andere heiraten kann." Carolina zuckte mit den Schultern.

„Sei froh, dass du ihn los bist", sagte Elisa. „Er sollte sich schämen dafür, wie er sich benommen hat."

„Er hat mir einen Gefallen getan, Mamma. Und ich bin sowieso bereit dafür. Wir beide müssen nach vorn sehen, und vor mir liegt ein ereignisreiches Jahr. Angefangen damit, dass mein Bruder diese wundervolle Frau heiratet."

„Jetzt werde ich gleich rot." Anna lachte.

„Ich meine es ernst, Anna", sagte Carolina. „Du hast durch dick und dünn zu uns allen gestanden – und so gut für Matteo und Bella gesorgt. Er kann sich sehr glücklich schätzen."

47. Kapitel

Imogen stieg aus dem Flugzeug aus auf das Rollfeld in Neapel, und die italienische Sonne wärmte ihre nackten Schultern. Hier war sie wieder, zum zweiten Mal innerhalb weniger Monate, aber es fühlte sich ganz anders an. Sie war nicht mehr auf der Suche nach Antworten – die Phase ihres Lebens war vorbei. Diesmal ging es ausschließlich um die Hochzeit ihrer Schwester, und sie konnte es kaum erwarten, sie mit ihr zu feiern. Während sie wartete, dass ihr Gepäck auf dem Band erschien, sah sie in den Blog ihrer Eltern.

Tag 12
Von Jan
Wir verlassen Verona. Tom und ich reisen so ungern ab! Die Tage waren wie zweite Flitterwochen. Jede Menge gutes Essen, Wein und sich in einem reizenden Hotel verwöhnen lassen. Aber heute geht es zurück aufs Motorrad. Ich gewöhne mich langsam dran, obwohl wir ziemlich durch Frankreich gerast sind.
Wir haben so vieles, auf das wir uns freuen können. Morgen Abend werden wir beim Vater unseres zukünftigen Schwiegersohns in Siena übernachten und das Eis dort probieren – in einer der berühmtesten Gelaterias des Landes. Und hier sind noch ein paar Fotos!

Wenn alles gut ging, würden sie am Tag vor der Hochzeit in Sorrent eintreffen. Imogen scrollte durch die Fotos, die Jan von ihnen beiden in Verona gemacht hatte, und lächelte. Sie war so stolz, dass ihre Eltern dieses Wagnis auf sich genommen hatten.

„Du bist da!“, rief Anna, als Imogen ins Eiscafé kam.

„Mal wieder“, sagte Imogen lachend. „Komm her und drück mich.“ Sie umarmten sich, und Matteo und Bella gesellten sich zu ihnen.

„Und, schon aufgeregt?“, fragte Imogen ihre Schwester.

„Oh ja, und wie“, sagte Anna lächelnd. „Das und natürlich auch panisch, wie es sich gehört … Ich kann nicht aufhören, daran zu denken, davon zu träumen, es zu atmen …“

„Von Essen ganz zu schweigen“, fügte Matteo hinzu. „Diese Hochzeit verlangte nach ausgiebigen Menü-Recherchen in der ganzen Gegend.“

„Ich bin so froh, dass du hier bist“, sagte Anna und drückte ihre Schwester nochmals.

„Und Mum und Dad sind mir dicht auf den Fersen, wie es aussieht. Noch ein Zwischenstopp in Siena bei deinem Vater, Matteo, und dann kommen sie her.“

„Prima. Ich habe nur das Gefühl, dass noch irre viel zu tun ist“, sagte Anna. „Hatte ich erwähnt, dass wir am Freitag hier eine Party geben, den Abend vorher?“

„Ja, aber das ist doch kein Problem“, versicherte Imogen. „Das haben wir doch schon mal gemacht.“

Matteo übernahm Bella, sodass Imogen und Anna einen Moment für sich hatten.

„Du siehst glücklich aus, Anna.“

„Bin ich auch“, sagte Anna. „Ich hätte nie gedacht, dass ich mal an einem solch schönen Ort heiraten würde, und erst recht nicht, dass ich hier leben würde.“

„Habt ihr da schon irgendwas entschieden? Wegen der Zukunft?“, fragte Imogen.

„Ja, dass wir uns nicht entscheiden können“, sagte Anna mit

einem kurzen Lachen. „Jedenfalls jetzt noch nicht." Sie sah hinüber zu ihrem künftigen Mann.

„Tja, wo immer ihr auch landet, uns werdet ihr nicht los", versprach Imogen. „So sehr weit ist es dann ja auch nicht, dass wir euch nicht besuchen könnten."

„Oder ich euch. Ich will ja auch das Viviens im Blick behalten."

„Ja, sicher. Das Schöne an deiner Kontrollsucht ist, dass ich mich darauf verlassen kann, nie mit dem Café allein dazusitzen."

Am Freitag waren Evie und Imogen im Eiscafé, um Anna bei den Vorbereitungen für die Party vor der Hochzeit zur Hand zu gehen.

„Also, wie können wir helfen?", fragte Evie munter und rieb sich die Hände.

„Hier", antwortete Anna und drückte ihr einige alte Karten von der Amalfi-Küste in die Hand. „Kannst du die aufschneiden und zu herzförmiger Deko falten? Und, Imogen, kannst du ein paar Marmeladengläser aus der Küche holen und Teelichte hineinstellen?"

Evie und Imogen gingen an die Arbeit und unterhielten sich angeregt dabei.

„Jetzt bist du schon eine Woche in Sorrent und ich seit drei Tagen, aber trotzdem habe ich dich kaum gesehen", sagte Imogen. „Das nehme ich mal als gutes Zeichen."

„Ja, ist es. Luigi und ich sind viel in der Gegend herumgefahren."

„Und läuft alles gut?"

„Oh ja. Wir reden die ganze Zeit, holen die verlorenen Jahre auf."

„Du siehst richtig glücklich aus, Evie."

„Weißt du was? Das bin ich. Und natürlich muss ich mich dafür bei dir bedanken."

„Gern geschehen", sagte Imogen. „Allerdings kommt mir der Dank im Grunde nicht zu. Vivien war diejenige, die alles losgetreten hat."

„Ja, da könntest du recht haben. Diese Frau! Sogar von da oben mischt sie sich noch in mein Liebesleben ein." Sie blickte hinauf zum blauen Himmel.

„Sie mochte dich so sehr, Evie. Und sie war immer eine Romantikerin. Auch wenn sie ein bisschen nachgeholfen hat, war es doch richtig, oder? Dir und Luigi war bestimmt, eine zweite Chance zu bekommen."

„Ja, das ist wahr", sagte Evie. „Sie hatte immer recht. Manchmal hat einen das wahnsinnig gemacht, aber in diesem Fall bin ich froh darüber."

„Und wie war es, seine Familie kennenzulernen?", fragte Imogen.

„Es war wunderbar. Viel besser, als ich zu hoffen gewagt hatte. Wir waren letzte Woche bei seiner Tochter in Neapel und gestern draußen auf dem Land bei seinem Sohn und dem neuen Baby. Ich hatte zunächst Bedenken, weil ich mich in so einer wichtigen Zeit nicht aufdrängen wollte. Aber sie haben mich sehr herzlich aufgenommen. Es war ein herrlicher Tag. Langsam kehrt auch mein Italienisch wieder zurück, sodass ich mich jetzt wenigstens ein bisschen unterhalten kann."

„Das ist super. Sprich mal mit Anna darüber. Sie lernt auch fleißig Italienisch."

Anna sah in die Küche und zur Wanduhr. „Imo, hast du eine Ahnung, wo Mum und Dad stecken? Sie müssten eigentlich schon hier sein."

Imogen sah auf ihrem Telefon nach, ob Nachrichten eingegangen waren. Laut Blog waren ihre Eltern noch in Siena, Stunden entfernt. „Sie werden schon noch rechtzeitig hier sein", sagte sie zuversichtlicher, als sie war. „Die halten dich bloß auf Trab, weiter nichts."

Am Abend fanden sich Annas und Matteos Verwandte und Freunde zu Amaretto-Cocktails, Prosecco und Canapés im Eiscafé ein. Imogen bewegte sich zwischen den Gästen, machte Leute miteinander bekannt und füllte ihre Gläser nach. Sie bemerkte, dass Anna sich nach ihren Eltern umblickte. Imogen hatte sie inzwischen dreimal angerufen, jedoch nicht erreicht.

„Luigi, Sie sehen aus, als könnten Sie Nachschub vertragen", sagte Imogen und schenkte ihm nach.

„Oh, bitte vorsichtig", bat Luigi. „Wir feiern morgen ja auch den ganzen Tag, und ich bin schließlich schon ein Opa."

Evie hakte sich bei ihm ein. „Hör nicht auf ihn. Er kann das vertragen." Sie lachte. „Und wo du schon dabei bist …" Sie hielt Imogen ihr Glas hin, und Imogen füllte es auf. Dabei sahen sie einander an und verständigten sich stumm.

Als Imogen wieder wegsah, wanderte ihr Blick zum Tresen. *Finn.* Sie hatte seine Ankunft verpasst. Er schaute kurz auf, nickte ihr zu und unterhielt sich weiter mit Carolina. Er war sehr in das Gespräch mit ihr vertieft, als seien sie alte Freunde und sich nicht praktisch fremd. Es tat ein bisschen weh. Doch Imogen kam es nicht zu, sich dafür zu interessieren, geschweige denn irgendwas zu sagen. Vor allem wollte sie nicht, dass irgendwas von Annas großem Tag ablenkte.

Ein lautes Motorenröhren hallte über den Platz, und Anna rannte mit Bella auf dem Arm nach draußen, um nachzusehen. Sie drehte sich um und rief: „Mein Gott, das sind sie! Meine Eltern sind hier!"

Alle drängten nach draußen, während Tom und Jan ihr Motorrad parkten. Jan nahm ihren Helm herunter, und ihr sonst so makellos frisiertes Haar stand in alle Richtungen ab. Entweder wusste sie es nicht, oder es war ihr egal, denn sie strahlte vor Freude.

„Da sind wir!", rief sie.

„Wir haben uns unterwegs von einem fantastischen Restaurant aufhalten lassen, aber ihr wusstet hoffentlich, dass wir dies hier niemals verpassen würden“, sagte Tom und umarmte seine älteste Tochter herzlich.

Matteos Familie scharte sich um Annas Eltern, küsste sie zur Begrüßung, half ihnen mit ihrem Gepäck und brachte ihnen Getränke und Snacks.

„Hey“, sagte eine leise Stimme an Imogens Schulter.

Sie drehte sich um und sah Finn, in Jeans und grauem T-Shirt. Seine Arme waren braun gebrannt von der vielen Arbeit im Freien über den Sommer.

„Hi“, antwortete Imogen. Es war quälend schwierig, ihm so nahe zu sein und ihn doch nicht berühren, nicht küssen, sich nicht an ihn schmiegen zu dürfen, wie sie es gern würde.

„Ein eindrucksvoller Auftritt“, meinte er.

„Ja, und sie haben uns auch noch warten lassen. Ich war schon den ganzen Abend beunruhigt. Nach dem, was Carolina passiert war …“

„Das hat sie mir gerade erzählt.“

„Ja.“ Imogen nagte an ihrer Unterlippe und versuchte, ihre Eifersucht im Zaum zu halten. „Sie ist sehr tapfer.“

„Jetzt sind ja alle hier“, stellte Finn fest.

Imogen wollte diese Distanz zwischen ihnen zu gerne überwinden, alles ungeschehen machen, was sie getan hatte, und irgendwie dafür sorgen, dass alles wieder gut war. „Es ist schön, dass du kommen konntest. Ich weiß, wie sehr Anna und Matteo dich hierhaben wollten.“

„Ich wollte es nicht verpassen“, sagte Finn. „Aber mir war klar, dass es schwer werden würde, dich zu sehen, und genauso ist es auch.“

Imogen nickte, und Tränen schossen ihr in die Augen. So standen sie einen Moment lang da, bis Finn eine Hand hob und ihr die Tränen von den Wangen wischte.

„Nicht weinen", flüsterte er.

„Ich bin so bescheuert", sagte Imogen.

Finn sah zu den anderen, dann wieder zu ihr. „Da werde ich dir nicht widersprechen."

Die Stille zwischen ihnen dauerte ewig, und trotz der Party um sie herum kam Imogen alles still vor.

„Ich habe das Beste weggeworfen, das mir jemals passiert ist", sagte sie.

„Hast du nicht", erwiderte Finn kopfschüttelnd.

„Aber nach allem …"

„Hast du nicht", wiederholte er sanft.

Jan und Anna schlenderten gemeinsam durch die Menge im Eiscafé.

„Dein Dad und ich waren so gespannt auf all das hier", sagte Jan. Bewundernd blickte sie sich im Café um. „Jetzt verstehe ich, was dich hierhergelockt hat. Es sieht fantastisch aus."

„Tja, ich bin nur froh, dass du in einem Stück angekommen bist. Und du warst bisher der einzige Mensch, um den ich mir nie Sorgen machen musste."

„Ich habe ja auch nie irgendwas Abenteuerliches gemacht, deshalb. Also abgesehen davon, eine Familie zu gründen, was an sich auch schon ein Abenteuer ist. Aber jetzt, dieser Motorradtrip, der hat mir die Augen geöffnet, Anna. Wir haben so interessante Leute kennengelernt, und es hat deinen Vater und mich wieder richtig nahe zusammengebracht, an all diesen romantischen Orten zu sein."

„Das ist klasse. Italien hat schon was, nicht?"

„Ja, es ist sehr besonders. Und Matteos Vater war so nett, uns alles zu zeigen. Er und dein Vater haben sich prima verstanden, viel besser als zu Weihnachten."

„Ah, gut." Anna senkte die Stimme zu einem Flüstern, obwohl es im Raum laut genug war, um auch so alles zu übertönen, was sie sagte. „Es braucht ein wenig, mit ihnen warm zu werden, aber sie sind wirklich sehr nette Menschen."

„Das sehe ich. Und ich verstehe auch, dass du hier leben möchtest."

„Es war eine Achterbahnfahrt, dennoch bin ich froh, dass wir hergekommen sind."

„Ich hoffe natürlich, dass du wieder zurückkommst – keine Frage. Solltest du dich aber entscheiden, hier zu leben, verstehen wir beide das."

Anna legte einen Arm um ihre Mum und drückte sie.

„Danke, Mum."

Am Ende des Abends, als sich die Gäste auf den Rückweg zu ihren Häusern und Wohnungen machten, standen Matteo und Anna vor ihrem Café und winkten ihnen nach. Bella war schon mit Carolina nach oben gegangen, nachdem sie den Großteil des Abends von einem Verwandten zum nächsten gereicht worden war.

„Und das alles machen wir morgen noch mal", sagte Anna.

„Mehr als das. Wir werden auch heiraten. Oder hast du den Teil vergessen?"

„Habe ich nicht." Sie nahm seine Hand. „Das ist der Teil, auf den ich mich am meisten freue. Tja, dann, auf zu unserer ersten getrennten Nacht seit über zwei Jahren."

„Das wird seltsam, oder?"

Anna nickte. „Ich habe mich sehr dran gewöhnt, dich bei mir zu haben."

„Es ist ja nicht für lange. Wer hätte das gedacht? Wir beide. Zwei Eiscafés und eine kleine Tochter später sind wir bereit zu heiraten."

„Du kriegst jetzt doch keine kalten Füße, oder?", fragte Anna. „Denn falls doch, müsste ich mich morgen durch schrecklich viel Tiramisù futtern."

„Nein, keine Sorge“, sagte er.

„Um zwölf Uhr im Rathaus. Und kein mediterranes Timing, verstanden?“

„Ich werde da sein.“

48. Kapitel

Anna drehte sich zu Imogen um, die eine der weißen Blüten in ihrem Haar richtete. „So, perfekt."

Anna, Imogen und Bella standen vor den Rathaustüren im Zentrum von Sorrent. Annas Haar fiel ihr offen über die Schultern, nur zwei Strähnen vorn waren geflochten und nach hinten gesteckt, verziert mit lauter kleinen Blüten. Ihr Make-up war dezent, denn der Sommer in Sorrent hatte ihr einen hübschen braunen Teint beschert, und Imogen hatte ihn lediglich mit etwas Glanzpuder und Mascara sowie einem Hauch Lipgloss verstärkt. Ihr gut über knielanges Kleid war aus elfenbeinfarbener Seide mit Spaghetti-Trägern und einem tiefen Rückenausschnitt. Die passenden Seidenschuhe betonten ihre langen, braun gebrannten Beine.

„Du siehst wunderschön aus", sagte Imogen.

„Danke. Ich glaube, ich muss gleich heulen."

„Lass das, sonst verschmiert die Wimperntusche", befahl Imogen. „Also, bist du bereit?"

„Ja", sagte Anna ein bisschen nervös. „Ich glaube schon."

Imogen sah hinunter zu ihrer Nichte. In dem pistaziengrünen Kleid mit der breiten Schleife war Bella eine Miniaturausgabe von ihr. Imogen drückte ihre winzige Hand. „Und was ist mit dir, Bella?"

Bella zeigte durch den Türspalt. „Daddy!", rief sie, denn sie hatte ihren Vater drinnen entdeckt.

„Ich denke, wir gehen lieber, ehe sie noch vor dir da ist", sagte Imogen lachend.

„Okay." Anna holte tief Luft. „Na dann, los geht's."

„Ja", sagte Imogen. „Wir ziehen das jetzt durch."

Imogen und Bella folgten Anna durch den Mittelgang an Annas und Matteos Familien vorbei. Imogen richtete den Blick auf ihre Schwester und führte Bella vorbei an den Gästen, mit denen die Kleine lieber spielen wollte.

Vorne hob Imogen ihre unruhige Nichte auf den Arm, während sie zusahen, wie Anna und Matteo ihre Treueschwüre sprachen. Das war es. Die Dinge veränderten sich. Anna, die große Schwester, die Imogen immer bewundert und idealisiert hatte, band sich an Matteo und ihre kleine Familie. Imogen war nahe genug, um Annas Tränen zu sehen, und nun kamen ihr selbst auch welche. Matteo mit seinem allgegenwärtigen Lächeln und seiner Fähigkeit, sich den Höhen und Tiefen des Lebens hinzugeben, war der richtige Mann für Anna und ein großartiger Vater für ihre Tochter. Als sie sich versprachen, immer füreinander da zu sein, was auch geschehen mochte, wirkte es nicht wie ein Kompromiss oder gar ein Opfer. Es schien vielmehr das Natürlichste überhaupt zu sein.

Als sie die Ringe tauschten, jubelte die Menge, und Bella stürmte in die Arme ihres Vaters.

Imogen blickte sich zu den Gästen um: Jan und Tom, die johlten und riefen; Carolina, die sich bei ihren Eltern eingehakt hatte und mit ihnen um die Wette strahlte; Martin und Clarissa, die dicht an dicht standen. Und dort, in der dritten Reihe von hinten, war Finn. Imogen versuchte, ihren Blick nicht zu lange auf ihm verharren zu lassen.

Als sich Matteo und Anna voneinander lösten, umarmte Imogen ihre Schwester. „Gratuliere!“, sagte sie.

„Wir haben es getan!“ Anna strahlte übers ganze Gesicht. „Wir haben es tatsächlich getan, Imo!“

Nach der Zeremonie fuhr eine Prozession wild hupender Wagen, angeführt von Anna und Matteo in einem weißen Cinquecento, zu einem Dorf auf den Klippen ganz in der Nähe.

Dort ging es in ein Festzelt, dessen Bar einen atemberaubenden Blick aufs Meer bot.

Imogen sah hinaus in den Sonnenschein, der von pastellfarbenen Häusern reflektiert wurde, und auf die Küstenstraße, die sich endlos dahinzuschlängeln schien. Braut und Bräutigam redeten und lachten. Annas Haar wehte in der Meeresbrise, und Matteos Hand hielt ihre fest umschlungen. Dies hier war besser, dachte Imogen, viel besser, als eine Hochzeit als Außenstehende zu sehen.

„Träumst du?" Imogen drehte sich um und entdeckte Carolina an ihrer Seite. In ihrem marineblauen Kleid mit Empire-Schnitt und die dunklen Locken lose aufgesteckt, sah sie elegant und vornehm aus.

„Ja, habe ich wohl", gab Imogen zu. „Dein Bruder und Anna sehen so glücklich aus."

„Er hat einen exzellenten Geschmack", sagte Carolina lächelnd.

„Anna natürlich auch. Genießen deine Eltern den Tag?"

„Oh ja, jeder findet es wunderbar."

Tom klopfte an sein Glas und verkündete, dass alle sich zum Essen setzen sollten. Imogens Blick wanderte über die Menge, bis sie Finn sah, der Bella hinauf zum Tisch an der Spitze brachte.

„Du solltest übrigens mit ihm reden", schlug Carolina freundlich vor.

„Ich weiß nicht. Es ist kompliziert."

„Hochzeiten bieten einen besonderen Rahmen", sagte Carolina augenzwinkernd. „Da gelten andere Regeln."

Anna und Matteo tanzten ihren ersten Tanz, während die Sonne im Meer versank.

Die Tanzfläche füllte sich nach und nach: Tom führte Jan hin, Evie und Luigi wiegten sich sanft zur Musik, und Carolina tanzte mit Bella, wobei beide lachten. Elisa und Matteos Vater waren auch dort. Elisa hatte ihre hohen Schuhe zur Seite geworfen, und ihr Mann wirbelte sie im Kreis herum. Carolina hatte recht, dachte Imogen: Wenn so viel Liebe an einem Ort wirkte, galten andere Regeln.

Sie sah Finn mit einem Glas Wein in der Hand am Rand der Tanzfläche stehen. Nachdem sie sich gewappnet hatte, ging sie hinüber und stellte sich neben ihn. „Hast du eine Minute Zeit?", fragte sie ihn.

Er lächelte verwirrt. „Ich schätze, ja. Im Moment werde ich nirgends gebraucht."

Sie nahm seine Hand und führte ihn weg von der Menge in Richtung Meer. Dort setzten sie sich auf eine Bank.

„Du hast mir so gefehlt", sagte sie. „Ich weiß, als wir uns neulich zufällig getroffen haben, habe ich getan, als wäre alles bestens, aber das ist es nicht. Ich denke immer noch an dich – an das, was wir hatten –, jeden Tag. Ich war so blöd, das zu riskieren, indem ich nicht ehrlich zu dir war."

Finn sah sie an und dann zur Seite. „Sag solche Sachen nicht, wenn du sie nicht ernst meinst, Imo. Wir haben dieses Jahr so viel durchgemacht, und ich glaube nicht, dass ich noch mehr aushalten kann."

„Ich meine es ernst", sagte Imogen. „Das Eine, was ich immer wollte, war, mit dir zusammen zu sein. Mit Luca war nichts, und er weiß, dass da auch nie etwas sein wird. Du bist der Einzige, mit dem ich je zusammen sein wollte. Es ist nur so … dass es mir Angst machte. Der Gedanke an Heirat und sesshaft zu werden."

„Das verstehe ich", sagte er. „Und es hat keine Eile, ehrlich nicht. Ich wünschte nur, du hättest mir eine Chance gegeben, es dir zu dem Zeitpunkt zu sagen. Ich kann nichts dagegen tun, wie ich empfinde. Ich war so sehr in dich verliebt, dass ich es nicht erwarten konnte, dir einen Antrag zu machen. Aber ich wusste immer, dass du vielleicht nicht Ja sagst. Ich wollte nie eine feste Beziehung um ihrer selbst willen. Es war nur so, dass ich jeden Tag mit dir geliebt habe und nie mehr ohne dich sein wollte."

„Stattdessen hat uns das auseinandergetrieben", sagte Imogen.

„Ja. Ich hätte es ahnen müssen. Ich wusste, dass es mit dir nie leicht wird. Aber weißt du was? Das ist mir egal. Mir geht es nicht darum, es leicht zu haben. Mir geht es um dich."

„Ich liebe dich, Finn." Ihr kamen die Tränen. „Ich habe meine Lektion gelernt, wirklich, das habe ich …" Die Worte sprudelten unaufhaltsam aus ihr heraus. „Wenn du mir noch eine Chance gibst, werde ich ehrlich sein – hundertprozentig."

„Versprochen?"

„Ich verspreche es."

Er streckte eine Hand aus und zog sie an sich. Imogen genoss die Wärme seiner Haut.

Sie biss sich auf die Lippe, weil noch mehr Tränen kamen. „Ich will dasselbe wie du, Finn. Mir ist bewusst, dass ich das nicht klargemacht habe, aber ich möchte mit dir zusammen sein. Langfristig."

„Meinst du das wirklich ernst?", fragte Finn.

„Natürlich meine ich das ernst. Ich wäre doch nicht hier und würde dich anflehen, mich zurückzunehmen, wenn es nicht so wäre", sagte sie und hielt ihm ihre Hände hin, die er sofort in seine nahm und festhielt.

„Warte mal, hast du gesagt ‚anflehen'? Ich glaube, den Teil habe ich nicht gehört." Finn grinste.

„Bitte", sagte sie übertrieben flehentlich. „Bitte!"

„Na gut. Dann zieh wieder bei mir ein. Denn soll ich dir was sagen? Ich habe dich richtig doll vermisst. Das Haus ist leer und still, und, echt jetzt, was soll ich mit einer Dunkelkammer? Du weißt doch, dass ich sauschlecht fotografiere."

Sie lachte und rückte näher zu ihm. Sanft berührte er ihr Haar und strich ihr eine lose Strähne hinters Ohr. Ihre Blicke begegneten sich, und er zog Imogen an sich, um sie zu küssen.

Musik wehte durch die Nacht zu ihnen. Imogen hatte in diesem Sommer in Italien so vieles gelernt. Mehr als auf alles andere freute sie sich darauf, nach Hause zu reisen.

– ENDE –

DANKSAGUNG

Vor drei Jahren traf ich mich mit meiner Lektorin, Jo Dickinson, und im Gespräch kamen wir auf das Thema Eiscreme. Da entstand die Idee zu *Viviens himmlisches Eiscafé* und danach zu dieser italienischen Fortsetzung. Danke für deine wunderbare Unterstützung als Lektorin und als Freundin, Jo.

Dank an das wunderbare Team bei Simon and Schuster – Carla Josephson, Sara-Jade Virtue, Rumana Haider, Eleanor Fewster und Matt Johnson.

An Caroline Hardman, die beste Agentin von allen.

An meine Mum, Sheelagh, Fachfrau in Sachen Kleinkinder-Jonglieren und Fehler in Handlungsabläufen entdecken, was sie beides mit unermüdlicher Begeisterung tut.

An James – wir beide haben es durch diesen Wirbelsturm von Jahr geschafft. Ich danke dir für deine Liebe, deine Geduld und das viele Lachen.

Und schließlich Dank an meinen Sohn Finn. Es macht dir hoffentlich nichts aus, dass du in dieser Geschichte vorkommst. Sie geht ja gut für dich aus.

Informationen zu unserem Verlagsprogramm, Anmeldung zum Newsletter und vieles mehr finden Sie unter:

www.harpercollins.de

Deutsche Erstveröffentlichung

Lauren Layne
Ich bin dann mal verliebt

Hände weg von betrügerischen Herzensbrechern! Das ist Brooke Baldwins neues Motto, nachdem ihr Bräutigam am Altar verhaftet wurde. Nicht die beste Einstellung, wenn man gerade in New Yorks exklusivster Hochzeitsagentur angefangen hat. Aber nicht nur ihr Liebespech erschwert Brooke den ersten Auftrag, sondern auch der Bruder der Braut, der alles tut, damit die Hochzeitsglocken stumm bleiben. Wäre Seth nicht so nervig, könnte Brooke sich sogar eine viel engere Zusammenarbeit mit ihm vorstellen ...

ISBN: 978-3-95649-676-9
9,99 € (D)

Deutsche Erstveröffentlichung

Meg Cabot
Erste Liebe, zweite Chance

ISBN: 978-3-95649-713-1
9,99 € (D)

Es läuft rund für Becky: Sie führt ein gutgehendes Umzugsunternehmen in ihrer Heimatstadt Bloomville und hat mit Graham einen netten, verlässichen Freund. Den Sommer mit ihrer ersten großen Liebe Reed hat sie verdrängt. Was auch ganz gut klappt, denn Reed hat vor zehn Jahren Bloomville – und auch Becky – überstürzt verlassen und ist mittlerweile als erfolgreicher Golfprofi in der Welt unterwegs. Doch als seine Eltern anfangen, sich seltsam zu verhalten und in einem Restaurant mit einer Briefmarke bezahlen, ist es mit Beckys Frieden vorbei. Reed kehrt zurück. Und ausgerechnet Becky wird engagiert, seine Eltern in ihren neuen Alterswohnsitz umzusiedeln.

Deutsche Erstveröffentlichung

Kristen Proby

Für Happy Ends gibt's kein Rezept

Alle schwärmen vom Seduction, dem Restaurant, das Addie gemeinsam mit ihren Freundinnen führt. Als Tüpfelchen auf dem i fehlt nur noch Live-Musik. Doch kaum dass ein Typ mit Gitarre hereinschneit und sich bewirbt, kippt Addie fast aus ihren High Heels. Jake Knox, der berühmte Rockstar! Seit jeher üben Musiker einen gefährlichen Reiz auf sie aus, stärker als Schuhe und Schokolade zusammen. Und Jake mit seinen grünen Augen und der rauchigen Stimme könnte ihr zum Verhängnis werden ...

ISBN: 978-3-95649-633-2
9,99 € (D)